Franz
Kafka
我用爱意给孤独回信

[奥地利] 卡夫卡 | 著

高瑀晗 | 译

世界大师散文坊 | 精装插图版 |

江苏凤凰文艺出版社

图书在版编目（CIP）数据

我用爱意给孤独回信 /（奥）卡夫卡著；高瑀晗译.
— 南京：江苏凤凰文艺出版社，2019.5
（世界大师散文坊）
ISBN 978-7-5594-1972-9

Ⅰ.①我… Ⅱ.①卡…②高… Ⅲ.①散文集–奥地利–现代 Ⅳ.① I521.65

中国版本图书馆 CIP 数据核字 (2018) 第 088833 号

我用爱意给孤独回信

（奥）卡夫卡 著　　高瑀晗 译

责任编辑	汪　旭
责任印制	刘　巍
出版发行	江苏凤凰文艺出版社
	南京市中央路 165 号，邮编：210009
网　　址	http://www.jswenyi.com
印　　刷	江苏凤凰通达印刷有限公司
开　　本	880×1230 毫米 1/32
印　　张	8.25
字　　数	224 千字
版　　次	2019 年 5 月第 1 版　2019 年 5 月第 1 次印刷
书　　号	ISBN 978-7-5594-1972-9
定　　价	42.00 元

江苏凤凰文艺版图书凡印刷、装订错误可随时向承印厂调换

| 目 录 |

致米伦娜情书 / 001

日记 / 051

关于书写 / 099

旅行札记 / 159

家书 / 187

an der Wand! Aber was für ein Boden, was für
eine Wand! Und doch fiel jene Leiter nicht,
so drückten sie mein Füße an den Boden,
so hoben sie meine Füße an die Wand.

致米伦娜情书

幸福的生活往往使人不愿提笔

亲爱的米伦娜夫人[1]：

我先后从布拉格与梅拉诺[2]给您写了短信，但我没有收到任何回复。不过，若您的沉默是生活幸福的一个讯号，那么也不需要急着回复我的信件。幸福的生活往往使人不愿提笔写信，若是这样，那我也就满足了。但也有其他可能性——这亦是我写此封信的原因——也许我在上两封信中曾无意伤害了您（若此事真的发生的话，那我要恨死这双拙笨的手了）。又或者，自然也是更糟糕的可能，您能平心静气写信的瞬间已经远逝，现在您正处于一个艰难的时期。对第一种可能性，我不知该说什么，这对我而言十分陌生，但其他的却很熟悉。而第二种可能性，我没什么好的建议——我能建议些什么？——而只能问您：您为何不短短地离开维也纳一阵，出去走走？您又不像其他人那般无家可归。若在波西米亚小住几日能否为您带去全新的力量？如果出于某种我不知道的原因，您不愿前往波西米亚，而愿意去其他地方，或许梅拉诺是个不错的选择。您听说过这个地方么？

两种可能性我都很期待。无论是继续沉默不语——那即意味着"别担心，我过得十分惬意"，还是来信略谈几句。

卡夫卡　谨上

我突然想起，自己已记不起您的面容，以及具体的细节。只有您从咖啡店的桌子旁穿过并离开的情景、您的形象、您的衣裙，仍历历在目。

---

[1] 米伦娜·洁森西卡（1896—1944）：捷克作家、翻译家，曾翻译过卡夫卡的《司炉》等作品。她与卡夫卡相识于1920年。

[2] 梅拉诺：意大利北部小镇。

我们两个都是头痛专家

亲爱的米伦娜夫人：

您在阴冷乏味的维也纳操劳于翻译工作。这很触动我，又令我汗颜。您应该已经收到沃尔夫[①]的信了吧。至少他早先在信中曾对我提及过那封信。书目中所列出的《谋杀者》这篇小说并非出于我手。这是一个误会。因为它或许是最好的一篇，所以我也很希望那不是个误会。

我从您的上封与上上封信中能看出，您已经彻底永远地摆脱了不安与忧愁。这大概又是与您丈夫有关。我多么衷心地祝福你们二位。我还记得数年前的那个周日午后，我在弗兰茨凯大街上溜着墙壁向前挪动，迎面碰到您丈夫，他并不比我精神多少。我们两个都是头痛专家，当然两个人的头痛类型完全不同。我记不清当时我们两个到底是相并而行了一会儿，还是匆匆擦肩而过。但这两者的差别想必不是很大。但这已是过去的事了，也应该将之彻底抛在过去。您在家中一切安好么？

诚挚地祝福您。

您的弗兰茨

大脑与肺的谈判

是肺的问题。我脑子里整日想着这件事，完全空不出位置想别的。这并不是说我对这个病格外惊恐，而是很有可能也希望——您的暗示似乎也有此意——它在您身上还很轻微。即使是真正的肺病（半个西欧的人都或多或少有肺部问题），就如这三年来我所遭受的，带给我的好处也要多于坏处。大约三年前，我在半夜突然咳血，这才使我开始了缠绵不愈的肺病历程。我站起来，情绪激动，好似人们见到新鲜事物那般（当时没有躺下，后来从医嘱中才知道

[①] 库特·沃尔夫（1887—1963）：德国出版商，与卡夫卡曾有过密切合作。

应当躺着），当时这自然吓到了我。我走到窗前，向外探出身体，然后走向盥洗台，满屋子乱转，最后躺到了床上——不停地咳血，但我并没有感到不幸。在几乎夜夜失眠的三四年后，我逐渐悟出了一个道理：若我此时停止咳血，那么我将能首次好好睡一觉了。咳血终于停止（之后便再也没犯过），余下的夜晚我睡得很香甜。次日一早侍女便来了（我当时住在逊波宫中），那是一位善良的姑娘，有着近乎舍己为人的品质，外表看起来却很淳朴。她看到了血迹，说道："博士先生，您估计命不久矣。"可我当时的精神比以往都旺。我去上班，下午才去看了医生。后面的故事就不提了。我只想说：我并没有被您的病所吓到（特别是我的思维不停地中断，搜刮我的记忆，您是那样娇弱，以至于使这件事仿若田园般清新，我不由得认定：不，您没有生病，肺部的症状只是给您提个醒儿，完全算不上疾病），这完全吓不到我，但我一想到为何引起了这样的症状，就会感到害怕。首先我要排除您信中所说的那些：囊中羞涩、茶与苹果、每天2点到8点，我不明白这些东西。很显然这些只有当面才能解释清楚，在信中我就不提这些了（当然只在信中不提，但我不会忘记这回事的），只去想在我发病时所想出的措辞，并且它在很多场合下都很适用。就是说，大脑再也承受不了压在它上面的烦恼与伤痛，于是大脑便说："我放弃。若谁还想保持这份完整性，并愿意分担一部分我的重担，那么我就还能再撑一小会儿。"然后肺就自告奋勇，反正它没什么损失。大脑与肺的谈判是在我一无所知的情况下进行的，这或许会很可怕。

现在您要怎么做？我想，您大概还不需要被人看护。但如果您需要旁人的看护，那么爱您的人必然会觉察出这一点，因为还需要对其他所有事保持缄默。现在感到解脱了些吧？我觉得是。——不，我并没在开玩笑。在您写信告诉我您重新规划的健康的生活方式之前，我都不会感到快乐。至于您为何不短暂地离开维也纳的问题，我在给您的上一封信中没有提及这个疑问，而我现在明白了。但在维也纳周边也有一些美丽的地点，你或许可以去那里接受照料。我今天不再写其他事情,因为目前没有什么比这更重要了。其他的事情明天再写。谢谢您寄给我本子,它令我又感动又羞愧,又喜悦又悲伤。不对,今天还有一事:若您用哪怕一分钟的睡眠时间去翻译,那就相当于您在诅咒我。假如有一天走上法庭,人们不用做任何调查即可确定:他毁掉了她的睡眠。这样我便会被判有罪,并且无可辩驳。因此,当我请求您不要再这样做时,我也是在为自己斗争。

弗兰茨

"无能为力"的江流

亲爱的米伦娜夫人:

今天我本想写写其他的事,可我做不到。这并不是因为我没有严肃对待,而是因为我所行与所写完全不同。但在花园里的某个地方总该为您准备一张躺椅,并在您手边放上一瓶牛奶。其实在维也纳也能找到这样的地方,尤其现在是夏季,前提是必须没有饥荒或动乱。这办不到么?难道没有人能办到么?医生是怎么说的?

当我从大信封中抽出那个本子时,我几乎有些失望。我想听您说话,而不想听从旧墓中传出的熟悉的声音。您的翻译工作为何要影响我们之间的事?不过我后来突然想到,翻译在我们之间也起到了调和的作用。此外,您为何在它身上花费了如此多心血,这着实令我费解。但您是如此真诚地在做这件事,又使我深感震撼。您认真地来回调整句序,尽可能地使之变得美丽、自然而具有合理性,这些都是我在捷克语中未曾感受过的。德语与捷克语那么相似吗?但就如所预想的那样,这无论如何都是一件糟糕到极点的故事。它比其他任何事物都简单,我甚至可以为您,亲爱的米伦娜夫人,逐字逐句地进行说明。但如果这样做,我会变得反感。您若愿意听这个故事,那也就是赋予了它价值,但却会使我对世界的描绘变得晦暗不明。不说这个了。沃尔夫为您寄去了《乡村医生》,我在信中跟他说过。

我确实懂捷克语。有几次我想问您，您为何不用捷克语写作，但这并不是因为您的德语不够好。实际上您的德语好到会令绝大多数人吃惊，即便有时您犯了小错误，德语也会自愿地屈服于您，然后它看起来便会格外美丽。就算是一个德国人也不敢期待自己的语言能力能达到您这样的程度，因为他不敢写作如此个人化的题材。不过，我很想拜读您用捷克语写成的大作，因为那是您的母语。只有如此，才是一个完整的米伦娜（您的翻译亦证明了这一点）。但迄今为止在您完成的德语作品里，只有来自维也纳或者为维也纳准备的那一部分米伦娜。请用捷克语写作吧。还有您在信中提到那些小品文章，它们是粗鄙的，我不知道您读到哪儿了。可您不也通读了一遍这故事中的粗鄙之处么？或许我也可以写这样的文章。但我不会这样做，因为我将在那至善至美的偏见中流连忘返。

您问我关于订婚的事。我曾订过两次婚（若详细说，我其实订过三次婚，其中有两次是与同一个姑娘）。这三次均在婚礼前几日宣告分手。第一门婚事早已是过去式（我听说当时那个未婚妻现在已经结婚了，并喜得贵子）。第二门婚事还维持着，但没有任何结婚的希望，它其实早已不复存在，或者说它名存实亡，却耗费着人的精力。总的来说，我在这里或那里均发现男人或许更加痛苦。我的意思是说，如果这样来看，男人比女人更缺乏反抗的能力。但女人通常会无辜地承担罪责，但这并不是说女人"对此无能为力"。更确切来说，这一切或许都将汇入"对此无能为力"的江流中。再者，反复思考这样的事是无意义的，就好像您拼尽全力要打碎地狱里唯一的锅炉一样。首先，这根本不会成功；其次，即使成功，那人也会在流溢出的滚烫液体中化为灰烬，但地狱却丝毫不受损害，依然庄严地矗立在那里。因此，对此事必须另辟蹊径。

但当下最要紧的是您能在一个花园里静躺，那其中包含了许多美好的事物。可能的话，请享受这个疾病的甜美，尤其是它还没有被确诊的情况下。

您的弗兰茨

失眠会将我引向何处?

亲爱的米伦娜夫人:

　　首先,我要说明一些事情,免得您从我的信中会解读一些出乎我意料的东西:大约这十四天以来,我一直夜不能寐,且已失眠的状态在不断加强。这样的日子来来去去,我基本上不觉得难受,其中还包含着一些原因(照贝德科的说法,梅拉诺的空气也算一个原因,这真可笑),比它所需要的还多。即使那些原因有时完全是无形的,但它们间或会使人变得如木头人般迟钝,有时又会使人如野兽一般躁动。

　　尽管昨天有些"失常",但我尚有一些情感补偿,那就是您能平静入睡。尽管这很"奇怪",但您还是静静地睡着了。每当夜晚时,睡眠悄悄从我身上溜走,我总能知晓它逃跑的痕迹,并放任它离开。此外,对此进行反抗是愚蠢的。因为睡眠是无辜的,错的是那些失眠的人。

　　您在上一封信中感谢失眠者。若哪个不知底细的陌生人读到您的信,必然会想:"这是什么怪人啊!在这种情况下他像移动了一座大山一样!"此时,他什么都没有做,连手指都没有动弹(写字的手指除外),慢慢接近牛奶与其他好东西,而不总是(时常是)只看到面前的"茶与苹果",并放任事物照自己的方向发展,去找寻自己在山崖上的位置。您知道陀思妥耶夫斯基第一部成功的小说么?那是一部包罗万象的小说,但我只想引用其中关于伟大之人的悦人之处。附近或更近的地方出现了也具有相同含义的故事。如今我记不清那小说的具体梗概,亦遗忘了书名。陀思妥耶夫斯基写他的第一部小说《穷人》时,他与一个文人朋友格力高列夫住在一起。数月以来,这位朋友总看到桌面上摆着许多写过的纸张,直到小说完稿后才得到他的手稿。这位朋友读着小说,十分沉迷。他在没有知会陀思妥耶夫斯基的情况下,擅自拿着手稿去找了当时颇负盛名的批评家涅克拉索夫。那晚次日凌晨三点,陀思妥耶夫斯基家的门被敲响。门外站着涅克拉索夫与格力高列夫,他们冲进房间,拥抱并亲吻着陀思妥耶夫斯基。当时他完全不认识涅克拉索夫，但后者称其为俄国的希望。三人交谈了两个小时，主要谈这部小说，直到清晨他们才起身离开。后来陀思妥耶夫斯基将那个夜晚称为有生以来最幸福的夜晚。他靠在窗边，看着他们的背影。陀思妥耶夫斯基抑制不住地痛哭出声。他的基本感觉——嗯，我记不清他在哪里描述过，大约是说："这些崇高的人们！他们是那样美好且高尚！但我是那样庸碌！若他们能看清我的心！若我只是口头告诉他们这些，那么他们是不会相信的！"至于之后陀思妥耶夫斯基如何效仿他们，那都无须赘述了。这是那不可战胜的少年时代的终止符，却不属于我要讲的故事。我的故事已经结束了。亲爱的米伦娜夫人，你察觉到这个故事的神秘之处了吗？即它有理智，却还未达到通透的程度？我想故事应该可以这样解读：格力高列夫与涅克拉索夫明显不如陀思妥耶夫斯基高尚。但若泛泛而论，陀思妥耶夫斯基在那个夜晚并没有要求这些，况且这在具体情况下也毫无用处。您只听到陀思妥耶夫斯基的一面之词，然后便相信了，格力高列夫与涅克拉索夫是真的高尚，而陀思妥耶夫斯基则是不纯洁的，是极端卑鄙的。他在远方时，自然一次都接触不到格力高列夫与涅克拉索夫，所以也谈不上要报答他们那伟大且受之有愧的恩德。所以他只能生硬地从窗户里望着他们，以此暗喻他们是遥远且不可接近的。可惜这个故事的内涵，因陀思妥耶夫斯基的伟大而被抹去了。

　　失眠会将我引向何处？自然是引向虚无。它在这里也不是什么好的意思。

您的弗兰茨

智慧审视生命

亲爱的米伦娜夫人：

　　在此我只写几句话。明天我会再给您好好写一封信。今天仅仅是我自己的缘故而写，只是关于我都做了些什么，并用以缓解您的信件带给我的影响，我日夜都在想着它。米伦娜女士，您很特别。您在维也纳生活，必然要忍受这样或那样的痛苦,百忙之中却还抽出时间来为其他人感到惊奇,例如我。我情况不太好,如今夜来睡眠质量比往日更差。我当地的三位女性朋友(三姐妹,其中最大的五岁)看法比您要理智。她们希望能将我随时扔进水中,无论我们是否在河边。当然这并不是因为我对她们做了什么坏事,完全不是。当大人吓唬孩子们时,那自然只是玩笑与爱的表示。它大概意味着:现在我们想要说一些最最不可能的事情来取乐。但孩子们是诚实的,在他们眼里没有什么不可能。十次试图扔我下水,十次均以失败告终。但这并不能使她们相信,下一次尝试依然不会成功。她们甚至不知道,这十次里没有一次成功。若一个孩子会用成人的思维来说话做事,那简直是最毛骨悚然的事情。这样一个四岁的小女孩,站在那里只能吸引人们去亲亲她,捏捏她的小脸儿。但同时她又像一个小熊崽般强壮,婴儿时期鼓鼓的小肚子尚有保留。若她发动进攻,两个姐姐一左一右地帮助她,同时,在您身后只是栏杆,而友善的孩子父亲与温柔美丽的胖妈妈(站在第四个孩子的摇篮边)只是微笑着站在远处,却不想前来助你一臂之力。这差不多就完了,几乎很难去描述人们如何才能获救。理智且早熟的孩童没有任何缘由地想把我扔下去。或许她们把我看成多余的人,也根本不知道你我书信往来的内容。

您不必为上一封信中的"好意"而惊慌。那是一段对我而言并不罕见的彻底失眠的阶段。我写下了那个时常与您有关的故事。但当我写完时,我左右两边的太阳穴均处于紧张状态,以至于我不再清楚地知道自己为何要写这样一个故事。此外,我还有一大堆形状不明的事情,这些我想要躺在外面阳台的躺椅上对您说。故而我只能将自己基本的感受写出来,因为其他的也不剩什么内容了。现在我只能这样做。

我以前出版的书籍你那里都有,除了最后一本书,《乡村医生》。那是一个短篇小说集。沃尔夫会将此书寄给您,我在一周之前已经写信知会过他了。现在没有什么书付印,我也不知道以后还会出版什么书。您在书籍与翻译方面所做的一切都是正确的。但很遗憾,我并不觉得自己的书很有价值,因此将它们托付给您真正体现了我对您的信任。我很高兴能够按照您的意愿来对《司炉》一文写上几句评注,这让我也能做出一些小小的牺牲,提前体验来自地狱的惩戒,并用智慧的眼光重新审视自己的生命。从而我能够看到,最坏的事情并不是识破那些明显的恶行,而是识破那些原本被人们认作善事的事物。

但无论如何,写作总是好事。我现在比两小时之前躺在外面的躺椅上读着您的信时更加平静。当时我躺在那里,一步之遥的地方有一个肚皮朝天的甲虫,它正绝望地挣扎着,无法将身体归正。我很愿意帮助它,而且这件事对我而言很简单。我只需踏出一步,然后轻轻一挑,它便可以翻转过来。但读着您的信的我忘记了它的存在,我亦站不起来,直到一只壁虎的出现才使我再次注意到身旁的那个小生命。它的路正好通往甲虫那里,甲虫则一动不动。我暗暗对自己说,这不是灾难,而是濒死前的挣扎,是自然界里动物装死的罕见一幕。然而当壁虎从它身上略过时,顺带着使它翻了下身。但甲虫还是僵死般一动不动,过了一会儿,它突然向房子外墙上爬去。不知怎的,我像是也从中汲取了一丝勇气一般。于是我站起身,喝着牛奶,为您写一封信。

您的弗兰茨

悬在生活之上的法则

亲爱的米伦娜夫人:

(是的,这样的标题令人厌烦。但在这个不安的世界里,这是一种病人可以抓住的依靠。若谁觉得这依靠是种累赘,那意味着他还没有彻底康复。)我从未与德国人生活在一起。德语是我的母语,故而它对我而言是十分自然的。但捷克语对我来说更为亲切,所以您的信粉碎了那些不安定因素,它使我眼中的您愈发清楚了。我看到您身体,您的双手。它们的动作是那样迅疾,那样果断,几乎像我们相遇了一般。诚然,当我将眼神抬高至您的面孔之上时,信的内容中断了——这是怎样的一个故事!——火光熊熊,除了这火焰,我眼中再也看不到其他事物。

它可能会引诱我去相信您所说的生活法则。您不愿因为自己所设定的法则而感到遗憾,这是理所当然的。因为创立这种法则也就意味着纯粹的傲慢与自负。而您为制定这一法则所做的尝试自然也没什么好多说的,因为人们只能静默着亲吻您的手。至于我,我相信您的法则。我只是不相信,它会永远这样赤裸裸地、粗暴而突出地悬在您的生活之上,它只是一种认知,但却是一种仍在道路上的认知,而这条道路是无止境的。

然而其中不受影响的是那些在尘世中理解能力有限的人们。看到您生活在那灼热的熔炉之中,这让他们十分惊恐。我只说一点关于自己的事。假如人们将这一切视作课堂作业,在我面前摆着三种答案:例如您从不对我谈论您自己,但这样您会毁掉我认识您的幸福,而比那更不幸的是,我会失去自己去试炼自己的机会。您对此不该保持沉默。但您可以对我隐瞒或美化那些部分。但在目前的状况下,我是能觉察出个中端倪的。而且若我不说出来,我便会加倍痛苦。您也千万别这样做。最后还剩第三种答案:尝试自救。在您的信中已透露出了一种微小的可能性。从信里我经常可以读出安宁与稳定,也经常可以临时读到一些别的内容,结尾通常是:"真正的恐惧。"

您所说到的关于您的健康(我状况不错,只是山野中的空气使我睡眠质量很差)不能使我满足。我认为医生的诊断并不那么可取。与其说它可取或不可取,不如说从您的举止才可以决定人们应当怎样理解那个诊断。很明显,那些医生是愚蠢的,又或者他们其实并不比旁人愚钝,但他们的狂妄是那样可笑。从人们与这些医生为伍的那一刻起,他们便必然会意识到,医生们变得愈来愈愚蠢。但这位医生目前所说的要求,既不十分愚蠢也不算不可能。其中不可能的是,您真的会生病,并且这个不可能将不会消失。但主要问题是,在您与医生交谈之后,这将对您的生活产生何种影响?

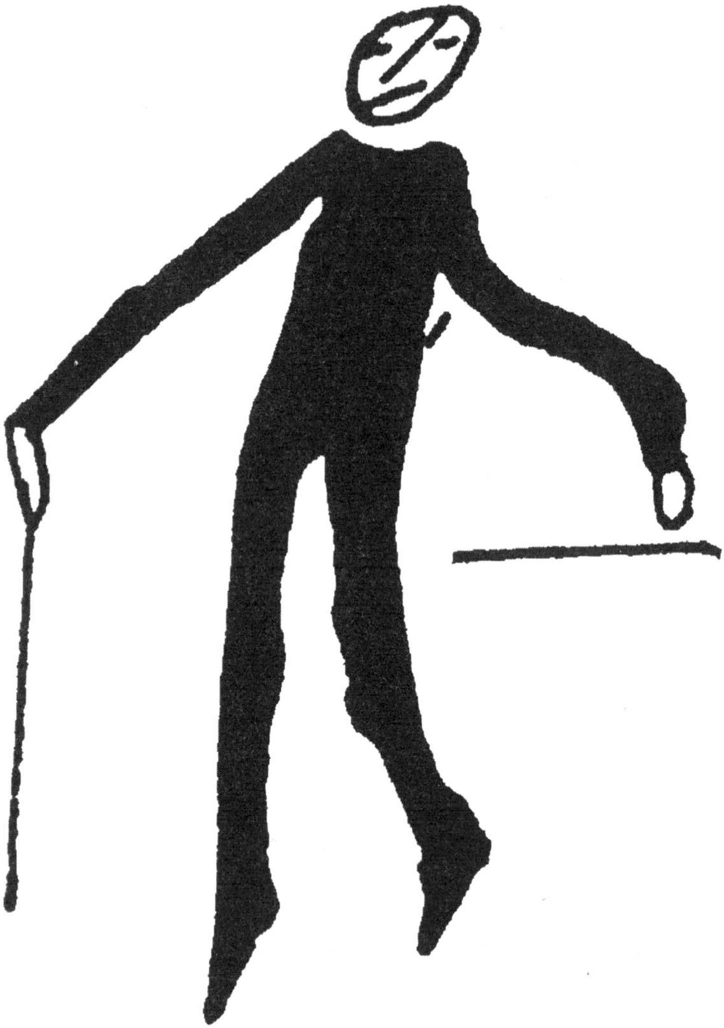

希望您能允许我再问您一些次要的问题：从什么时候起您没有钱用了，又是因为什么？您与家人联系了么？（我想着，您或许可以给我您常收取包裹的地址，还常用么？）像您在信中提到的，为何您之前在维也纳与那么多人交往，现在却门可罗雀？

您不想把那些小品文寄给我，您还不太信任我在读完这些文章后还能对您有正确的认识。好吧，在这一点上我与您意见相左。这完全算不上不幸，若在心灵的一隅已经存在一些对您的不满，那这种平衡还是很不错的。

对真诚唯一的试炼

亲爱的米伦娜夫人：

白日是那样短暂，只与您一起，再加上处理一些小事，便花费了一整天。我几乎没有一点时间去给真正的米伦娜写信。因为在一整天中，那位更真实的米伦娜都在这里。在房间里、在阳台上、在云端。

您上一封信所透露出的清新气息、和煦心情与无忧无虑是从何而来的呢？或许是我的感受出了问题，不然是那几个散文片段起了作用？或者对无论自身还是其他事物，您都尽在把握？究竟是因为什么？

您在信的开端很像一名法官，我是说真的。而且您对"或者说并不完全合适"这句话的指责是正确的，就像您对"好意"的看法从根本上而言是正确的一样。这自然是不言而喻的。若我就如我心中所描述的那般，心中持续充溢着满满的忧虑，那么我必然无法再继续待在躺椅上。我肯定会突破一切障碍，在一天后就出现在您的房间里。

这是对真诚唯一的试炼，其他都是空谈。或者去追随基本的感受。但它是沉默的。

您怎么做到对那些您所描写过的可笑之人（带着爱意的、魔法般的笔触）、那个提问的人，以及其他如此多的人，不带丝毫厌烦之情呢？您有判断的能力，女子总是最终下判断的那一个。（那则来自巴黎的传说使这件事略有些暗淡，但巴黎亦只是要判断，哪位女神能在最终做出最准确的判断。）这或许与可笑无关，或许只是一瞬间的可笑，但在整体中却看起来庄重美好。这是否使您觉得留在那些人身边尚有希望？谁也不能说自己知道您这位女法官心底最隐秘的想法，我感觉您对这些可笑之处均抱着宽宥、理解、博爱的态度，并通过您的博爱，而使它们变得高贵。尽管这些可笑之处与狗的东奔西跑毫无异处，尽管狗主人横穿过去，他并不走在路中央，而是恰好走在这条路所延伸的地方。但这仍然会成为你的博爱的含义之一，我对此十分确信（我只想再问您一遍，并认为它十分古怪）。为了强调这种可能性，我突然想起公司里的一个员工所说的话。数年之前，我常去莫道河畔的斯林特兰克，乘着一叶扁舟，四肢伸展地躺在船上，顺着水流而下，掠过河上的桥。若从桥上看下来，我那面黄肌瘦的样子一定显得格外怪异。有一次，那个员工在桥上看到我。在充分强调过那幅图景的怪异之后，他如此归纳了自己的印象：我看上去就如同接受末日审判一般。好似那一瞬，棺盖业已掀开，而所有尸体尚僵卧不动。

我做了一次小小的远足（并非我之前曾提及的大型郊游，它已经不作数了），其中有三天的时间我都因（一种极不舒服的）怠懒几乎做不成任何事，也无法提笔写字。那些时日里我只能阅读，读书信，读那些文章。我时常认为，那样的散文自然并非以其自身的意愿而存在，而是昭示了通向某一人的路径。在这样的道路上，人们愈走便愈喜乐，直至在一瞬间的畅快明亮中，人们才幡然领悟，自己已无法走得更远，而是只能在自己的迷宫中四下奔走。只不过他们会比平日里更加兴奋，亦更加迷惘罢了。但无论如何，一位不同寻常的女作家写作了这些文章。对您的大作，我几乎抱着与对您本人所怀有的全部信任。对于捷克语，（我知之甚少）我只知那是一种语言的音乐，就如柏泽娜·涅目科娃所使用的一般。但在您这里，它是另一种音乐，但在坚毅、热烈、生动与极通透的聪慧方面，您二人的音乐又有相近之处。这是近几年才出现的么？早些年您也写作么？您自然可以说，我其实带着可笑的偏见。您是对的，我确实有所偏见，但我的偏见并非从自己粗粗阅读的文字（那是一些不尽相同的文字，且段落之间有被报纸影响的痕迹）中所得，而是等再三品味后才出现。因着两个段落的误导，我竟认为那两篇语焉不详的时尚文章是出于您之手。由此您必然可以看出，我的评论是多么不入流了。我很想把这些段落留下来，至少给我的妹妹看一看。但由于您一时三刻就需要它，于是我便将之附在信中。而且我也看到了页边的那些计算公式。

我对您丈夫的评价迥然不同。在咖啡馆的圈子里，我感觉他是最值得信赖、最善体人意、最沉着镇定，几乎有些过分慈爱。然而同样他亦是令人捉摸不透的，但这最后一点并不能抹杀前面那些特质。我一向敬重他，却既无机会也无能力进一步了解他。但我的朋友们，尤其是马科斯·布赫德[①]，对他评价甚高。每每我想起他，这些赞扬之语便会回荡在耳畔。我尤其欣赏的特质是，他在咖啡馆的时间里，每到夜晚便会接几通电话。因为或许有人会通宵不睡守在电话旁，间或打着盹儿，头靠在椅背上，时不时便会被电话铃声惊醒。我极理解这样一种情形，这或许也是我写出这许多话的原因吧。

此外，我承认司特沙与他都是对的。一切我无法做到的事，我均承认它们是对的。只有当无人再争取时，我会悄悄地更加认可司特沙的正确性。

您的弗兰茨·K

好像徜徉在一个美丽幸福的日子里

周二

我计算了一下：周六写信，除去周日休息，那么下周二中午信件便已送达。周二时，我从侍女手中夺过那封信，多么美好的书信往来！我预计周一启程，并将信寄出去。

[①] 马科斯·布赫德（1884—1968）：捷克犹太作家，卡夫卡的挚友。

您那样顾虑周全，您挂念着没有收到的回信。诚然，上周里的数日我都没有写信，但从上周六开始，我每天都写信。这期间您会收到三封来信，而且您会赞扬那段无信的时光。您会发现，您的一切忧虑都是有理有据的，也就是说，我总的来说对您很生气，特别是您信的大多数内容都令我不喜，而且那些小品文令我恼火，等等。不，米伦娜。首先您不必惊慌，从相反的方面来说，您应当为之战栗！

我很高兴能在收到您的信之后，再用我那无眠的头脑回复您。我不知道该写些什么，我只在字里行间来来回回，在您双眸的注视下，在您的一呼一吸间，就好似徜徉在一个幸福美丽的日子里。即便我的头脑发昏，困倦不堪，并且下周一要启程经过慕尼黑，这幸福美丽的感觉依旧长存。

您的弗兰茨

您为了我才一口气跑回了家？如此一来倒说明您身体健康，我也就无须再担忧您的健康了？老实说，我确实再无挂怀——不，我又像从前一样言过其实了。但我的那种忧虑就像是将您放在我的眼皮子底下，给您喝我平时喝的牛奶，为您带去我所呼吸的从花园里吹来的空气，使您日益强壮。不，这仅仅是很少的一部分，比起滋养我，它更能为您带去力量。

出于各种原因，我周一很有可能不会启程，而是会推迟一阵。然后我将直接前往布拉格，最近新开了一条快车线，柏岑经慕尼黑至布拉格。若您还想给我写上只言片语，尽可以写来。若我临走之前收不到，那么将会被转投到布拉格。

为了我，请保重自身！

弗兰茨

这简直是愚蠢的化身。我在读一本关于西藏的书。在读到对西藏边界、群山之中村落的描写时,我心中突然涌起一阵痛楚。那个村落看起来如此荒无人迹、与世隔绝,它距离维也纳是那样遥远。我认为描述西藏距离维也纳很远是愚蠢的事情。它真的很遥远么?

心静一如古井

米伦娜,您看。在经历了一个几乎彻夜未眠的夜晚之后,上午,我躺在躺椅上,全身赤裸,一半在阳光下,一半是阴影中。我要如何才能入睡,因为我的睡眠轻飘飘的,总在围绕着您飘荡,也因为我真的会如您今日所写的那般,被"落入怀中的事物"惊吓到。这种惊吓就好似人们说起预言家们,说他们曾是脆弱的孩童(如今亦是,或将来依然是。这两者无甚区别),当听到有一个声音在呼唤他们时,他们便会惊慌失措。但他们本不想这样,便将双脚牢牢扣住地面,恐惧几乎撕裂他们的大脑。由于早先就已听到这样的声音,却不知道那可怖的声响是如何混进那种声音的——是因为耳朵太脆弱呢,还是因为这声音太强势?——因为他们是孩童,故而无从得知那声音已战胜了他们,并通过他们预感到的恐慌而留存下来。但以上种种并不能证明他们预言的能力。许多人都听到了那个声音,但它对这些人而言是否意义重大,客观而言这还有待商榷。为保险起见,最好还是中途彻底否认它的存在。收到您的两份来信时,我就是这样躺着。

米伦娜,我想你我有一个共同的特点:我们既害羞又胆怯。几乎每一封信都另起话题,几乎每一封信都会对上一封信或下一封回信而感到惊恐。我很容易能看出,这并非是您的天性使然。而我,我或许也并非出于天性,但这如今几乎成为了我们的天性,它只在怀疑,至多在愤怒中才会逐渐消逝。不要忘了:还有在恐惧中。

有时我会感觉,我们处在同一个房间中,这房间有两个相对的门,你我均握着自己的门把手。若有一个人睫毛扇动了一下,另一个人便会出现在其门后。一个人只需说一个字,另一个人便会关上身后那扇门,并再也看不到了。他会再次打开那扇门,如此便再难离开这个房间。若第一个人与第二个人不完全相似,那么他就会很安静,表面上他完全不会朝第二个人看上一眼,会慢慢将房间收拾妥帖,好似这房间与其他任何房间并无不同一般。此外他也会对他的门做同样的事,有时甚至两个人都跑出去,仅余一个空荡而美丽的房间。

由此生出了痛苦的误会。米伦娜,您曾对那些信颇有微词,说无论怎样抖落信纸都不会掉出任何东西来。但若我没有搞错的话,正是这些纸张,我才得以在字里行间与您如此接近,我压抑着热血,您也抑制着感情,在幽深的密林中,沉寂中静谧。人们别的什么都不想说,除了会说,透过树木能够看到其上的天空。就是这样了,一小时后人们又会重复这句话,但其中必然"没有一个字是经过深思熟虑的"。这持续得并不久,至多也就是一瞬。在下一秒,无眠之夜的号角又将喑哑地响起。

米伦娜,请您思索一下,我是怎样走到您身边的。我的人生旅程已经走过了三十八个年头(由于我是犹太人,这旅程其实要更加漫长)。若说我是在某个转角偶然看到了您,但我却从未奢望自己会遇到您,如今到了这把年纪更不会做这个指望。然后,米伦娜,我无法叫喊出声,心中亦静如古井。我不会说那千百句傻话,我心中并没有这些(我不会再做那样的傻事,因为之前已经做得太多了)。我跪下来,或许这样我才能得知,您的双足就在我眼前触目可及,我可以亲昵地抚摸它们。

米伦娜,您不要求我坦率真诚。除我自己之外,谁也无法更多地要求我这一点。诚然,我疏忽掉了许多事情,或许我疏忽掉了所有。但在这猎场之上的鼓舞却鼓舞不了我自己,相反的,我一步也迈不出去。突然,这一切成了一个圈套。猎人被猎物扼杀。米伦娜,我如今所走的道路是那样危险曲折。您紧紧地依偎着一棵树,那样年轻、那样美丽。您的眼中反射着这个世界的苦难。有人在玩着"树苗、树苗、换换个儿"的游戏。我从一个树荫下潜行至另一个树荫下,我就在半路上,您呼唤着我,提醒我注意安全,想要将勇气传递给我,对我那并不稳当的步伐深感惊慌,提醒我(我!)注意游戏的严肃性——但我不能,我倒了下来,我平躺着。我不能一只耳朵去听内心里骇人的声音,另一只耳朵去听您的呼唤。但我能听到那个声音,并充分信任您。除您之外,我再无法信任其他任何人。

您的弗兰茨

对抗夜晚

周日

米伦娜,您这两页信纸上的言谈是发自肺腑的,出自一颗受伤的心("这让我痛苦"这句话写在那里,是我伤害了您),这听起来那样纯洁而骄傲,好似击中的不是心,而是一块钢铁。您的话语需要的是那些最不言而喻的事情,同时亦误解了我(我所说的那些"可笑的"人们确实就是你的那些人们。还有,在您二位之间,我在何时曾选择过立场?那个句子在哪儿?我那丑恶的念头萌生于何处?我怎会去评判事情呢?实际上——在婚姻、工作、勇气、牺牲、纯洁、自由、独立、真实中——在你们两者之间我陷得那样深,以至于宣之于口都令我深感厌恶。我又怎么胆敢向您提供积极的帮助呢?若我真的有胆量这样做,那我又凭什么能做到呢?以上的问题已经够多了。它们本来在阴间沉沉睡着,您为何要在青天白日里召唤它们?它们是那样晦暗、悲伤,行事亦是如此。请您勿要说什么两个小时的生活要比两页书信更丰富,书写是虚弱的,但却更明了。)——您误解了我,但事关我自己,我依然难辞其咎。奇怪的是,很大程度上我都不是您所想的那种人,故而以上所有问题我都将用"不"与"哪儿都没有"来回答。

然后我收到了您有爱的电报,它是对抗夜晚的安慰剂,那是我的旧敌(这远远不够,但这并非您的责任,而要归咎于那冗长的夜。这短暂的尘世之

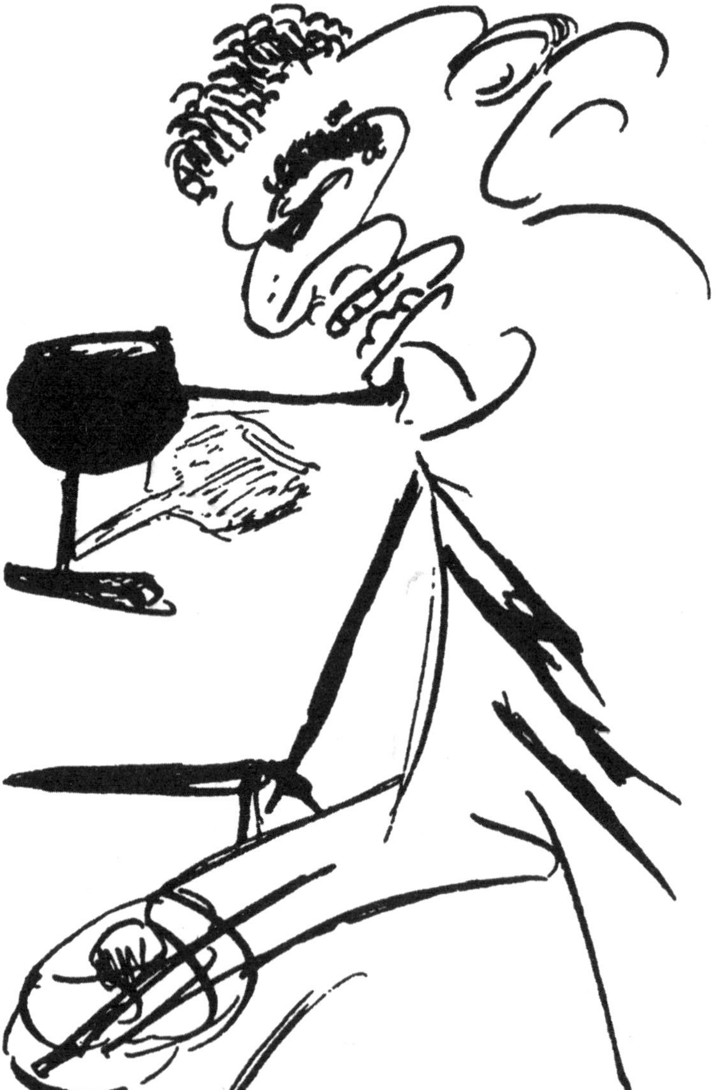

夜几乎教会了人们去畏惧那永恒的漫漫长夜）。尽管您的信中包含了那样多、那样恰到好处的抚慰，但它到底是一个整体，您的两页信纸在这个整体中肆虐。但电报却是独立的，它对信件一无所知。但，米伦娜，我可以针对电报说一说：假如我抛下一切前往维也纳，您面对面地对我说出那样一席话（也就是我方才所提及的那些话，并未从我身上掠过，而是直直撞了上来，撞得有理有据，虽然理由不那样充分，但依然有力），即使您未曾将之宣之于口，但您必然想到过它，用眨眼或耸肩来表示过，至少曾假设过。如此我便如遭棒喝，将直挺挺地倒下来。到时候即使您再怎么急救恐怕也无力回天了。假如上述这一切不会发生，那情况可能会更糟。您就看看吧，米伦娜。

您的弗兰茨

我头上盘旋的恐惧之蛇

今天我或许要说明一些事情，米伦娜（这是一个如此丰富而又掷地有声的名字，其内涵之深广几令人难以承受。起初我对这个名字并不甚喜欢，感觉像是个希腊人或罗马人的名字，误入了波西米亚，而被捷克语所歪曲，在重音上被欺骗，但却在颜色与形态上展现了一个曼妙的女子，被人用胳臂从世界上、从火中托举起来。我不知道。她服从且充满信赖地伏在你的肩膀。只有重音落在"i"[①]时才略有些凶恶，这名字不会从你身上一跃逃走吧？或许这将是幸运的一跃，是你为了甩掉重负而做出的？）。

你写的信可分为两类，我并不是指用钢笔或用铅笔写作的那两种，尽管用铅笔写作确实意有所指，而且令人十分感兴趣。例如最近那封附上房卡的信就是用铅笔写就的，它就令我十分愉悦。能够使我高兴的（你要明白，米伦娜，我的年龄、我的耗损与我的恐惧。你要明白，与之相对的是你的青春、你的蓬勃、你的勇气。我的恐惧与日俱增，它意味着对世界的畏缩。而世界的压

———
① "i"：米伦娜的名字为Milena。

力却增强了,于是恐惧便更深重。但你的勇气意味着推进,于是压力减轻,也就滋生出了勇气)是那些平和的信件,面对这样的信件我才能够安坐,感到无比幸福。它们如一掬甘霖轻洒于我灼热的头颅。但假如收到另一种信件,米伦娜,就其本质而言,它比上一种更能为我带来喜悦之情(但由于我自身的弱点,总要过几天才能浸润在您带来的幸福中)。我指的是那种以叫喊开头的信(我确实相距甚远),对此我不知道结局会给我怎样的惊骇之感。米伦娜,实际上我会开始战栗,好似立于警钟之下一般。我不忍去读,但自然还是会读。那时我便会如一头焦渴到极点的野兽般大口饮水。此外便是恐惧、恐惧。我找到一件家具,趴到下面躲起来。我毫无知觉地缩在角落里,颤抖地祷告,希望你能像从信中逃出那般再次从窗户上飞出去。我不能将风暴留在房间里。在这些信里,你必然有着美杜莎那个了不起的头颅,可怖的群蛇在你头上耸动着,而在我头上盘旋的必然是更荒蛮的恐惧之蛇。

周三与周四收到的你的信。但小姑娘、小姑娘(我在说美杜莎时就是这种语气),你对我所有愚蠢的玩笑(zid、nechápu与"讨厌")都认了真,对此我还想小小地笑话你一下。由于恐惧,我们彼此误解。请不要逼我用捷克语写信,我的话里没有任何责备的意味。其实我完全可以责备你,因为你认为你所认识的犹太人(包括我在内)——自然还有旁人!——都太好了。有时我真想把犹太人(包括我在内)通通塞进衣柜的抽屉里,然后等待,再略微打开一条缝,看看他们是否都已窒息而死了。若没有,便重新关上抽屉,如此往复,直至最终。至于我针对你的"言论"所说的,自然是认真的(这封信里总在出现"认真"一词。我对这个词——对此我无法细想——或许怀着极为骇人的不公正,但几乎同样强烈的是那种感觉,我感觉自己与它牢牢地捆绑在一起,愈来愈紧,我几乎要说"生死与共"这句话了。我要是能和它说说话该多好!但我害怕它,它比我高贵得多。你知道么?米伦娜。当你朝它走去时，你也就是从自身的平台向下跨了一大步。但若你朝我走来，那么你就是纵身跃入了深渊。你知道这个么？不，我在信中提到的我的"高度"并非是我的，而是你的）——我所说的"言论"，你对待它的态度自然是庄重的，对此我也不会曲解。

我又听闻你的病。米伦娜，若你十分需要静躺休息的话，你或许应当这样做。这样我在写这封信的时候，你或许就是躺卧着的。一个月之前我不就比现在好吗？我之前总担忧你（当然只在我的脑海中），知道你的病状，但现在我不再忧虑了。如今我只想着我自己的病体，只考虑我自己的健康状况，当然这两者，无论是前者还是后者，都是你。

弗兰茨

我今日小小地出游了一次，用以摆脱与那位亲爱的工程师在一起时令人无眠的氛围。我在那里为你写了一张明信片，但却无法签字寄出。我再也无法像对待一个外人一样给你写信了。

周五的信下周三即到，加急信与挂号信总比寻常信件走得更慢一些。

梦境

周一

今早醒来前不久，也是刚刚入睡后不久，我做了一个很可恶的梦，虽然还不算可怖（所幸对这梦的印象挥发得极快），只是个令人难受的梦罢了。也多亏做了这个梦，我才能短短地睡上一会儿。只有当梦消散时，人才会从梦境中醒来。人们也无法事先躲开它，它会牢牢地揪住人的舌头。

那是在维也纳，好似我平日在白日梦中所想象的、要前往那里一般（在那些白日梦里，维也纳只是一个静默的小地方，一侧是你的住所，对面是我即将下榻的旅店,左边是我将乘车抵达的西火车站,它的左边是弗兰茨·约瑟夫车站,我将从那里离开维也纳。我很高兴地发现,在我住处的底层有一家素食餐厅。但我在里面吃饭并不为果腹,而是为了回布拉格之后还能保持体重。我为何要说起这个?这其实并不属于梦境,很明显我对它仍心有戚戚)。梦中的一切也不确乎如此,那是一个真实的大城市。临近夜晚,晦暗潮湿。车流如织,面目全非。一个长方形的露天花园隔开你与我的住所。

我突然来到维也纳,赶在我的信之前,它们应该还在寄送的路上(这在之后令我格外痛楚)。毕竟我事先已经告知你,所以自然要与你见面。所幸的是(但这同时令我感到讨厌),我并非孤身一人。我身处一个小小圈子中,并且感觉到有一个小姑娘正陪着我。但对此我知之不详,那些人在一定程度上就好似我的助手。若他们能保持缄默就好了,但却总在聒噪,大抵是在议论我。我只能听到他们在令人厌烦地窃窃私语,却听不清到底在说什么,当然我也不想知道。我站在我住所右边的人行道上,静静观察你的房子。那是一栋低矮的别墅,在地基之上,有一个简单而美丽的圆拱石头敞廊。

突然跳转到早餐时间,敞廊上的餐桌已覆满食物。我远远地瞧见你丈夫走来,睡眼惺忪地坐在右边的藤椅上,大大地伸了个懒腰。然后你来了,你坐在桌子后面,以便人们能够看到你。距离实在太远,自然很难能毫发毕现,你丈夫的轮廓反倒较为清晰。不知为何,你的形象有些蓝蓝白白,流动多变,宛如鬼魅。你也将双臂张开,但不是为了舒展,而像是一种庄严的举动。

没过多久又到了傍晚,我与你一同在弄堂里。你站在人行道上,我一只脚踏在车道上。我执着你的手,对你说着一些急速、短促且无意义的话语。我们的谈话一帧又一帧,在梦境终结前几乎没有中断。我无法原原本本地复述所有话语。我只记得头两句与末尾两句话,中间的部分是唯一的,甚至无法言传的折磨。

见面时,我没有问候你,而是联系到你之前的书写,迅速地说道:"你想象中的我不是这样的。"你回答道:"老实说,我想象中的你要好看一些。"(实际上你当时用了一种维也纳方言中的说法,但我忘记了)

这便是头两句话(我突然想到:你可曾知道,就我个人的经验而言,我是完全没有任何音乐细胞的?)如今一切从根本上而言已经确定了,接下来还想怎样?但如今就再次见面的问题而开始谈判,你对此的一切言谈都是极度不确定的,而我则连珠炮般地向你发问。

现在,我的助手们要介入了。他们声称,我之所以前往维也纳,是为了去看一看维也纳附近的一所农业学校。如今看来,我有时间,而这些人则因为一派慈悲情怀想将我拽走。我洞察了这一切,却依然准备乘车离开。我大概只是希望这种认真准备离开的举动能打动你。我们一行人来到附近的车站,但这时才发现,我忘记了那所学校所在的地名。我们站在大张的列车时刻表前,他们不断地指戳着上面的站名问我,会不会是这个地方或那个地方,但全都不是。

这期间我间或能看到你的身影。老实说,你的外貌对我而言无关紧要,我只是很在意你说的话。梦中的你与现实中的你完全不像,前者的皮肤要黑上许多,干瘦的脸颊。如果你的脸颊依然圆润的话,或许也不会这样冷酷了。(但这是否称得上冷酷?)很奇怪,你的衣衫材料与我的一样,十分男性化,我一点也不喜欢。但我后来想到了信中的一段话(诗句:我只有两条长裙,但看起来依然得宜),你的只言片语对我有偌大的魔力,从那时起我便开始喜欢那衣服了。

但当时已近尾声。陪同我的人儿还在找寻着列车时刻表。我们站在一边谈判。谈判的最后一段内容大致如下:次日是周日,我竟认为你周日会分出时间来陪我,这对你而言简直是不可思议的提议。但你最后似乎让步了,说道,你愿意挤出四十分钟来。(对话的最可怕之处自然不是那些言语,而是那个背景。整件事情都是无意义的。我感受到了你与时俱增的沉默抗争:"我不愿来这里。我即使过来又于事何益呢?")我尚不知你何时能空出四十分钟,你亦不知。尽管你看起来费力思索了好一番,但还是无法确定。最后我问道:"或许我要等上一整天?""是的。"你说完便转过身,向着那些等待着你的人们走去。你的回答其实意味着:你根本不会来。而你对我唯一的让步,是允许我等你。"我不会等你的。"我说道,声细如蚊。我觉得你根本没听到这句话,但它是我最后的困兽一斗。于是我衔着一丝绝望又朝你大喊了一声,但你对此毫不关心。于是我神思恍惚地回到城内。

但两小时后我收到了信件与鲜花,善意与慰藉。

你的 F

我的爱人是横亘地球的一根火柱

周二

今早我又梦到你了。我们并排坐着,你推开我,却不是怀着恨意,而是和和气气地推开我。梦中的我很不快乐。这并不是因为你推开我,而是我自身的原因,因为我对待你的方式就好似随便对待一名哑女一般,没有去倾听你所说的、所对我说的。又或者并非我没有听到,而是无从回答。我走开了,这比第一个梦更绝望。

此外,我突然想到自己曾读到过某人写的这么一段话:"我的爱人是横亘地球的一根火柱。如今她拥住了我。但引导她的并非是怀中的我,而是那些旁观者。"

你的

(如今我连名字都弃用了,它愈来愈短。只缀上:你的)

城市巨大，而你只需要一个房间

周三

说真话是困难的。因为尽管真相只有一个，但它是活生生的。真相拥有一张活生生的、变化万千的脸。若我在周一深夜至周二凌晨答复你，那么一切将十分可怕。我躺在床上，如受极刑鞭打，回复着你，向你抱怨着，试图吓退你，咒骂着我自己。（原因是，我入夜了才收到信件，而在那时看到这些认真的话语容易激动、容易受其影响。）次日清晨我便前往柏岑，坐电车前往克罗本施坦，在一千两百米的高处呼吸着纯净清凉的空气，虽然当时有些神思昏沉。山顶对面不远处即是第一排白云岩峰，然后我在归途中为你写了以下数语，现在将他们誊录下来。我觉得这些话语，至少今天看来，太过辛辣了。日子就这样纷乱地过着：

终于只余我一人。工程师留在了柏岑，而我乘车归来。对于工程师以及其他人挤在我们之间这件事，我并不觉得难受，因为我的心思甚至都不在我自己身上。昨夜快到十二点半时，我先是在写作，然后花了更多的时间思念你。之后，我直至次日六点几乎没能浅眠一会儿。然后我将自己从床上拽下去，就像是一个陌生人将另一个陌生人从床上揪下去一样。这样很好，在梅拉诺一片暗淡无望的天地中，我变得麻木不仁，开始用书写来打发时间。其实这次出行，我始终浑浑噩噩。它在我的记忆中像是一场不甚清晰的梦境，并不深刻。昨夜之所以如此，是因为你在信中（你的目光通透清亮，或许这并没有什么稀奇。人们在小巷中穿行时，你就用那目光定定地瞧着。但你有注视的勇气，更有迎着目光继续看过去的力量。最主要的就是这种继续注视的行为，你能做到这个）唤醒了那些半闭着眼睛伺机而动的老魔鬼。虽然这很可怕，让我冷汗涔涔（我向你发誓，除了这些魔鬼与他们不可思议的力量，我其他什么都不怕）。但这是好的，是健康的，只需要剥下他们滑稽的戏服，便可知晓他们就在这里。尽管你的解释与我所谓的"你必须离开维也纳"不太一致。我的本意并不草率（而是鉴于之前的印象。我直到那时都没有仔细思索过那样一种关系。当时我神思恍惚，你突然离开维也纳的举动对我而言是那样理所当然。若从绝对的私心而论，我对你的丈夫感到抱歉。一开始，我的歉意彻底击中了我，后来十次、百次，直至将我劈成碎片。你的情形想必亦是如此），而且我也不怕那有形的重担（我赚得不多，但我相信供你我两人花费肯定够了。当然不考虑期间生病的情况），我很诚恳地看待自己思考与表达的能力（尽管我之前也这样想，但你是真正用扶持的态度看待这一点的人）。真正令我瞪大双眼担忧、令我带着恐惧陷入无意义深思的（若让我在恐惧中入睡，可能我早已不存在了）只是那种内心中让我倒戈的力量（从给我父亲的信中，你能对此了解更多，但也不是全部，因为那封信为了达到目的而做了太多矫饰）。这种倒戈大体上可以这样解释：我在一个硕大的棋盘上连小卒中的一名小卒都算不上，而且差的不是一点半点。但现在我却要违反游戏规则，扰乱所有棋路，妄想占据皇后的位置。我是小卒中的小卒，一个完全不存在、完全上不了场的角色。或许我同时还想占据国王的地盘，甚至整个棋面。假如我真的这样做的话，一切将会惨绝人寰。故而我对你提出的建议，其意义对你比对我而言大得多。这在此刻是无可置辩的、病弱无力的，是绝对幸福的。

以上就是我昨天所想的。例如今天我想说，我一定会去维也纳，因为今天是今天，明天是明天，我给自己留有余地。我不会"从天而降"的，也不会周四之后去。如果我去维也纳，一定会给你寄一封从管道寄送的信件，除了你我谁也不会见，这个我心中有数。周二之前显然不能成行。我想在南站下车，还不知道该从哪里出发，同时我想在南站附近住下。很遗憾，我还不知道你什么时候有空来南站。我打算五点钟就在那里等着。（这句话我肯定在某个童话中看到过：若他们没有死去，那么今天必然仍活着。）我今天看到一张维也纳地图，一瞬间这张图令我感到不能理解，人们居然建造了一个如此巨大的城市，而你在那里只需要一个房间。

F

失眠使人智慧

周四

人在没睡足时要比睡足时明智许多。昨晚我睡得有些足，然后我就写下来那一篇关于维也纳之行的蠢话。此行毕竟不是什么无关紧要的小事，也并不是说来取乐的。我无论如何也不会搞突然袭击，光是想象一下我就已战栗不已了。我根本不会去你的住处。若你周四还没有收到任何管道寄信，那么我将前往布拉格。此外，我听说自己将从西站下车，而我记得昨天写的是东站。不过这也无足轻重了。我也不是一个不切实际到夸张的人，没那么顽冥不化、不修边幅（前提是我睡了一会儿），对此你不必忧心。若我坐上去维也纳的车，那么最有可能的是我将在维也纳下车，只有上车十分繁琐。就这样吧，再见。（但不会是在维也纳，大约还是在信中再见。）

F

你每天就吃这些度日？

周五晚

今早我写了一些傻话，现在收到了你两封鼓鼓囊囊的可爱信件。我将亲口答复它们。若内心与外界不出什么事端，周二我将到达维也纳。假如我（我想周二是个节日，那么那个我能给你打电话或投递管道信的邮局或将关闭）今天就说好一个等你的地点，或许是明智之举。但若我今天此刻就说出一个地点，那么在见到你之前的三天三夜里，那个地方会一直出现在我眼前，空空荡荡，只等着我周二在特定的时间出现在那里，这一切将令我窒息。米伦娜，这世上是否有那么多耐心可供我使用？等周二告诉我吧。

F

周二 十点

这封信十二点时应该还没送到，或者说肯定不会到，现在已经十点了。如此一来就要等到明天了。或许这样更好，到时候我已经身在维也纳，坐在南站的一家咖啡厅中，（这算什么可可，算什么糕点？你每天就吃这些度日？）但我的身心尚未归一。两夜没有阖眼，不知第三晚能否在南站旁我住的那间利瓦饭店（就在车库旁）安然入睡？我没有更好的主意了：周三，我会从上午十点开始在旅馆门口等你。米伦娜，请不要贸然"从旁边"或"从归路上前来"吓我一跳，我也不会这样来吓你。今天我大概会去游览名胜：雷新菲尔德大街、邮局、从南站到雷新菲尔德大街去的路、贩卖煤炭的女商人，等等。我尽可能隐身不见。

你的

想你的容颜

周日

今天,米伦娜,米伦娜,米伦娜——今天除了这些我再也写不了别的。但是,米伦娜,今天只是很慌张、疲累,加上你不在身边(最后一点在明天依然不会改变)。怎么会不累呢?本来承诺给这个病怏怏的男人三个月假期,结果只给了他四天,从周二到周日,就这短短数天,还要将夜晚与早晨都计算在内。我还没有完全康复,这种感觉总是对的吧?我说得对么?米伦娜!(你在一张单薄的床铺上沉沉睡着,我在你左耳旁轻语,你缓缓地、毫无察觉地从右向左翻过身去,向着我的嘴巴。)

旅途?一开始很轻松,月台上没有报纸可供阅读。这是一个跑出去的理由。你不在那里,这很正常。然后我再次上车,车开动了,我开始读报纸。一切都很顺利。过了一会儿,我放下报纸,但这时你已经不在那里了,确切而言你仍在那里,我感觉你就在身旁,无处不在,但这样一种形式的存在与四天后你的存在又极为不同,我必须加以习惯。然后我就开始读报,上面登着巴尔的日记,描写的是格莱茵旁的巴德斯克罗岑。现在我又一次放下报纸,但当我从窗户望出去时,一列火车隆隆驶过,车厢上写着:格莱茵。我将目光转回车厢里,对面有一位先生在读上周日出版的《人民报》,我看到上面刊着一篇茹泽娜·杰森卡的小品文,我向他借来报纸,可读起来味同嚼蜡。然后我搁下报纸。现在我坐在那里,眼前出现了你的面容,就像在车站与我告别时那般。在站台上,我看到了一幅前所未见的自然图景:日光并非被云层所遮掩,而是自顾自地暗淡起来。

我还要说什么?喉咙派不上用场,手亦不听使唤。

你的

通往维也纳的秘径

周日，稍晚

行李工带来了附加的信（阅毕请立刻撕碎所有信件，包括马科斯的信），请尽快给予答复。我在信里写到自己将于九点到达那里。我很清楚自己应该说什么，却不知道自己应当如何开口。老天，若我结了婚，当我回家的时候没有看到那个行李工，而是看到一张床。我钻进被窝，将自己藏起来，郁郁寡欢，找不到那条通往维也纳的隐秘路径！我对自己说这些，是为了让自己明白，我所面对的困境是多么不值一提。

你的

我给你寄这封信，是为了让自己相信，当我在你住处前逡巡时，你正紧紧地靠在我身旁。

我虽与她并肩走，却融化在对你的爱意里

周日，十一点三十分

> 至少，我要给这些信，
> 编上序号，
> 使你不致错过任何一封，
> 正如我在小公园里，
> 不会错过你一样

没有结果，尽管一切都已如此明晰了，而且我亦这样说过。我不想描述个中细节，只有一件：远方那些人没有聊到任何关于你或我的坏话，甚至说都没有说。由于我心里明镜儿似的，所以连一丝怜悯也无。鉴于事实我只能说

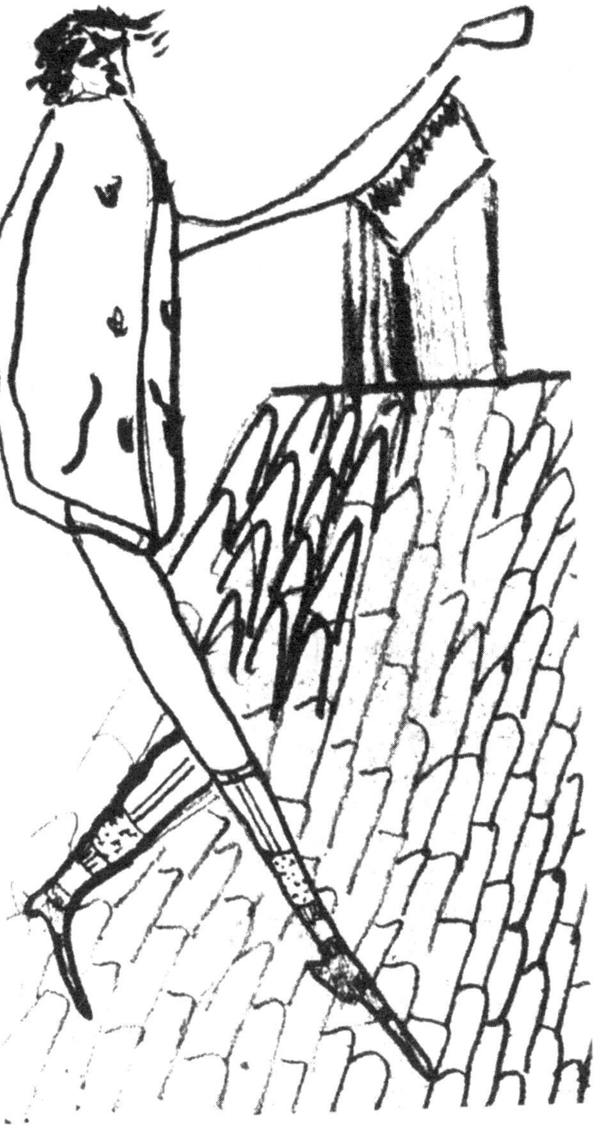

一点，我与她之间的关系没有丝毫改变，并且任何时候都不会发生改变，只不过，这充其量也就是件讨厌的事。这是刽子手的工作，不是我的。只有一点，米伦娜，假使她身染重病（她看起来情况很糟，陷入了极度的绝望中，明天下午我必须再去探望她一趟），假如她真的生了病，或者出了别的什么事，那么我就再没有什么力量持续不断地告诉她真相。这不仅仅是真相，而是包含了更多含义。这意味着我虽然与她并肩走着，却已融化在对你的爱意之中。假如真的发生了什么事，米伦娜，你一定要过来。

F

真是蠢话。你不会来的。基于同样的原因。

明天我会将致父亲的信寄到你的住处去，万望妥善保管，或许哪一天我还想将它交给父亲。万勿将其示与旁人。读信时请理解其中诸多律师式的用法，它本就是一封律师信。

周一早

今天我会给你寄去《可怜的吟游诗人》一书，这并不是因为它对我本身有何种重要意义，尽管前几天确实如此。我将它寄给你，是因为它是那样的维也纳，那样毫无乐感，那样催人泪下。因为它就在人民公园里俯视着我们（正是我们！米伦娜，当时你就走在我旁边，想想吧，你就那样伴我在侧），因为它散发着十足的官僚气，因为他那样深爱着一个长于经商的姑娘。

不幸之上的小幸运

一早我收到了你周五寄来的信，晚些时候又收到了周五晚间的信。第一封是那样哀伤，好似在车站里你哀伤的面容。其中的内容并不哀伤，何况它已经过时了。所有一切都已随风而逝：漫步其间的森林，相偕走过的城郊，促膝而坐的旅程。但有一些是永不会消逝的，永不：那笔直的、相伴而行的旅途，沿着碎石铺就的巷弄漫步前行，沐浴着余晖穿过林荫道。永不止息。但若说它永不止息，无疑是在开玩笑。案卷横尸在桌上，此外还堆叠着一些已阅毕的信件。向经理致以问候（我尚未被解雇）。再就是慌脚鸡似的东游西窜。与此同时，我耳中总像有一架小钟在低鸣："她已不在你身边了。"诚然，空中某处仍有一口大钟在鸣响："她是不会离弃你的。"但那小钟恰恰是在我耳中低鸣着。随后，夜间写就的信件也来了。难以理解，一个人要怎样才能充分廓张与收缩胸脯，去呼吸那样的空气。难以理解，自己怎么会离你那样遥远。

尽管如此，我并不抱怨。以上种种并不是抱怨。我记着你的话呢。

现在要叙述旅途的故事，然后我要说：你不是天使。我其实（也不能说"其实"）一早就知道，我去维也纳的签证两个月之前便已失效。但在梅拉诺时有人对我说，过境根本不需要签证，果然在进入奥地利时没有遭人刁难。所以在奥地利时，我将这个错误全然抛诸脑后了。但在格蒙德的护照办理处，有一个官员（年轻男子，很强硬）立时发现了这个错误。我的护照被放到一边。别人都可以继续向前，进入海关检查处，但我不可以。这已经够糟糕了（一直有人来打扰我。这是我的第一天，我压根没有义务去听那些公务上的废话。总是有人冲将过来，试图把我从你身边推开，不，其实是将你从我身边推开。但，米伦娜，他们完全不可能得逞，不是么？永远没有人能将我们分开）情况就是这样。但当时你应该已经开始工作了。一个边防警察走了过来——他友善且坦率，带着奥地利人的样子，真诚地同情着我的遭遇——引导我走上楼梯，穿过走廊，进入边防站长室。房间里站着一个罗马尼亚的犹太女人，也犯了类似的错误。说也奇怪，她亦是你的一名友善的使者，你这个犹太小天使。但反面的力量要强大得多。那个大个子站长和他的小个子助手接过我的护照。此二人面有愠色,带着由饥馁所致的蜡黄,至少当时是如此。站长只翻了一下,便做出决定:"回维也纳去,到警察局办理签证!"除了连连重复"这对我来说太可怕了"之外什么也说不出。那站长亦是带着讥讽与恶意不断重复着:"对你来说只能如此。""不能打个电话取得签证么?""不行。""若由我承担全部费用呢?""不。""这里就没有更高一级的主管部门么?""没有。"那个女人格外地镇定自若。她见我那么苦恼,便请求站长至少放我过去。多么无力的抗辩,米伦娜!你也无法助我渡过难关。我不得不沿着那条长路返回护照管理处,取回我的行李,今天是走不了了,一切已成定局。当时我们一起坐在边防站长室,除了延长我车票的有效期,那个警察也不知该怎么安慰我。站长下了最后通牒后便回到了自己的私人办公室,只留那名瘦小的助手在那里。我默默计算了一下:下一班去维也纳的车将于晚上十点发车,次日凌晨两点半抵达维也纳。利瓦饭店的小虫子差点没咬死我,而我在弗兰茨约瑟夫车站旁的房间情况如何?但我在那里根本找不到房子,那么我将(在凌晨两点半时)去雷新菲尔德大街(清晨五点时)找个住处。然而无论如何我都必须在周一上午去办签证(能否立取?还是要等到周二?),然后去你那里,看你开门后吃惊的样子。我的老天。我的思维有一瞬的中断,然后又继续下去。但在这样一个夜晚、这样一场旅程后,我的状态会是怎样的?我还是得立刻踏上一列将行驶十六个小时的火车。我将怎样抵达布拉格?从电话里再次听到我延长假期的请求,上司会怎样回应?你自然不希望事情变得这样,但你到底希望些什么呢?别无他法。我突然想起一件事,这令我稍稍感到些许慰藉:我可以在格蒙德过夜,第二天一大早去维也纳。我精疲力尽地询问一旁安静的助手,早晨什么时候有前往维也纳的火车。他回复说早晨五点半有一趟车,上午十一点可以抵达维也纳。好,我决定坐这趟车,那个罗马尼亚女人亦然。然而此时在谈话中突然出现一丝转机,我也不知道为什么,小个子助手突然愿意帮助我们了。若我们在格蒙德过夜,他早上独自在办公室时可以放我们去坐开往布拉格的普通客车。那么我们在下午四时便可到达布拉格。对站长我们则会说，将乘明早的火车前往维也纳。妙极了！尽管也只是相对的妙，因为到了布拉格我还是得拍电报请假。无论如何。站长来了，我们围绕着去维也纳的早班车演了一出短短的戏剧。然后助手打发我们离开。我们约好晚上再悄悄来找他商量下一步的对策。在一片墨黑中摸索前行的我认为，这应当归功于你，而实际上这只是敌对势力的最后一波进攻。我与那个女人一起，慢慢从车站走出来（我们原本应当乘坐的那辆快车还在那里，行李检查需要很长时间）。这里距离城里有多远？一个小时。只能如此了。但我们发现车站旁也有两家旅馆，我们朝着其中一家走去。旅馆近旁有一条轨道，我们必须得穿过这条铁道。但此时开来一辆拖斗卡车，我仍想快步跑过去，但那个女人拽住了我。然而那辆车停到我们面前，如此一来我们必须在那里等着。我们想，这只是不幸之上附加的小小不幸。但这次等待恰恰是一次转折，如果当时没有等，那我周日也就到不了布拉格。就像是你在西火车站跑遍一家又一家旅店一样，你叩遍了天堂上的大门，为我请求。因为这时你的警察从车站沿着这条长路向我们跑来，叫喊着："快回来，站长放你们走了！"这是真的么？我的喉咙一瞬间哽住。在我们数次请求之后，这个警察才收下我们的钱。现在得跑回去，去站长那里取回行李，然后跑到护照检查处，然后再跑到海关检查处。但现在你已将一切打点妥帖，我不必提着箱子东奔西走，在我身边有一个行李搬运工。在护照检查处我挤进人流，警察直接放我通过。在海关检查处时，我没有发觉自己遗失了那个钉着镀金衬衫扣的盒子。一个工作人员看到了，将它递还给我。我们一上去便发车了，我终于能擦拭一下脸上与胸前的汗水了。你就永远留在我身边吧。

F

她会在你的信前下跪

周一

我当然认为,我应当去睡觉。此时已是凌晨一点。晚上我原本打算早早开始动笔给你写信的,可马科斯在这儿。对他的到来我感到很高兴。且到现在为止,由于那个姑娘以及因她而起的忧虑,我一直未能去他那里。八点半前我同那个姑娘在一起。九点时,马科斯通知我他要来,故而我们一同散步到了十二点半。试想一下,我原以为在给他的信中已经说得无比明白了,我说的是你,你,你——笔尖又一次有些涩滞了——他完全没明白,直到现在才得知你的名字(我自然不会莽撞地写得那么明白,因为那个女人有可能会读到那些信)。

那个姑娘:今天已经好些了,但付出了高昂的代价。我竟允许她给你写信,这令我十分懊悔。我对你的恐惧心理表现在今天从邮局寄给你的那封电报中("那个姑娘写信给你,友好地回复——而且此处我还想加上'非常'——强悍一些,不要弃我而去")。总体而言,今天发生的事还算平静,我克制住了自己,心平气和地向她谈起梅拉诺,气氛稍稍和缓了些。但当我们谈及最重要的事情时,那个姑娘在卡尔广场上,就在我的身边,长时间地战栗不已。我只能说,你身边的其他一切事物,它们不会发生任何改变,会渐渐消逝,最后化为一片虚无。那个姑娘最后问了我一个问题,对此我总是无可解答,问题如下:"我不能离开,但你要是打发我走,那我就走开。你要打发我走么?"(除了傲慢之外,我所讲述的这一切里还深深掩藏了一种极为可怕的东西。但我如此讲述只是我为你感到害怕。看吧,这又是一种奇异的全新的害怕。)我答道:"是的。"然后她接口道:"我还是不能走。"现在她又开始滔滔不绝,简直到了她力所不能及的程度。这个善良又可爱的姑娘啊,她说自己完全无法理解,你那样爱你的丈夫,却在私底下与我窃窃私语。老实说,她谈及你时出言不逊,我简直想打她,也应该要这样做。但我至少在这件事上得给她抱怨的权利吧?她说想给你写信,我出于对她的担忧以及对你无止尽的信任而应允了此事。我答应了这件事,尽管我知道,这会耗费掉我数晚的精力。我的允许使她平静了下来,但却令我不安起来。你应当既友好又严厉,但最好严厉多于友好。我也不知道自己这是在说什么,因为你肯定知道怎样回信最合适呀。我害怕她情急之下会写一些奸诈的话语,挑拨你我之间的关系。但这种忧虑不就太侮辱你了么?这确实是在侮辱你,可我又有什么办法呢?我的恐惧已经替代了心脏在我的胸膛间跳动。我本不应答应她的。明天我又会见到她,而且正值节假日(胡斯)。她那样殷切地请求我下午与她一道去郊游。她还说,余下的一整周我都不必再去她那里了。如果她还未曾动笔,或许我还可以劝她不要给你写信。但是,我之所以允准她写,是因为其中还有一个原因。她曾想看你写给我的信,但我不能给她看。

我现在对自己说,或许她真的只想看看你的解释,或许你的话语能借助其中友好的张力使她平静下来。也许——当我任由思绪驰骋——她会在你的信前跪下。

弗兰茨

我想要将一切时间用来想你

周二清晨

这对我而言是一次小小的打击：一封来自巴黎的电报，内容是我一个年迈的叔叔明晚要来我这里。从根本而言我还是很敬爱这个叔叔的，他一直生活在马德里，已经很多年不回来了。之所以称之为"打击"，是因为这会占用我的时间，而我想要将一切时间、比一切时间更多一千倍的时间、每一分每一秒的时间都用在你身上，用在想你这件事上，用在为你而呼而息上。此外，住所也将不再平静，这些夜晚也不再静谧，我真想到别处去。很多事我都想做些改变，办公室我则想彻底放弃。但我又想到，如果我将那些不符合当下的愿望宣之于口，我都该挨几个耳光。而那个当下是属于你的。

除了那些只关于我们、关于在这拥攘世界中的我们的事情，我什么都写不了。一切陌生都即是陌生。不公平！不公平！但嘴唇嗫嚅着，脸则贴在你的怀里。

来自维也纳的一丝苦涩，我可以这样说吗？第二天在山顶树林里，我想你大概说过："与前厅的斗争不能拖得太久。"而现在你在前一封寄往梅拉诺的信中提到疾病。我怎样才能在这两者之间找寻到出路？我说这些并不是出于嫉妒，米伦娜，我不嫉妒。是这世界太小，抑或是我们太庞大，总之我们将世界塞得满满当当的。我又应该嫉妒谁呢？

荒唐的希望，唯一的希望

周二晚

看吧，米伦娜。如今我亲手把这封信寄给你，却不知道其中写了些什么。事情是这样的：我向她承诺了今天下午三点半时会到她家门口。本来计划是坐轮船去郊游。但由于昨晚我很晚才躺下，几乎没有睡着，所以我一早便给她寄了一封管道邮件，内容为：我下午必须睡一觉，大概六点才到。由于我那任凭信件抑或电报的保证也无法消除的忐忑不安，我又加上一句："等我们谈过信的内容之后，再寄向维也纳。"但她一早就半睡半醒地写下了那封信，然后立刻投递了出去。她说自己完全不记得写了些什么。当她收到我的管道邮件时，这可怜的姑娘立刻惊恐万状地跑到邮局，居然不知怎的截住了那封信。她太幸运了，居然将所有的钱都给了邮局工作人员，过后才惊觉钱的数目之大。傍晚她将信交给我。我现在该怎么办呢？我希望之后能找到一个完满的解决方式，而我的希望全部寄托在那封信以及你所作回复的影响上。确实，我得承认，这是一种荒唐的希望，却也是我唯一的希望。若我现在将之拆开，事先阅读一下，那么我一是会伤了她的心，二是我知道自己一旦读过，便不可能再将之寄出去。所以我将之原封不动地递到你手中，好似我已将自己递到你手中那样。

F

相思令我智力减退

周二晚些时

将信投进去的那一瞬，我突然想到，自己怎么能向你提出那种要求呢？且不说对此采取正确且必要的措施只是我个人的义务，就算对你而言，向一个陌生人写那样一封回信，并向她流露真情，这也几乎是不可能的啊。米伦娜，请原谅那些信与电报，把它们当作是我因离开你而智力减退的表现吧。若你不回信也没什么关系,其中必然还会有其他解决方式。请万勿为此忧心。散步使我疲惫不堪。今天去了威士哈勒斜坡。就是这样。明天叔叔就到了,我基本没有独处的时间。

但还是说些有趣的事吧:你知不知道,在维也纳时你打扮得太美了,简直美得惊人!此事完全毋庸置疑:星期天。

我害怕失去你。

周三晚

关于我新住所的落成仪式,我只挑几句最要紧的话来说。之所以这么急,是因为我父母十点从弗兰茨巴德来,十二点我叔叔从巴黎过来,双方都希望我能去接他们。之所以说新的公寓,是因为我搬进了我妹妹的空宅子,她如今住在马瑞安巴德。我之前的房子腾出来给叔叔居住。空荡荡的大房子确实不错,但外面的街道要比我那里嘈杂,不过也算是次不错的交换。还有,米伦娜,我必须给你写信,因为你也许会从我上几封满是抱怨的信中得出结论(由于羞耻心发作,今天上午我撕掉了最不堪的那封。想想看,我至今没有任何关于你的消息,但如果因此就去抱怨邮局,那未免也太傻了。我应该拿邮局怎么办呢?),认为我对你不放心,我害怕失去你。不,我对你很有把握。假如我对你不放心的话,你能否用一直以来的方式贯穿始终地对待我?之所以会给我这种印象,是因为身体上的短暂接近以及身体的突然背离,(为什么偏偏在周日?为什么偏偏是七点钟?这一切是为什么?)这会迷惑我们的意志。原谅我!在这个傍晚,直至美好的夜晚,请你就在心中那裹挟着我之所有以及全部喜悦幸福的洪流中,安歇吧。

F

在所有冷僻之处

周四早晨

嘈杂的街道，路对角就是建筑工地。对面并没有俄罗斯教堂，而是一栋住满了人的房子。即便如此——能够独居在一间屋子里，或许是生活的一个前提。而单独住一套房子，准确地说，是暂时单独住一套房子，则是幸福的前提（这是一个前提，若我不活着，若我没有可以栖息的故园，只有那两只明亮碧蓝而又生机勃勃的眼睛，其中闪烁着令人难以捉摸的恩慈，那么这样一套房子能帮我大忙），这房子闪耀着幸福的光辉。一切都那样安静。浴室、厨房、前厅、另外三个房间，并不似在集体公寓中的嘈杂、淫乱，四处充斥着早就难以自控的身体、精神，与欲望之间的媾和。在所有冷僻之处，在所有的家具之间，存在着不可容忍的行为、突发失当的事件，私生子女纷纷出现，这些事情不断发生，它不像是周日空寂无人的郊外，而像是在永无休止的周六夜晚，一个充塞着人群、令人无法呼吸的郊外。

妹妹走了很远的路，为我送来早餐（这没有必要，因为我本来就是要回家去的），然后按门铃又花了几分钟，才将我从信件以及对尘世的悲观情绪中唤醒。

F

人们已将自己视作未来的战场

周四上午

你的信终于来了。接下来我要匆匆几笔带入正题，或许会因匆忙而混入一些不正确的东西，或许过后我会为之懊悔：这是在我们三人的关系之间还未曾出现过的一种情况，所以我也不必依据以往在其他事情上所得的经验（尸体——三个人或两个人的痛苦——以任意一种形式消失）而心情晦暗。我不是他的朋友，我不会出卖任何朋友。但我也不单单是他的一个熟人，而是一个与他关系密切的人，在有的方面甚至超越了朋友的关系。再者，你也没有出卖他，因为你爱他，而且你常常这样说。假如我们能达成一致（我感谢你们！你们的肩膀！），那么这件事就可以另当别论，而并不一定要在他的范围内。这样的结果将是，这就不只是我们需要保密的一件事，也不仅仅关乎矛盾、害怕、痛苦与忧虑（你信中透露出了相对的平心静气，这令我恐慌。这样的情绪其实是源于我们的相聚，并且它或许将再次被卷入梅拉诺的旋涡中，无论如何，仍有一些强大阻力对抗着梅拉诺的情景重现），而是一件公开得十分清楚的三角关系，尽管你还想继续保持片刻沉默。同样，我也很不愿意将所有可能性细细梳理一遍。之所以不愿意这样做，是因为我拥有了你。假如我孤身一人，那么将没有任何东西能阻止我透彻地思索这件事。目前，人们已将自己视作了未来的战场，那这已被掘得稀烂的土地又该如何撑在未来的住所？

如今我头脑一片空白。我已经在办公室待了三天，却只字未写，或许现在可以动笔了。此外，当我写这封信时，马科斯正好来访。他沉默不语，我也能理解。我走林茨这条路线对大家都好，此处不包含我的妹妹、父母、那姑娘以及他。

F

我可以寄钱给你吗？大概可以通过劳林。我可以对他说，在维也纳时你曾借钱给我。让他将这钱与你的稿费一起寄给你好么？

庞大的忧虑

周五

我感觉一切书写都没有价值，它们也确实如此。如果我坐车去维也纳，然后接上你，这样最好。也许我真的会这样做，尽管你并不情愿。但实际上也只有两种可能性，其中一种比另一种更好，你来布拉格，或者来利贝西克。由于老犹太人的怀疑精神,我昨天偷偷摸摸地去找了L,并在开往利贝西克的火车发车前找到了他。他带着一封你写给斯塔萨的信。他真的很出众,友善、开朗、聪慧,挽住一个人的胳膊便滔滔不绝地聊起来。此人永远蓄势待发,而且无所不通,甚至还要更好上几分。他打算与夫人一起前往布吕恩,到付立安那里去。然后再继续前行,去维也纳找你。今天下午他将重回布拉格,并会带来斯塔萨的信件。下午三点我将与他交谈,然后我会给你拍个电报。请原谅我在这十一封信中的诸多废话吧,将它丢到一边去。现在你将收获真实,这更伟大、更美好。若说恐惧,我想目前只有一件事能引发这个后果,那就是你对你丈夫的爱。至于你信中所提到的新任务自然是沉重的,但请别低估你所给予我的力量。我暂时睡不着,但比起昨晚面对你的那两封信,我现在已经平静许多了(马科斯恰好在场,但这不见得是件好事,因为这完全是我的私事。哎,没有嫉妒之心的人要开始嫉妒了。可怜的米伦娜)。你今天的电报也带给我一些宽慰。现在,至少是现在,我对你丈夫的忧虑不再庞大得令人难以承受了。他承接了一个艰巨的任务,从部分而言是出于个人本质之去做,而从整体而言他或许还带着荣誉感。但我觉得他并没有能力继续承担下去,这并不是因为他缺乏承担的力量(若我的力量与他的相比呢?),而是因为迄今发生的一切让他实在负担太重,压力太大,而且他缺乏必要的专注力。或许这能使他在忙其他事情之余得享片刻轻松。我为什么不给他写封信呢?

F

【布拉格,1920年7月9日】

周五

仅对斯塔萨的信再说几句。我的叔叔在等我,尽管他平时很可亲,但现在却有点烦人。现在说说斯塔萨的信,信的内容十分友善真诚,但还是有那么一点缺陷,问题并不严重,或许只是形式上的一些不足(这并不是说,没有这

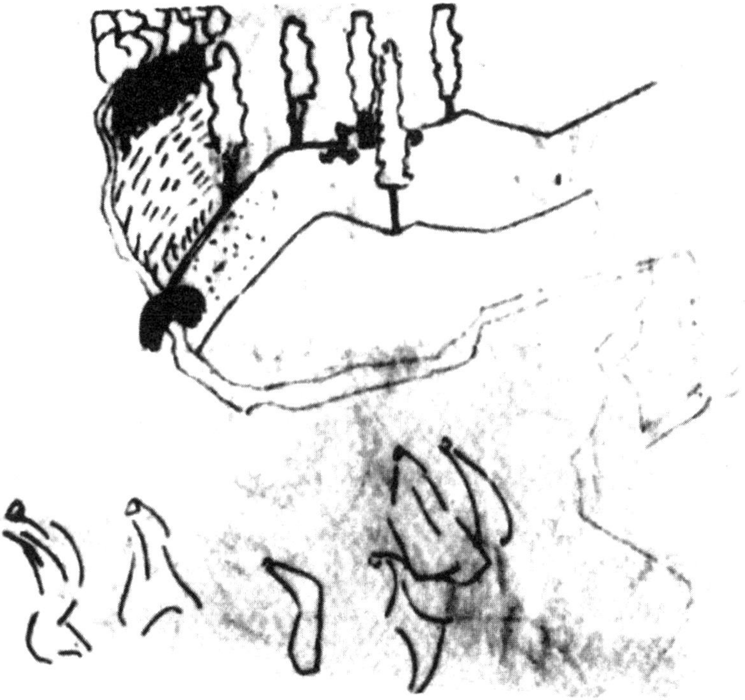

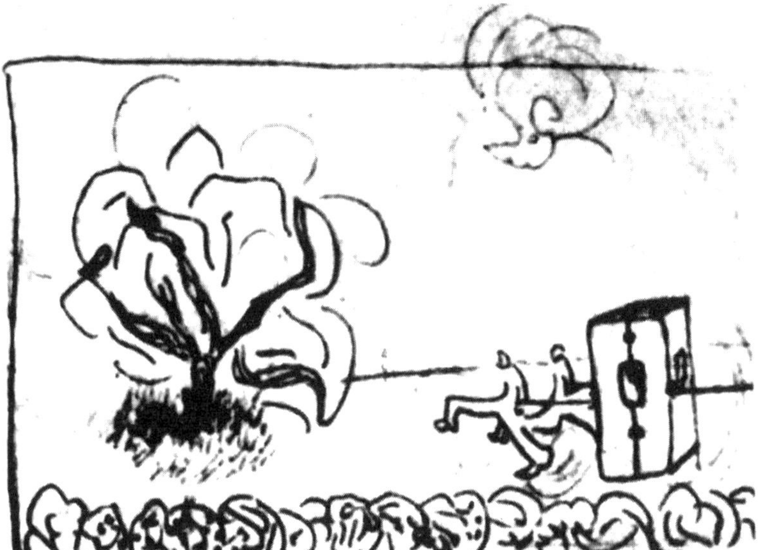

些缺陷，这封信就会显得更加真诚，或者会适得其反呢），总之，这其中缺了点什么，或者说是多了点什么。也许是思考的能力，这好像通常只有男人才有。

透过你的眼睛去看那段时光

周六

真讨厌啊，前天收到了两封令人不快的信，而昨天只收到了一封电报（这虽能宽人心，但却总让人感觉是东拼西凑而成的，就好似电报一般），今天则什么都没收到。那些信件并不能让我感觉十分安慰，从任何方面来看都不能。信上写着，你会马上回信给我，但你却没有这样做。前天晚上我给你发了一封急电，并请求你速速回电。其实你的回复早就该到了。我再复述一遍电文："这是唯一正确可行的，请放心，你在这里如在家中一样，J八天后可能会带妻子前往维也纳。我怎么汇钱给你呢？"对此没有回信。"去维也纳吧。"我对自己说，"但米伦娜不愿你这样做，十分得不情愿。你或许是问题的关键。可她不要你，她心存忧虑与疑惑，所以她需要斯塔萨。"尽管如此，我还是应该去一趟，但我身体不太好。我现在很平静，相对很平静。这是我这些年来从未奢望过的。可是我白天咳嗽得很严重，而在晚上一咳就是一刻钟。也许这只是因为我在适应布拉格生活，是关于在梅拉诺那段荒蛮时光的后果，那时我还未曾认识你，未能透过你的眼睛去看待那段时光。

维也纳变得如此暗淡。但曾在四天时间里，它那样明亮。当我坐在这里，托着腮写信时，那边在为我煮什么吃食呢？

F

然后我从躺椅上看出去，眼神透过洞开的窗子望着檐下雨，脑海中跃出无数可能性。也许你病了，疲惫了，正躺在床上。蔻勒夫人或许能调解一二。

然后——奇怪的是这居然是最自然而然、最理所当然的可能性——门开了，你站在外面。

房子比注视着他们的人类聪明得多

周一

那两天真是太可怕了。但如今看来，你对此完全没有责任，不知是哪个阴险的恶魔拦截了你自周四以来的全部信件。周五我仅收到了你的电报，周六、周日均一无所获。但今天我拿到了四封信，分别来自周四、周五与周六。我太疲倦了，实在无力写信，也无力从这四封信中，乃至从由怀疑、痛苦、爱恋、同情的大山中，立即找寻出留给我的东西。当人们感觉疲惫，并在可怕的想象之中自我消耗了两天两夜之后，他们会变得自私。但——这又得归功于你能赐人以生命的力量了，慈母米伦娜——尽管如此，我似乎不再像过去七年中那般疯癫（不包含在村庄中度过的那一年）。

为何我至今没有收到对周四晚急电的回复？对此我完全无法理解。之后我给蔻勒夫人发了电报，也没有回音。至于我要给你丈夫写信的事，你不必害怕，因为我没多大兴趣做这件事。我只对前往维也纳感兴趣，但我不会这样做。即使没有种种障碍，例如你拒绝我的前往、签证的困难、办公琐事、我的咳疾、疲惫不堪，以及我妹妹的婚礼（本周四）。自然，与其度过这样一个下午，就像在周六或周日一般，倒还不如出行呢。本周六，我陪着叔叔四处闲逛了一会儿，又和马科斯一起待了一会儿，每隔两小时就去一趟办公室，问问邮局有没有我的信件。晚上要好一些，我到劳林那里去。他只知道你的优点，并提到了你的信，这让我十分愉快。他还给《新自由报》的季士打了电话，他也一无所知。但劳林不想今晚再打电话给你丈夫，询问关于你的情况。总之，我坐在劳林那里，时常听到你的名字，对此我十分感激。其实与他交谈既不轻松也不舒畅。他就像是个孩子，一个还没睡醒的孩子。他同样很爱自吹自擂，爱撒谎，爱演喜剧。当人们安静地坐在那里听他说话时，会感觉自己也变得异常狡猾，滑稽得惹人反感。尤其因为他不仅是个孩子，还是个善良、热心，富有同情心，高大且严肃的成年人。

  周日的状况更糟。其实我是想去公墓走走的，这样做就对了。但我整个上午都躺在床上，到了下午又必须去我妹妹的公婆那里，此前我还从未见过他们。如此直到下午六点。之后我去公司询问有没有我的电报。可什么都没有。现在要做什么呢？我看一看剧院演出单，因为J曾匆匆提起过，斯塔萨周一要去听瓦格纳的歌剧。我看到，那场演出六点开场，但六点时我们有约会。真糟糕。那现在要做什么？去欧布斯特巷子里看房子。那里很安静，无人进出。等了一会儿之后，先在房子的一边，然后走到另一边。但什么都没有。这样的房子比注视着它们的人类聪明得多。现在怎么办？在卢切纳商场里，那儿曾经有dobrè dílo（工艺品商场）的橱窗。但现在已经不复存在了。或者我可以去斯塔萨那里，这很容易实现，因为她现在肯定不在家。那是一幢宁谧且美丽的房子，后面连着一个小花园。房门前面挂着外包线锁，如此一来按门铃就没罪过了。在下面与女管家交谈了一会儿，目的是说说利贝西克与J这两个名字，只可惜没机会说起"米伦娜"这个名字。现在呢？此时发生了最愚蠢的事。我走进安可咖啡馆，那里我已很多年没有踏足过了。我想在那里找一个认识你的人。所幸那里空无一人，我便立刻走了出来。再不能这样度过周日了，米伦娜！

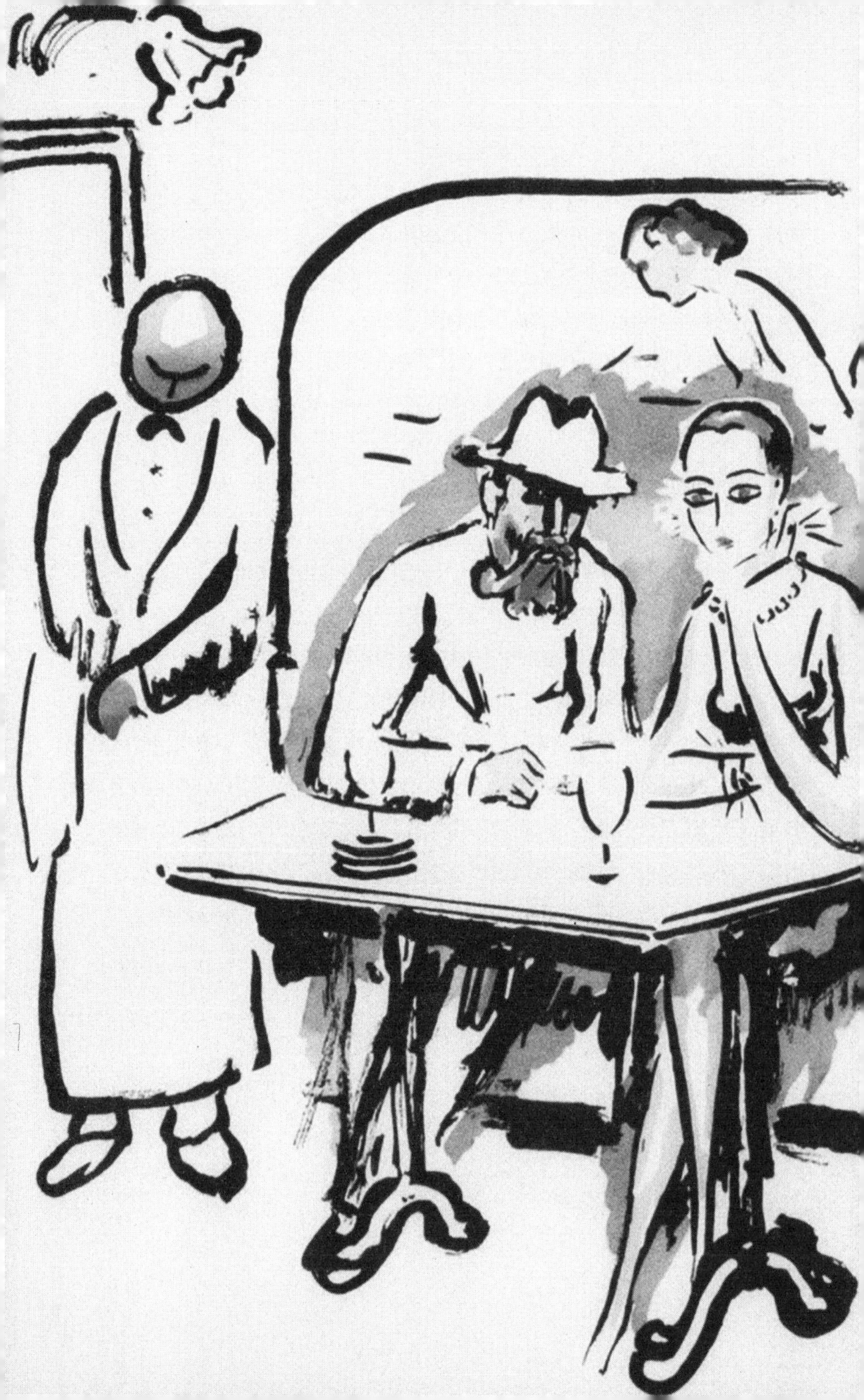

日记

看客们呆若木鸡,注视着火车呼啸而过。

"每当他向我发问的时候。"语句中应发的那个"ä"音独独被分离出来,如同一颗琉璃珠骨碌碌滚过草地。

他煞有介事的模样令我惶然不已。将头颅埋进衣领,发丝在头顶四周整齐排布,纹丝不动。颧骨下的肌肉尚在原处,兀自紧绷着。

那片林子是否还在原地?它真的仍在那里。但在目光未及十步之远时,我顿住,接着又被那干瘪的对话吸引了注意力。

在这片暗黑的树林里,我踩着那郁渥而柔软的土地,发现自己唯有借助他衣领的白色才能辨认路径。

在梦中,我延请了女舞蹈家艾杜多娃。但她想要为茨尔达再舞上一曲。在她额头的下方边缘处与下颏之间的部位之上,有着一道宽阔的带状阴影,或者说是一道光。此时来了一人,举止之间透露出一股阴险狡诈,令人望而生厌。他对着她说,火车即将开出。从她对这则消息的反应中,我深切地明了,她以后不会再舞了。"我是个坏女人,不是么?"她说道。"怎么会!不是这样的。"这句话我并未说出口,只是随意转了个弯离开了那里。

此前我曾向她询问为何在腰带上插那么多花朵。"这都是欧洲各处的伯爵赠予我的。"她回答道。我暗自想着,腰带上插着如此多的鲜花,而它们又是欧洲各地的伯爵赠予女舞者艾杜多娃的,这一切意义何在?

女舞者艾杜多娃同时爱好音乐。无论她去到何处，即便只是乘坐电车，也必由两名小提琴手相陪。她时常令两人演奏些曲子来听。由于没有任何相关禁令，如果弹奏得既优美，又能得乘客们欢心，又不花费一分一毫，那为什么不能够在电车中演奏呢。我的意思是，若在之后不去向观众们收些费用的话。起初人们都有些惊异，但过了一会儿，便顿觉此举的不合时宜。然而在这段旅途中，在强劲的穿堂风刮过那狭窄的通道时，这乐声又是那样悦耳。

生活中的女舞者艾杜多娃远没有舞台上的她那般光彩动人。她肤色苍白，一对高高的颧骨将皮肤牢牢绷住，以至于在那张脸孔上极少会出现剧烈的表情。硕大的鼻子好似一个从低洼处突起的山峰，但旁人不能拿它取乐，比如测测她鼻尖的坚硬程度，或者轻轻捏住鼻梁处来回扭动，口中叫着："这下你可得跟来了吧。"她身形宽大，腰线颇高，穿着一条打了褶儿的短裙，或许会有人喜欢这打扮。可她看起来极肖我某位上了年纪的阿姨。许多人的老阿姨看起来都很相似。可除了有一双裸露在外的秀美双足外，艾杜多娃身上实在没有其他优势能够弥补她于装扮中的缺陷。说真的，再也没有一丝值得令人思慕、惊奇或引得他人注意之处了。而且，我时常能够看到艾杜多娃被他人冷漠以待，就连那些最通世故，举止最得体的绅士们也无法隐藏那份怠慢。尽管在面对这样一位成名的舞蹈家时，他们确实努力掩盖过那样的情绪。毕竟那可是艾杜多娃。

我的耳廓摸起来那样新鲜、粗粝、清凉、饱满，好似一片绿叶。
我写下这些，完全是出于对自己身体及其未来的绝望。
如果这种绝望能如此确定地与它所指的对象紧密相关，就像是被一名战士掩护着撤退且他最终为此粉身碎骨，那么它就不是真正的绝望。所谓真正的绝望总是能立刻超越自己的目标。（这里使用的逗号表明了，只有第一个句子是正确的。)

你绝望吗?
是吗?你是否绝望?
你跑开?你想躲起来?

我从一处妓院前走过,就像经过了情人的门口。

作家们在谈论臭味。

倾盆大雨,针线女工们被淋得湿透。

从舷窗望出去。

在我人生的五个月中,我一个字都写不出,这或许令我满意,但亦不能使我感觉压力,尽管大家似乎对此都负有责任。在这五个月之后,我突发奇想地想与自己进行对话。当我真的向自己提问时,我总能做出回答。这五个月以来,我就好似一个稻草堆,每次拍打总能拍出些东西来。这个稻草堆的命运看起来应如是,它在夏季被点燃,火光熊熊,蔓延之势比看客们眨眼的速度还要迅疾。可这偏偏被我碰上了!不过,这实在应当再十倍地发生在我身上,我一刻也不曾后悔自己曾经历这一惨淡的时期。我的处境算不上不幸,亦不算有幸,不算冷漠、虚弱、疲惫,更没有什么别的兴趣,那么它究竟是什么?我的不知不能之感均与自己无法写作有关。我自认能够在不知其根源时理解这种无能感。因为所有闯入我脑海的事物都不是从其根源处而来,而是不知从哪里半路闯进来的。那不妨试着将它握在掌心,试着握住一棵草，它刚刚从茎干中间开始生发。有些人或许能够这样做，例如日本的杂耍演员，他们能够攀爬一架悬梯，这梯子不接触地面，而是被一个半躺着的人支撑在高高抬起的脚掌上。梯子并不靠墙放置，而是悬在空中。我不会这样的戏法，再说我也没有能够支撑梯子的脚掌。当然这不是全部，这样的质疑并不能使我开口。但每天至少都有一行字是针对我而写，就如同人们用望远镜对准彗星一般。当我偶尔出现在那个句子面前，受它的吸引，就好像上一个圣诞节那样，我到了一个地方，在那里我感觉刚好能够使自己镇静，而我仿佛真的能够踏上梯子的最高一阶，而且我的梯子是靠墙支在地上的。什么才是地！什么才是墙！然而我的梯子并没有倒下，我就这样一步一步地将它压在脚下，它抬着我的双脚上到墙面上。

比方说，我今天曾行了三次傲慢之举，当我面对一名售票员，面对一名我想象中的人，这仅仅只有两个人，却令我痛苦得仿佛胃病发作。对每一个人而言那都是狂傲的表现，这与我想的一样。我要走出去，在弥漫大雾中战斗。最糟糕的是，并没有人察觉到，我同样将自己对旁人的狂妄之举视作一种傲慢，且这肯定是一种傲慢。我必须负起责任，调节出最正确的表情。但最艰难的是，我的一个熟人从不会将这种傲慢视作性格的体现，而是直接将之当作性格本身。他使我注意到自己的傲慢，还对此表示钦佩。为何我不能保持自我呢？如今我自说自话：看，你正击打着这个世界，当你离去时，售票员与你想象中的人都那样安静，后者甚至还向你致意。然而这毫无意义。当你离弃自己时，你将一无所得，不过反正你在自己的圈子里不会错失什么。对此我只能说：我宁愿在这个圈子里与人扭打，也不愿在外面与自己过不去。可这该死的圈子究竟在何处？有段时间我看到这个圈子就在这地球上，仿佛和石灰一样飞溅了。如今它只是在我面前来回飘荡，直至连飘荡也无。

1910年5月17到18日（18到19日）
彗星来临的那一夜

与布雷以及他的妻儿在一起时，我间或听到了自己的声音，仿佛一只幼猫在忧戚地呜咽，却总还是叫了。

几多日子倏尔远逝，无声无息。今天是五月十八日。我每天甚至连将那段木制钢笔杆握在手中的决心都没有。我知道，我没有这样的勇气。我去划船、骑马、游泳、晒日光浴。自此以来，我小腿后方的肌肉状态良好，大腿的状况也不赖，腹部也开始转好了。可我的胸部却十分虚弱，当我将头转向后颈时……

星期日，1910年7月19日
入眠，醒来，入眠，醒来。可悲的生活。

如果我作一思考，那么，我必须要说，我所受的教育在某些方面大大损害了我。可我并非在别处，也许在群山间的某处废墟上受的教育啊，对此我不能做什么谴责。而危险之处在于，我之前所有的老师都不能理解这一点。我很愿意，甚至最希望能够做废墟里一个平凡的居民，被太阳烤焦，我能看到这轮太阳从各个角度照射在瓦砾间那温润的常青藤上。起初在我美好品质的压力下我或许有些孱弱，这些美好的性格可能会如野草般在我心中疯长。

如果我作一思考，那么，我必须要说，我所受的教育在某些方面大大损害了我。这谴责涉及了许多人，例如我的父母、若干亲戚、到访我们家的一位客人、形形色色的作家，以及一名指定护送我上了一年学的厨娘、一群老师（在我的记忆中，我必须将他们紧紧挤在一起，否则我有时会忘记其中某位。

正因为我将他们如此紧密地压在一处,这个整体的某些部分又会四分五裂)、一名学校督察员,以及缓慢走过的路人们。简而言之,这种谴责的滋生蔓延如同一把匕首直插入这个社会。我不愿听到任何反驳这种谴责的声音,因为我已经听了太多,也因为我在绝大多数反驳中同样被反驳。在我的谴责中,我与上述反驳密切相关。并且如今我要说明,我所受的教育与这些反驳在诸多方面都深深伤害了我自己。

我时常会思索这些事情,而后我总是要说,我所受的教育在诸多方面都对我伤害颇深。这一谴责是对着一群人所发的,诚然,他们此时都站在一起,就像一座老旧的群像一般,不知道互相之间能做什么,也想不起去垂下双眸,在期待面前他们不敢笑。他们是我的父母,若干亲戚与老师,一个指定的厨娘,几个舞蹈班上的少女,早年间到访我家的客人,一些作家,一名游泳教练,一名剧场检票员,一位学校督察员,一些我曾经在小径上遇到的人们,一些我突然无法忆起的人们,一些我压根不记得的人们。最后还有一些人,他们说教的时候我完全没有在听,而是在走神。简而言之,这里实在有太多人,所以我不得不小心,不要重复提及一个人。对着这所有的人,我要说出我的谴责,以此让他们互相公之于众,但不能容忍反驳。因为我实在已忍受了太多反驳,且我在多数反驳中都遭到了反驳。我别无他法,只好将这些反驳也纳入我的谴责中,并明言,除了我所受的教育之外,这些反驳在诸多方面均深深伤害了我。

或许人们还在期待我在某个比较远的地方受的教育?不,我在城市中接受教育。比如说,并不是在某处山间的废墟,或者在湖边。直到今天,我的父母与他们的随从仍活在我的谴责之下,并对此感觉无望。如今他们微笑着,直接将这谴责推到一边,因为我从他们那里抽出手,扶住我的额头。我想着:如果我是那废墟中的一个平民多好呀,能够静听寒鸦鸣噪,任它们从我头上掠过,投下阴影。月凉如水,烈日从四面八方烧焦了我那废墟之中的常青藤架,

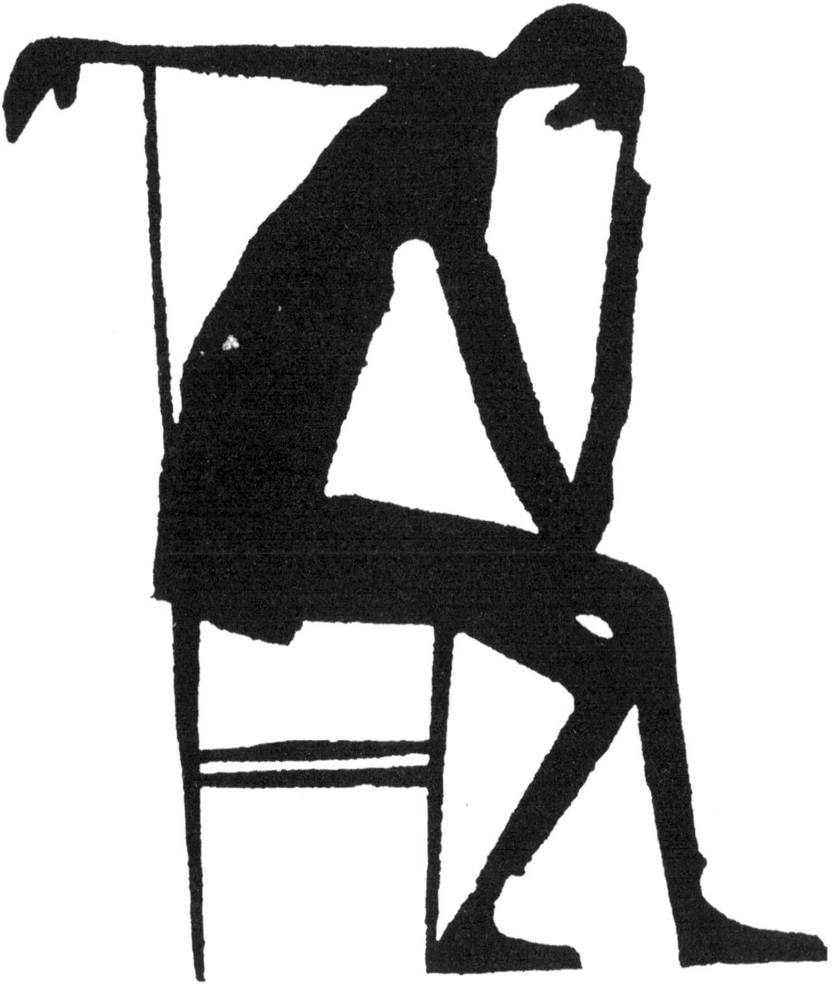

尽管一开始我因为在自己良好品性的压力下有些虚弱，但我的性格如野草般在我心中疯长。

11月6日

姝诺夫人在谈论缪塞。犹太女子响亮的亲吻习俗，理解法语要做好万全准备，轶事趣闻是一个难关，法语将应该在我们心中、在那些轶事趣闻之上、在我们面前逐渐消失的结束语继续存在。知道现在，或许我们都太过汲汲以求了。那些能够明白法语的人在结束前就已离去，因为他们听了太多，但其他人还没听够。大厅的音响效果，与其说要更好地传达演讲的声音，倒不如说更方便扩散包厢中的咳嗽声。我在瑞秋处用晚餐，她朗诵了拉辛的《淮德拉》，书就放在他们之间的桌子上，而在桌子的其他地方被摆放的真是什么都有。克劳德领事的眼中闪着微光，他宽大的脸颊吸收了这束光线并将之反射出来。他总想起身告辞，即便他与某一个人能很轻松地道别，但这在群体中却是困难的。因为每当他与一个人道别，就会站起另一个人，而已经道过别的人又会在这人之后再次前来。演说台有几排座位是留给乐队的。任何噪音都会造成干扰。侍者从长廊走出，客人在房间内，有一架钢琴，远远的有一支弦乐队。最终，连续的锤击带来一阵争吵，很难确认争吵的源头，但却十分刺激。在一个包厢内，一位夫人耳环上的钻石不断散发着耀目的光芒。收款台四周站着一圈穿着黑色衣衫的法国年轻人。有一个人在向别人致意，深鞠了一个躬，低到眼珠都快拂过地面了。此外，他笑得很有气力。但他只在姑娘们面前这样做，面对男人们时，他则是不加掩饰地直接望向他们的脸，嘴唇严肃地绷紧，由此显示出他认为之前那种打招呼的形式或许看起来很滑稽，但亦是不可避免的一种礼节。

11月7日

韦格勒做了一个关于黑贝尔的演讲。在一间现代装修的房间里，他坐在舞台上，好似他的情人会为了这场戏的最终开演而从门外跳进来。不，他正在演讲。黑贝尔的饥饿。他与艾莉萨·莱辛的复杂纠葛。他念小学时曾有一位老处女教师，这个女人抽烟、吸鼻烟、打架，对绅士们想入非非。他四处游历（海德堡、慕尼黑、巴黎），却并没有极明确的目的。起初他是教区长官的仆人，夜来与一名车夫一道在楼梯间的床上休息。

尤里斯·施诺尔·冯·卡洛斯菲德为弗里德里希·奥利弗画像。他在山坡上作画，看起来那样严肃美丽（戴了顶高帽，好似一顶被压扁的小丑帽，窄窄的帽檐一路遮到脸上，长发披散着，眼中只有他的画作，平静的双手，将画板置于膝上，一只脚在斜坡上微微往下滑）。

但不，这是施诺尔所画的弗里德里希·奥利弗。

1910年11月15日，十时

我不会让我自己感到疲惫，我要一猛子扎进我的小说中，即使它会撕裂我的脸孔。

11月16日，十二时

我读《在陶里斯的伊菲格尼》。这其中除了个别明显错误的段落外，那从一名纯真孩童口中讲出的干巴巴的德语实在令我惊叹。读者在阅读的那一刹那，每一个词都在诗句中被举到高处，也许在那里它能够沐浴在一道纤瘦却又深刻的光线中。

11月27日

本哈特·凯勒曼在诵读:"从我笔端尚未流泻而出的东西。"他就以此开始了。他貌似是个可爱的人,近乎花白的头发直立着,看起来是仔仔细细地刮过面,尖尖的鼻子,颧骨上的肉波浪似的起起伏伏。他有一个很好的职位,却只是个中流作家(一个男人走出去,走到长廊上,他咳嗽,并向四周看看,以便确认那里有没有人)。他是个真诚的人,打算诵读那些他承诺过要诵读的内容。然而众人却不许他这样做。由于第一个关于精神病院的故事令人害怕,诵读的方式又颇为乏味,且故事的情节又不那样扣人心弦,所以不断有人陆续离去,虽如此,还装出带着热情去听隔壁朗诵的样子。当他读至故事的三分之一处时喝了几口水,此时有一批人起身离开。他骇然。"就要结束了!"他索性撒了个谎。当他读完时,所有人起立,似乎有些掌声,但听起来好似是从人群中一名仍坐着的人那里传来的,他像是在为自己鼓掌。此时凯勒曼还想再继续诵读另一篇故事,或许还想诵读更多。看着大家都要离去,他只张了张口。最终经过劝说,他开口说道:"我只想再读一则寓言,只需十五分钟。我先休息五分钟。"仍有若干人留在那里,听他读那则童话。这一安排让每个人都有理由从大厅的最外侧穿过中心地带,穿越所有听众奔逃而出。

12月15日

我完全不相信从自己目前状况中得出的结论,尽管它已持续了将近一年之久,因为我的状况实在太过严重。我不知道自己是否可以说这种状况并非新事。虽然我是这样想的:这种状况是新近出现的,过去我曾有过类似的情况,但与现在的并不同。我如今好似是个石人,自己就像是自己的墓碑。在特殊或普遍的意义下,怀疑或信仰,爱欲或憎恶,勇气或恐惧,这之间没有空白。空白只会存在于模糊的希望之中,但却不比墓碑上的铭文更好。我写下的每一个字几乎都不与另一个字相衬,我仿佛听到辅音细弱无力地彼此剐蹭着,而元音听起来好似展览会上黑人在歌唱。每个字周围都环绕着我的疑惑，我先看到了我的疑惑，而后才看到那个字，但这究竟是怎么回事！我感觉自己完全看不到那个字。但这或许还不是最大的不幸，我只需要再次获得感知这个字的能力，由此可以将尸体的气味向着某个方向吹去，而不至于只扑向我与读者的面孔上。每当我坐在书桌前，我不比一个在车水马龙的歌剧院门口摔断双腿的人更幸福。所有车辆尽管会发出噪音，但却依然默默地从四面八方驶向四面八方，那个男人的痛楚甚至比警察还更好地维持了秩序。他痛苦地闭上了双眼，广场与街巷具皆一片荒芜，车辆或许不一定会掉头回转。生活的重荷使他倍感痛楚，可他毕竟是个交通障碍。虚无空寂也不见得就不恶毒，因为它使他原有的痛楚一并被释放出来。

12月16日

我不会再离弃我的日记本。此时我必须牢牢把握住自己，也只有在这里我能够这样做。

我很愿意描述一下对幸福的感受，有时我能感觉它好像在此刻恰巧存在于我心中。它确实是一种咝咝冒着气泡的东西，带着轻微却令我愉悦的颤动充满我的内心。它有本事使我相信那种不存在，尽管我每时每刻甚至包括现在都不能完全相信这个。

海伯称赞尤斯蒂努斯·肯纳的《旅行之影》。
"几乎没有这样一种作品流传于世，也无人知晓它。"

W·弗雷德所著《孤寂的街》。这样的书是如何写就的呢？一个能够在诸多琐碎事件中有出色表现的人，以如此贫乏不堪的方式将自己的才能扩展至一本小说的长度，这令人厌恶，即使人们不会忘记去钦佩其对才华的滥用中所包含的能量。

我在小说与剧本等等作品中读到对次要人物的追踪描写。我如今就有着那样休戚相关的感觉！在《比绍夫山上的处女们》（是叫这个名字吧？）中曾提及两个女裁缝，她们用一块白色织物为新娘裁剪新衣。这两个小姑娘怎么样了？她们住在何处？她们都做了什么？她们不可以共同剪裁那块衣料，而是只能严格按照规定，到外面去，在诺亚方舟前被大雨浇淋。最后她们只好将脸孔紧紧地压在一个船舱的窗户上。如此一来，底层的乘客就会看到那边隐约有一团深色。

12月17日
蔡诺问了一个迫在眉睫的问题："是不是没有任何东西是静止的？"是的，飞行的箭矢是静止的。

如果法国人的本质就像德国人的那样，那该多被德国人所钦佩呀。

我将那样多的东西搁置一旁，用笔画去，这几乎是我今年写的所有东西。这真的十分干扰我的写作。它是一座高山，是我之前写过的所有总和的五倍，它已通过数量的优势将我写的东西都从我的笔下拽到了它那边。

12月18日
一段时间内，我那些信都躺在那里，没有拆封（只是一些大概没有任何实质内容的信，就像方才的那一封一样）。只是因为软弱与怯懦，使我犹豫是否要打开那些信，就像是犹豫是否要打开那扇房门，门内有一个人正充满不耐地等待着我，然后我便可以细细说明自己为何会将信件搁置已久。假定来讲，我是个细致的人，所以我必须试着尽可能地扩展这封信所提及的内容。我缓缓地打开信件，慢慢地反复阅读，长久地沉思，用很多种概念来准备清稿本，但最终又犹豫要不要寄出。这一切都在我的掌控之中，只不过突然收到一封信实在难以避免。现在，我极造作地拖延着这一切，长时间内不打开这封信。它就躺在我面前的桌子上，始终出现在我面前，我不断接收到它，却不会拿起它。

晚，十一点半。我如果没能从办公室里解脱出来，那我简直会感觉无望。我很清楚，这只是因为，如果能保持头颅高高地昂起，我就不至于溺水。这将会有多困难，从我身体中又将会迸发出何种力量，这其实都已明白地展示出来了，我今天对时间有了新的安排，晚八时到晚十一时，我坐在书桌前，草草地写了几行字，只是为了快点上床睡觉。我没有遵守习惯，可目前我甚至没有把这视作一种极大的不幸。

12月19日

我开始在办公室工作，下午在马科斯那里。

我读了一些歌德的日记。遥远的过去已悄然记录下那样一种生活，日记之上有火光闪动。所有事物发生的过程都那样清晰，反而神秘莫测起来。好似公园的栏杆平静了眼眸，在观察远处草坪的时候，将我们置于一种不平等的敬畏之中。

方才，我那已婚的姐姐第一次来探访我们。

12月20日

我为何要为昨日对歌德的评价而歉然（他所描述的感受几乎是不真实的，而真实的感觉被我的姐姐所驱逐）？完全不会。为何我要为自己今日一个字都没写而感到歉然？完全不用。尤其我的状态还没到最糟糕的时候。我耳中始终回荡着一声呼喊："来吧！无形的审判！"

为了自己最终能从这些错误的、永不想从故事里走出来的地方获得安宁，我写下这两句话："他的呼吸就如同对一场梦境的叹息，不幸的部分在梦中比在这世上更容易背负，以至于平常的呼吸也变成了满足的叹息。"

12月21日

从米谢·库斯敏所著《亚历山大大帝的事迹》中很有些奇怪之处：

"一个孩子，他上半身已死，下半身却还活着。""孩尸长着两条还在活动的通红小腿儿。"

"害了麻风病的国王高格与国王马高格，靠着蠕虫与苍蝇过活。他将这二人赶进岩石的裂缝中，并用所罗门之印将其封印于世界尽头。"

"满是石头的河流，石头在有水的地方发出怒吼，河水奔腾而过，沿着沙溪流去。向东方奔流了三天，又向北奔流了三天。"

"亚马逊人，烧尽了右胸的女子，短发，穿着男子式样的鞋。"

"鳄鱼用尿液烧毁树木。"

我与鲍姆在一起，听到了很多美丽的事物。我还像从前一样体弱，永远如此，这让我感觉束缚，同时还包含了其他的感觉。如果人们失去约束，情况或许会更糟。

12月22日

我今天竟然不敢责备自己。向着这些空虚的日子叫喊，收获的或许是一种令人讨厌的回声。

12月24日

现在我更加仔细地观察我的书桌，我认识到，在这张书桌上是做不出什么好事的。在它四周有那样多的东西，整幅画面那样杂乱无章，毫无平衡感且毫无对那些杂乱物件的容忍，尽管原本横七竖八的布局会因容忍度而变得还可接受。那块绿色的帕子上也是乱七八糟，这在旧剧院的正厅处或可发生，但在站台上……（接下一日）

12月25日

从小桌台下方开放式的格子中冒出无数小册子，旧杂志，风景画片，信件，有些业已被撕碎，有些好似露天台阶那样翻开着，这般有辱斯文的状况毁灭了一切。剧院正厅中个别相当巨大的物件以极显眼的姿态伫立在那里，好像这在剧院里是允许的一样。商人在自己的观众厅里整理商业书籍，木匠在用锤子敲敲打打，军官们可以挥舞军刀，神职人员可以对心灵做祷告，学者可以讲述自己的见解，政客可以宣扬公民精神，恋人则不必克制拘谨，等等。在我的书桌上只有那面专事刮脸的镜子摆对了位置；衣物刷的刷毛朝下摆在帕子上；钱包打开以便我要结账；钥匙串上露出一把钥匙，它是为了工作而存在的；领带的一部分缠在已脱下的衣领上。旁边还有一个放报刊杂志的小空间，四周被一些上了锁的小抽屉紧紧逼压着，已经变成一个废物堆了。打个比方吧，就好像观众厅里那些较低的楼座，基本上是剧院里视野最好的地方，是为那些最为下流、那些老纨绔们预留的位置。这些粗野的男子，他们的粗鄙肮脏已从内里逐渐渗透了出来。他们将脚搭在看台栏杆上。那样多的家庭带着那样多的孩子，一瞥之下几不可胜计，这里充满了没有家教的肮脏（甚至已经蔓延至剧院正厅）。暗黑的背景中坐着病入膏肓的病人。所幸，只有当灯光投射进来时，人们才会看到他们的存在。诸如此类。在这一层中躺着许多旧纸张。如果我有一个渍纸篓的话，一定会将它们丢进去。折断了笔尖的铅笔，一只空火柴盒，一方出自卡尔斯巴德的镇纸，一柄带棱边的尺子，尺子边缘毛糙不平，用它来画一条公路肯定不合适。还有许多领扣，一个钝滞的刮胡刀零件（这世上根本没位置去放这些东西），还有领带夹，以及一个极沉重的铁质镇纸。在这格子之上——

可悲，可怜，但其中的含义是美好的。已至深夜，但由于我睡得特别满足，这使我在白天一个字都没写的事情仿佛可以得到原谅。点亮的白炽灯，静谧的公寓，室外的黑暗，守夜的最后一秒赋予我拿起笔杆的理由，这亦可能是最令人忧懑的。我赶忙将这种理由利用起来。这就是我。

1910年12月26日

我在过去两天半的时间里——虽然不是完全地——独自待着。如果没有什么好改变的，那么我已经踏上征程。独处中蕴含着一种力量，它环绕着我，且永不会失灵。我的内在开始消散（暂时还只是表面之物），我还要将更深层的东西挖掘出来。我内心中开始形成一个小小的系统，我再不需要其他任何，因为无能之下的混乱才是最令人痛恨的。

1910年12月27日

我连写一个整句的气力也没有了。是的，如果这只关乎字符，如果写下一个字就足够，人可以在一种安静的知觉中转过脸去，那么这个字必将成为一件事实。

下午，我花了一些时间用来睡觉。故而在夜晚时我只得躺在旧沙发上，思忆少年时的数次爱恋，恼恨自己曾错失的机会（那时我因着凉卧床休息，家庭女教师为我诵读《克莱奏鸣曲》，她同时了然地收获到我的兴奋），将一份素食晚餐放在面前，这甚合我的脾胃。而我的目力能否供我一生所用？我对此

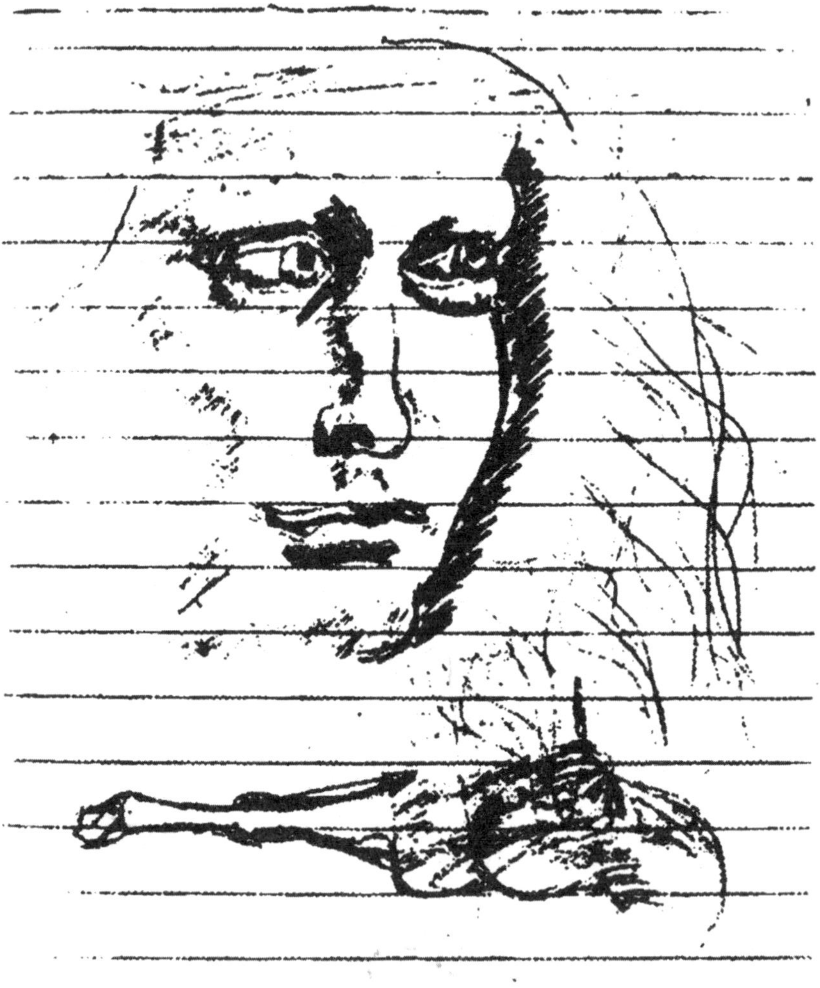

暗自忧心。

1910年12月28日

若是我在数个小时里表现得极富人性,就像今天先与马科斯,而后又与巴姆在一起时那般,那么我在去睡觉之前就已经傲慢起来了。

1911年

1月3日

"嘿,"我用膝盖轻轻顶了他一下,说道,"我想告辞了。"我突然发声,口中喷出些许飞唾,好似一种不祥的预兆。

"对于离开,你已经考虑很久了。"他从墙边走开,伸了伸懒腰。

"不,我根本没考虑过这个。"

"那你方才在想什么?"

"我最后一次为这个社会做了些准备。你要努力,竭尽你的所能。你不会理解这个。像我这样一个来自偏远地区的随性之人。那些在火车站前等候火车的数以百计的人,其中任何一个都能随时替换掉这样一个我。"

1月4日

《信仰与故乡》,叙赫尔著。

在我周围参观画廊的人,用潮湿的手指擦拭眼睛。

1月6日

"嘿,"我瞄准着,用膝盖轻轻顶了他一下,"现在我要走了。如果你想一起来看看这个,那么就睁开眼吧。"

"这样么?"他问道。此时他双眼圆睁着,直勾勾地看着我。但那眼神依然微弱，我甚至一挥胳膊就能挡开它。"你走吧，我又能怎样呢？我无法留住你。即使我可以，我也不愿这样做。我只想向你讲清你的感受，那些你在我面前竭力克制的情感。"他旋即换上一副下人的脸孔。即使在一个有秩序的国家里，他的模样也足以令地位尊贵的孩子们顺从并畏惧。

1月7日

马科斯的妹妹，曾那样迷恋她的未婚夫，以至于她想要安排她的未婚夫挨个地与每一个客人交谈。因为在一对一的情况下，他能更好地讲述并重复他们的爱情。

1月7日

好似一种魔法。一年以来，一种既不属外部亦不属内部的情况始终在妨碍着我，如今它终于变得友善了些。当时我在周日一整天的空闲中不得写作。我就是一个不幸之人，而我对不幸又有了若干新的认识。这令我甚觉安慰。

1月12日

这些天里，我没有写下许多关于我自己的事情。部分是出于懒惰（如今我总在白天堕入沉沉的睡梦，睡觉时我变得更重了），部分则是出于恐惧，担心写出的东西会泄露我的自知。这种忧虑事出有因，并且最终会透过笔头而被固定下来。只有当在最大的完整性中直至在所有微不足道的结果中，并带着彻底的真实性时，才会形成这样一种自知之明。而这尚未发生——无论如何，我是不能够的——之后，已写下的内容将根据自己的意愿，借助已确定的内容所具备的优势，去替换掉那样一种泛泛的感受。当我们迟迟才能得知所写下的内容中包含几多毫无意义的东西，而此时，一种真正的感受正在逐渐消逝。

几天前，梁尼·伏里蓬参演了一部歌舞剧《维也纳之城》。发型是一堆束起的鬈发。劣质的紧身胸衣，陈旧的衣服（女骑士一般），但由于举手投足间透露着悲剧气息，这反倒显得美丽起来。眼皮用力绷着，长腿垂下来，手臂沿着躯体长长地伸展开去，僵直的脖颈意味不明。所唱的是：卢浮宫中的纽扣收藏。

1804年，沙都在柏林为席勒画像，席勒在那里很受尊敬。若不从这个鼻子入手，人们再也难更有力地领会这张脸孔了。由于工作有摸鼻子的习惯，他的鼻子隔有些下垂。这个友善可亲的人，双颊有些凹陷，刮了胡子后使他显得老态龙钟。

1月14日

贝拉特的小说《夫妻》。其中有许多糟糕的犹太人的东西。作者的登场是那样突然、无趣而又造作。就好似在场的所有人都兴高采烈，却有一个人闷闷不乐，或者来了一个史丹先生（我们在他小说的主干部分已经认识了这位先生）。在哈桑的小说中也描写过类似的人物，但在哈桑笔下这一切是那样自然，就如斗榫合缝一般，但此处的情形却好似将一份现代药物滴入糖中。他总是无来由地说一些奇怪的话语，例如，他一再地去关心一位女士的头发，一次又一次。有一些人，他们未曾笼罩着新的光辉，却还是顺利地登场了。如此地顺利，以至于部分瑕疵也变得无伤大雅起来。配角们大多要做穷途一哭。

1月17日

马科斯为我诵读了《告别青年时代》的第一幕。为何我今天会想起这件事？在我从内心中找到一种真正的感觉之前，我必须化上一年时间用以寻找。我应该在深夜坐在咖啡厅里，吹着凉凉夜风，尽管我正忍受着消化不良的痛苦。对着这样一部伟大的作品，我才能允许自己心安理得地坐在我的沙发椅上。

2月20日

《露西娜》中的梅拉·玛斯。一位风趣的悲剧演员。在某种程度上，她登上返场舞台，就如同悲剧女演员们通常会在舞台后所展示的那般。登场时，她挂着一张疲惫、刻板、空白而又苍老的脸，这对所有有觉悟的演员而言都是一种自然而然的开场表演。她言辞尖锐，她的动作亦然。她从那个向下弯曲的拇指开始，它好像代替了骨骼而迸发出剧烈的渴望。由于变换的灯光与周围不断调动的肌肉，她的鼻子显得格外有戏。尽管她的言行之中永远迸发着闪光，但她仍凸显了一种柔和。

小城中亦有着供人闲庭信步的小场所。

走廊上，我周围的那些朝气蓬勃的、纯洁的，穿戴考究的年轻人们，他们使我回忆起我的少年时代，这让我倒尽胃口。

克莱斯特在二十二岁时写的信。他放弃军职。家里人问他："人们究竟认为哪一种实用科学是不证自明的？你可以在法学或财政学之间进行选择。你在宫廷里有靠山吗？"他写道："起初，我略感难堪地摇摇头，但我随后愈来愈感到骄傲。我对他们解释道，如果我有什么靠山的话，那么它一定会使我对自己目前所有的理解而感到羞愧。人们笑了起来，我感觉自己有些操之过急了。这样的大实话应该避免宣之于口才是。"

瞬息之间，我感觉自己周身好似披上了铠甲。

例如手臂的肌肉，它们离我有多遥远。

3月26日

鲁道夫·史坦那博士在柏林作一个神学报告。雄辩的结果是：双方持有异议,却能融洽地交谈。听众们皆对其中的对立,以及异议中包含的论述与赞许而暗自心惊。他们皆忧心忡忡,并且完全沉浸在这反对的声音中去了。除此之外别无其他。现在,听众们再也无法反驳任何一件事,若能对可能的辩护进行粗略的描述,这会使他们感到心满意足。

雄辩的效果与一种阿谀的声音别无二致——长久地注视着自己摊开的手掌——忽略掉结尾。总体而言,发言之人开口说出一个句子,它带着大写的首字母。在讲话的过程中,那个句子尽力地盘旋回转,先是掠过了听众,并在结尾处回到主人身侧。但如果忽略结尾,那个句子便会直接在听众的呼吸之间飘游。

如今我们几乎习惯了在西欧的短篇小说中,一旦在书中只描写了若干犹太人,那么作者必然会在描写之内或之外不断找寻并至最终找到对犹太问题的解决之道。但在《犹太女子》一书中,好似并不包含这样的做法,甚至连猜测也无。而那些有志于解决这个问题的人,在小说中均不属于核心人物。在核心之处,这一事件已迅疾地扭转了。如此一来,我们虽然还能够仔细地观察她,却再也没有任何机会去从容不迫地询问她的奋斗与追寻。故而我们立即就会得知这个小说中存在怎样的不足,并感觉到自己愈发有权利这样做。如今自犬儒主义存在以来,在犹太问题周围总环绕着一些解决之道,以至于作者最终只需要根据若干步骤,去找出适用于他所写小说的解决之道。

这几乎已成为四个朋友(罗伯特、萨缪尔、马科斯、弗兰茨)的约定俗成:每逢夏秋,四人便会利用短暂假期相偕远游。在其余的年月里,这四人总愿意在一周的某晚相聚,多半是去萨缪尔处,因为他在几人之中最富有,拥有一个宽敞的房间。四人相聚,谈天说地,痛饮啤酒作乐。他们之间的友谊也多数因此缔结。等到了子夜时分,几人便将离去,所以他们之间的谈话从未圆满收尾过。由于罗伯特任某一协会的秘书,萨缪尔是一家贸易公司的职员,马科斯是国家官员,弗兰茨是一家银行的公务员,几乎每次都是一人将自己一周

内工作上的所见所闻匆忙地讲述给其余三人听。由于其他人对此一无所知,所以即便语言精练简洁,亦难免令人感到云里雾里。但首先,这些工作之间本来就有差异。每个人总是要勉强去向其他人描述自己的工作。因为他们只是几个脆弱之人,故而他们也无法足够透彻地领会那些描述。但由于彼此交好,此举才会被众人热捧。然而,他们与女人之间不清不白的暧昧关系很少会被谈及。当萨缪尔喜爱一个人时,他会避免使谈话转向自己的需求问题。就这点而言,那名不甚年轻的送啤酒少女看起来总像是悬在萨缪尔头上的一则提醒。相聚的夜晚总是语笑喧呼,当马科斯提议散场时,这永恒的笑声中好似染上了一丝遗憾。因为散场之后,之前每个人所承担的全部真诚都将会被遗忘。当人们欢笑时,总好似仍有足够的时间去思索真诚的奥义。但这是不对的。因为真诚一词自然对人类有着更广大的要求。与朋友待在一起时的个体,要比独处时更有能力去满足那些更为广大的要求。人们在办公室里应当大笑,因为在那里是无法满足那些要求的。上述观点主要针对罗伯特,他在一个历史悠久的艺术协会工作。正因为他的勤勉,那个协会才得以重焕生机。与此同时,他发现了一些极为奇怪的事情,并将之讲给朋友们听。当他开始时,朋友们纷纷离座,或靠近他站着,或坐到桌子上,马科斯与弗兰茨格外忘情地大笑着,萨缪尔将所有杯子都放在一张窄小的边桌上。等说累了,马科斯便会突然对钢琴迸发出一股新的力量,并弹奏了起来。此时,罗伯特与萨缪尔坐在琴凳两侧。而弗兰茨对音乐一窍不通,独自坐在萨缪尔的桌子前,翻看明信片或阅读报纸。

1912年

1月3日

读了《新评论》中的许多文章。小说《裸男》的第一部分总体而言不甚清晰,但于细节处倒也无可指摘。霍普特曼的《加布里尔·锡林之出逃》。人的教养。或好或坏的教育意义。

除夕。我原打算下午给马科斯诵读日记中的内容，并且对此十分期待，但它却没能实现。我们的感受并不一致，我感受到下午他身上带着的一种精打细算的小气与匆忙。他几乎不是我的朋友了，但他在很大程度上始终控制着我，在他的眼睛里，我看到自己在书册里毫无用处地被匆匆翻过。他翻来翻去却只翻阅着同一页，这证明他心思根本不在这里，我感觉此举令人讨厌。在彼此剑拔弩张的情况下自然是不可能一起工作的。而我们在彼此的对立下共同完成了《理查德与萨缪尔》其中的一页，只验证了马科斯的能力，除此之外，一切都很糟糕。在卡达那里度过除夕夜。并不十分讨厌，因为有维尔士、科实，及另一份新鲜血液灌注了进来。最终，我在那个社交圈子的边缘处再次找到了马科斯。于拥挤的人群中，我还未看上他一眼，就紧紧握住他的手。我感觉自己好似在回忆中，带着骄傲，夹着我的三本册子径直走回家。

巷弄里，状如牛草般的火焰围绕着新屋前的陶罐向上节节攀爬。

显而易见，我在内心深处对写作极为专注。自从它在我的机体之中愈发明晰后，写作有可能会成为我存在中最为丰富的一个方向。它四处侵袭，使有关食色之喜悦、哲学之思考，乃至对音乐的鉴赏等等才能成为虚无。在这些方向上，我日渐消瘦。但这又是十分必要的，因为我在这所有一切中的才能是那样稀少，以至于我只能集中所有精力专攻写作，才勉强够用。我自然不是独立且有意识地发现写作这个目标，而是它自己发现了自己。从根本上来说，办公室中的事情阻碍了它。但无论如何我也不应当为此而感到痛惜，尽管我无法忍受爱人，尽管我对爱的理解与我对音乐的理解程度相当，而且必须满足于那最浅薄最唾手可得的印象。除夕之夜，我细细咀嚼着黑色的菠菜根，喝了四分之一瓶谷神星酒，而且没能参加马科斯的哲学作品朗诵会。其中的平衡手段是不言而喻的。由于我对自我的发展业已完成，且在目所能及的范围内，我再没有什么需要牺牲，故而我只有将工作从这人群中彻底丢出去，才能开始我真正的人生。在那里，我的面容也会随着工作的进展而发生变化。

首先，当人们开始谈论内心最深处的忧虑，并由此讨论起他们将于何时于何地再次见面，以及到那时应当关注何种问题时，谈话会遭遇骤变。他们的话题不会被打断，但自然也不会有所推进。此类交谈若以握手告终，那么人们将带着对生活自身纯粹且牢靠的构造的信仰与尊敬各奔东西。

在一部自传里，时常会出现这样的状况。本应按照事实描述为"一次"的地方，总会被描述为"经常地"。这难以避免。人们都很清楚，记忆存在于一片晦暗中，而"一次"这个词能打破黑暗。虽然"经常"一词无法彻底驱散黑暗，但至少它在写自传之人的心中得以保留，并且它的影响力不仅限于局部。人们在生命中或许从未发觉这局部的存在，但它是对那些记忆中已知的却不再令人感动的事情的一种补偿。

1912年1月4日
我喜欢给我的妹妹们诵读书目（例如我今晚就因此很晚才开始写作），这纯粹是出于虚荣之心。与其说我相信自己能从诵读中收获什么重大的成就，倒不如说我试图通过朗读好的作品，来极力拉近我的作品与它们之间的差距。这并不是我的功劳，而是只有在朗诵能激起作为听众的妹妹对未知事物莫测的注意力时，我才能掩饰掉虚荣这个起因，从而与著作一起影响着她们，但事实上只有著作本身产生着影响。故而我给妹妹们朗诵时的表现总是可圈可点。该加重音的地方我能通过自己的感受准确地将情绪表达出来，因为我之后不仅会自己赞扬自己，更会被我的妹妹们狠狠嘉奖一番。但当我对着布赫德、鲍姆，或其他人朗读时，由于我太想听到赞扬了，这使得他们感觉我读得很糟糕，尽管他们根本不知道我的朗读中蕴含着哪些优点。所以我从此意识到了，听众始终不会混淆我与所读书目之间的差别。若我不投入感情，那么我无法全然地与读物结合在一起。我不应期冀听众的任何支持，变得可笑，我用声音环绕着我的听众，因为我想从某处闯入，我只是有这种想法但并不严肃，因为人们根本不期待我能做到这个。人们真正期待的是，在我摒弃虚荣心后平静而遥远地为他们朗读。只有当文字需要我投入热烈的情感，我才需要变得激情四溢。但我做不到。尽管我相信自己对此已感到满意，并对在别人面前比在我妹妹们面前朗诵得糟糕一事感到知足，因为这恰恰体现了我错误的虚荣心，每每此刻我便会感到悲伤。如果有人要对我的阅读提出指责的话，我便会脸红，并想快点读下去。当我开始阅读之后，我总像是在汲汲以求永无休止地读下去，那是潜意识里的渴望，因为我在通过朗诵的过程中，至少我的虚荣心能与所朗读的文字产生共鸣。尽管我忘记了自己从未拥有过哪怕一瞬间的足够强大的力量，通过我的感受去影响听众。而在家中总是妹妹们听我朗诵，而此时的题材总是随意变换的。

1912年1月5日

这两天来，我发觉自己的内心深处充满了冷酷与漠然，并且想什么时候如此就什么时候如此。昨晚散步时，我突然觉得街道上每一缕噪音、每一束投向我的目光、橱窗里每一幅张贴画，都比我重要。

如果有人晚上最终决定留在家中，穿着家居服，吃完晚餐后，他就坐在灯下的桌子旁，准备开始这个工作或那个游戏，并在结束之后像往常一样去睡觉。如果室外天气不佳，那么理所应当就该在家待着。若他在桌前静坐太久，那么他的突然离开不仅会使父亲不快，而且肯定会引发所有人的惊诧。若此时走廊一片黑暗，大门也紧锁着，而且若他无法忍受突然涌起的不适感而起身，换下衣服,立刻穿上出门穿的衣服,并宣布自己必须出去一趟,简短道别后就要走了。随着他飞快地摔上房门,室内众人的对谈被打断。相信此举或多或少会引发一些不愉快。当他在巷子里通过四肢的移动重新找回自己时,四肢用格外的灵活来回报这出乎意料的自由,这是主人为它们创造出的自由。若他感觉通过这种决心能激起心中决断的能力,若他能认识到那超乎寻常的意义,若他的力量远超所需,能轻易地引发并承受那些最迅疾的变化,并在理智与平和中坦然独处,在这样的享受中成长,那么他就在这个夜晚彻底走出了自己的家庭。他为什么不更尖锐些,用一场远到天边的旅行来达到这个目的?况且他已经有类似经历。他只能称其为俄国式的,因为那对欧洲而言是极外部的一种孤独。若他在深夜探访一个朋友,并看看他近来如何的话,这种感觉就会更加强烈了。

维尔士被邀请去参加克鲁格夫人的义演。陆威头疼得厉害,这让他显露出严重头疼的痛苦神情,在下面的巷子里倚在墙上等我,右手绝望地撑着前额。我向维尔士指指他,维尔士从沙发上起身,将身体探向窗外。我相信这是我人生中第一次以这种轻松的方式,从窗户里观察着楼底下巷中正发生着的一件与我个人息息相关的事情。如此的一种观察方式我只在夏洛克·福尔摩斯的小说里看到过。

1912年1月6日

昨天去看了费侬曼的《总督》。我已丧失对此类作品中犹太元素的感知力,因为总是那样千人一面,并且它们将之退化为了一声恸哭,这声音中竟还对散落各处的强烈爆发饱含骄傲。在最初的若干片段里,我或许还能想到将自己浸没在犹太民族的特质中,这其中安放着我自身的起源,并且它还在向着我的方向发展,并由此在我迟钝且笨拙的犹太人特质里启迪我、引领我走下去。

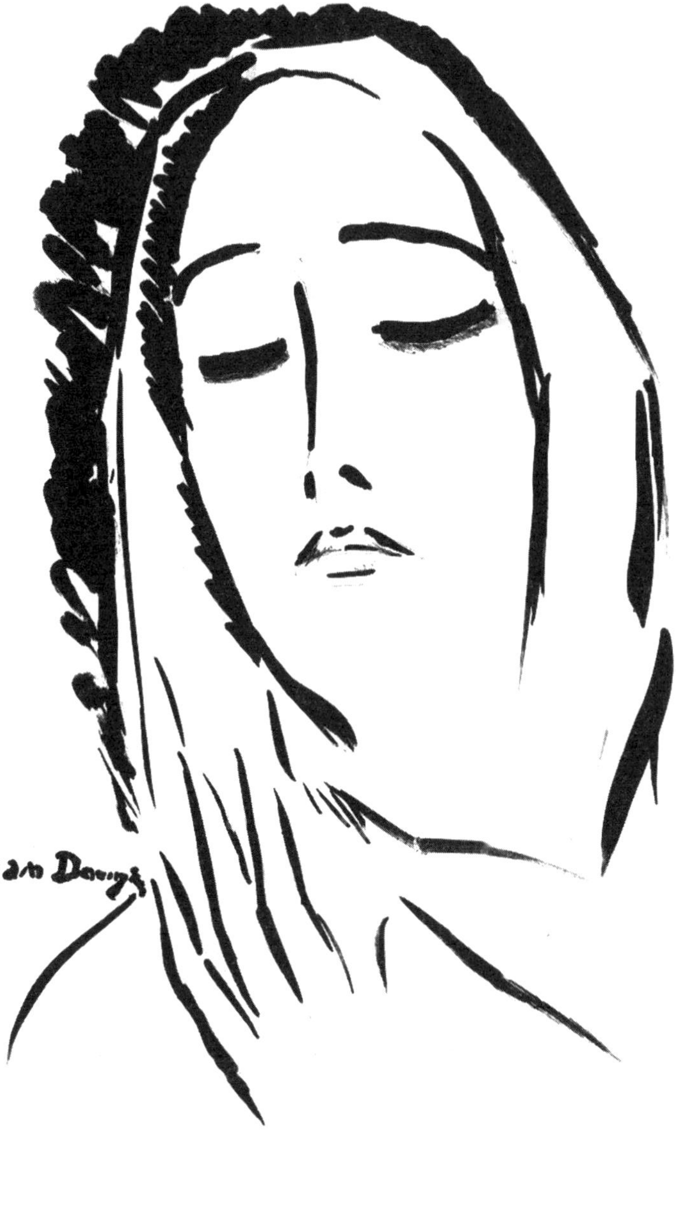

但事实上,我听得愈多,它们就愈加远离我。犹太人们自然留了下来,而且我还在与他们交往着。库鲁格对她的开场曲目有深刻印象,之后感觉自己与她目光中的每一个细节都有着极紧密的关系,乃至她演唱时伸展的手臂,打着榧子的手指,她那密密地打着卷儿的鬓发,她背心下面延展开的平整且纯洁的薄衬衫,与她回味某个笑话所取得的效果时微微撅起的下唇("你们瞧,我会所有语言,但要用意第绪语说。"),还有那丰腴的双脚,它们穿着厚厚的白色长筒袜,脚趾之后的部分皆隐藏在鞋子里。由于昨天她唱了新歌,这损害了她对我的主要影响。这影响存在于她的表演中,即一个人登上舞台,找出了若干笑话,唱了几首歌。她的气质与具有的全部能力使演出臻于完美。由于演出成功了,所以一切也就成功了。我们亦时不时会满心欢喜地受这样的人影响。当然了——在这方面,大约所有观众都与我的想法一致——我们不会被重复演唱的同一首歌曲所迷惑,而是会将它视作聚会的一种助剂,正如我们赞同大厅的灯光变暗一样,从这位夫人的角度来看,我们会在其中认识到那样一种无畏与自信,这也正是我们所汲汲以求的。当新歌登场时,它们并不能为库鲁格夫人证明什么新的东西。因为之前那些歌曲已如此完美地完成了自身的职责,所以当这些新歌要求作为歌曲而得到重视时,根本抬不出什么理由。当它们因此时库鲁格夫人分神,亦同时证明了,她本人在演唱这些歌曲时并不感到舒适,一部分是因为不合适,还有一部分是因为过分夸张的面部表情与肢体动作,这必然会惹人厌烦。人们之所以留下,只是因为想要由此得到安慰。人们还记得她对之前歌曲的完美演绎,且都过于相信她那不可动摇的真挚感情,以至于即便看到她当前的形象,人们也不会受到影响。

1912年1月7日

真遗憾,T女士总有角色在身。这些角色只展现了她本质中的精髓。她永远在扮演一些受过一次打击而变得不幸、被嘲弄、受辱,或因此患上疾病的女子或小姑娘，且上帝并未赐予她们时间，顺其自然地发展她们的本性。在突然出现的自然威力面前，她扮演着以上角色，而这些角色也只有在剧中才能达到顶点，在写作的剧本里则恰恰相反。因为这些角色所要求的丰富性，仅仅流于表面而已。故而人们能看到她大概能做出怎样的成绩。对观众而言，她的标志性动作之一就是略微僵硬的、颤动的臀部。她的小女儿好像有一个完全僵硬的臀部。当演员们彼此拥抱时，他们会握紧对方的假发套。不久前，我与陆威上楼去他房间，他想在那里为我读一封他写给华沙作家诺姆伯特的信。我们在楼梯的平台处见到了T夫妇，他们正提着《科尔·尼德尔》的戏服。戏服被裹在薄纱纸中，好似犹太人在逾越节吃的那种未发酵面包。他们上楼，朝着自己的房间走去。我们在那儿站了一小会儿。我用手扶着栏杆，也支撑起加重的语调。她硕大的嘴巴如此近地在我面前翻动着，好似在做惊讶状，但也还算自然。由于我心怀愧疚，所以这场对话变得令人绝望。然后我又努力地想快点表达出所有热爱与牺牲，但这仅仅让我确认了一件事，即剧团的生意不景气，他们的节目已消耗殆尽，他们可能在这里待不久了。而他们不能理解，为何布拉格的犹太人会对表演丧失兴趣。她请求我，周一去看看《赛义德之夜》，尽管我已经看过了。然后我又可以听到她唱那首我很喜欢的歌 *Bore Isroel*，她回忆起之前一次对话中曾谈到过这个。

"耶实瓦"是教授犹太教法典的高等院校。在波兰与俄罗斯，还有许多犹太聚居区在坚持办这样的学校。所需花费并不太多，因为学校通常设立在一栋古老的废弃不用的建筑中。在那栋建筑中，除去学生的教室与寝室外，便是学校领导的屋子，那里还要用于处理教区事务，他的助手也在那里住。学生不交学费，教区成员轮流为他们提供餐食。尽管这种学校建立在最严格信仰的基础上，但它却恰恰是叛教式进步的发源地。年轻人都从远方汇聚于此，那么贫穷而充满力量的人儿，他们千里离家，因为这里的管理并不十分严格，年轻人们在这里便互相指导。对于学业最核心的部分他们也都是共同学习、互相解释那些艰深的教义。虽学生来自不同地区,但那里的虔诚是一样的,这一点无须特意说明,而与此同时,由于不同地方的情况亦不同,被遏制的进步以形形色色的方式或进或退。如此一来,便有许多值得说明的了。因为这些被禁止的进步性文字总会落在个别人手中,而它们在"耶实瓦"中则从各个方面被搜罗起来,并在这里发挥着格外重要的影响。因为每一个拥有这些文字的人所传递的不只是这些文章,而是他们内心的火焰。由于这些原因,在之前的一段时期里,从这所学校里走出了许多进步诗人、政客、记者与学者。故而,一方面严格的信仰败坏了学校声誉,另一方面愈来愈多思想进步的年轻人开始涌向这里。在距离华沙坐火车八小时的奥斯特劳小城内有一所著名的"耶实瓦"。整个奥斯特罗也只环绕住了乡村公路上的短短一段路。陆威形容说此地的长度跟他的手杖相当。有一次,一位伯爵坐着一辆四驱旅行马车在奥斯特罗略作停留时,前面两匹马与车子的后半部分已经越出地界了。大约十四岁时,陆威不堪家庭生活的束缚,决定前往奥斯特罗。当他在傍晚时分准备离开克罗斯时,父亲拍了拍他的肩膀,漫不经心地说以后会去看他,到时必须要和他好好谈谈。很显然,除了谴责之外也没别的内容可期待,陆威连行李都没带,只裹着一件比较好的长袍,便直接离开了克罗斯。由于彼时是周六傍晚,所以他拿出一直揣在身上的全部钱来到火车站,乘晚上十点的车前往奥斯特罗,次日早七点便到达了那里。他径直走进了那所"耶实瓦"。他到那里也并不惹人注目,因为每个人都可以随意进入"耶实瓦",并不存在什么特殊的录取条件。唯一引人注意的是,当时正值夏天,他想要在这个时间里入学,这很不常见,还因为他穿了一件好袍子。但其他人很快就习惯了,因为在一种我们并不知晓的力量中,因为共同的犹太民族彼此维系在一起,这群年轻人很快就熟悉了起来。在学习中他表现得很出色,因为他在家中就已学到了很多知识。他喜欢和陌生的年轻人谈天说地,特别是当他们获悉他带的钱之后,便团团围住他,建议他买这买那。他对一个要卖给他"日票"的人感到格外惊讶,因为"日票"上标明了可提供穷学生免费享用午饭。它们之所以能成为热销的商品，是因为教区成员提供免费午餐并不是为了个人声誉，而仅仅是想做一件神灵会喜欢的事情。至于究竟谁会坐在餐桌旁，这无关紧要。若哪个学生确实机敏过人，那么他便有可能成功弄到一天两份免费餐食的待遇。如果餐点不太丰富，他想必完全可以承受这双份的餐食，并在结束了第一餐后还有极大兴趣去吞咽第二餐。往往也会出现这样的情况，有时一人上桌吃了两餐，有时则一个人也没有。但当人们有机会卖掉多余的免费午餐来获利时，他们还是会感到很快乐。像陆威这样夏天来到学校的人，恰逢免费午餐机会早已发放完毕，他们也只好用钱去买这样的餐票了，因为开始时那些多余的餐票全部被投机分子霸占了。

"耶实瓦"的夜晚令人不堪忍受。因为晚上太热，即便所有窗户都开着，臭味与高温还是在室内流连忘返。那些没有床位的学生，便待在之前坐着的地方，也不脱衣服，就穿着汗湿的衣服躺倒睡觉。到处都是跳蚤。次日清晨，每个人只轻描淡写地用水略微濡湿双手与脸颊，然后就开始学习。他们多数情况下都在一起学习，通常两个人合用一本书。许多人会因辩论而被集结到一个圈子内。"耶实瓦"的校长只会走来走去解释最艰深的段落。陆威只在奥斯特罗待了十天，并且吃睡均在旅馆。尽管他后来找到了两个与他志趣相投的朋友（一个人能找到另一个人是不太容易的，因为人们必须先仔细考察对方的品质如何、是否值得信赖），但他还是十分想要回到家中，因为他已习惯于过一种有规律的生活。而且思乡之情也令他难以承受。

大房间里传出玩牌的喧闹声，后来便是父亲身体康健时会发出的响亮但毫无连贯性的谈话声，对此我已习以为常了。那些话语只展示出一种无拘无束的噪音，其间隐含着小小的张力。仆人房间的门完全开着，小菲利克斯在睡觉。另一侧是我的房间，我也在睡觉。考虑到我的年纪，我房间的门是关上的。此外，那扇打开的门表明了，人们希望小菲利克斯能与家人离得近些。而我已经被隔离在外了。

昨晚在鲍姆那里。施特罗博本该来的,但他去了剧院。鲍姆朗读了一篇名为《有关民歌》的小品文,不怎么样。然后他又读了《命运之游戏与庄重》中的一章,很棒。我一副漠不关心的样子,情绪很坏,没能收获对整体的纯粹的印象。雨中,在回家的路上,马科斯向我讲述了目前对《伊尔马·波拉克》的计划。我不能承认自己现在状态不好,因为马科斯永远无法承认这一点。故而我只能言不由衷起来,这最终使我对一切丧失了兴致。我太痛苦了,以至于我更愿意在马科斯的面孔布满阴云时与他说话,尽管我的面孔在心情明朗时更容易出卖我自己。但后来这部小说的神秘结尾越过一切阻碍打动了我。与他告别后,我在回家路上懊悔之前对不可避免之事的虚伪与痛楚。我打算编写一本关于我与马科斯之间关系的个人小册子。其中不会写的内容在眼前闪动着微光。视觉上的偶然事件决定着整体的评价。

我躺在长沙发上,在我两侧的房间里均在大声说话,左边那间里只有女士们,右边的则更多是男士们。这使我产生这样的印象,那是一些粗野如黑人的、平静不下来的生物,他们根本不知道自己究竟在说些什么,他们只是为了使空气进行流动才说话的,空气使他们的脸颊在说话时高抬起来。并检阅着他们说出的那些话语。

一个多雨而宁静的周日就这样过去了。我坐在卧室,享受着宁静,并不决定要去写什么。例如前天我或许已把关于我个人的一切都倾注进写作里了。现在我已凝视着我的手指好一会儿了。我觉得自己在这一周彻底被歌德影响,这种影响的力量已经被耗尽,因此变得毫无用处。

在罗森菲尔德的一首诗里，描绘了海上风暴："灵魂漂浮，躯干战栗。"在引述时，陆威额头的皮肤与鼻根处开始痉挛，就好似人们只相信手会痉挛的症状一样。遇到十分感人的段落，他便想让别人也理解它们，所以他逐渐靠近我们，或者说，他将眼神变得更加清亮，他因此好像变高大了。他只稍稍往前走了几步，眼睛睁得大大的，无所事事的左手拉扯着外衣下摆，并张开右手掌向我们探过来。如果我们还没有理解的话，也应当认可他的感动，并让他讲述诗歌中灾难的可能性。

如果我现在在晚上回到亲戚那里，由于我没有写任何能使我高兴的东西，所以我对自己比对他们而言更加陌生、可鄙且没用。这一切自然只出于我自己的感受（通过如此细致的观察，实在无法骗自己），事实上他们很尊重我，也很爱护我。

1912年1月24日，周三
　　如此长的时间里没有写作，原因如下：我跟我的上司置气，后来借助一封条理清晰的信才得以澄清。在工厂的次数越来越多。读了五百页派尼的《德国犹太人的文学史》，而且读得如饥似渴。读这本书时的那种透彻、急切与喜悦，在从未在读类似书籍时出现过。现在我在读弗洛莫的《犹太风俗解析》。最后我与犹太演员们一起有很多事要做，我为他们写了不少信件，并在犹太复国主义协会里坚持征询波西米亚犹太复国主义协会的意见，询问他们是否愿意在剧院进行客座演出。我写好了必要的通告单，并复印出来。我又看了一次《苏拉米特》，还看了一遍里希特的《赫尔采勒·米利希》，出席了巴尔·科赫巴的民歌晚会，前天看了施密特波恩的《格莱辛伯爵》。

　　民歌晚会。纳坦·比恩鲍姆做演讲。东犹太人的习惯，在讲话停顿的地方，总会嵌入"我尊敬的女士们与先生们"或"我尊敬的人们"。比恩鲍姆在讲话开始时的重复使他变得可笑起来。在东犹太人的日常对话里经常会出现"我多么伤心！"或"这没有什么"或"还有许多要说的呢"，但凭我对陆威的了解，我认为类似这种持续使用的惯用法不应该令人感到尴尬，而是应当作为新的源泉汇入那本极难融入东犹太人气质的语言洪流中。但这不适用于比恩鲍姆。

1912年1月26日

维尔士先生的后背，整个大厅一片宁静，我在倾听一首糟糕的诗朗诵。

比恩鲍姆：他的中长发造型，发丝线条分明地落在脖子旁。由于突然的裸露或由于自身原因，他的脖子极为笔直地竖立着。一个大而弯曲的、不算窄但在鼻翼两侧仍显得宽平的鼻子，由于它与大胡子的比例和谐，所以看上去还挺好看。

歌者格拉宁：他的微笑平和、甜蜜、美妙，故作谦恭，挂在一张时而转向一边时而深深颔首的脸颊上，因鼻子皱起而略显刻薄。但这微笑也仅仅因嘴巴的技巧所致罢了。

1912年1月31日

什么都没有写。维尔士为我带来有关歌德的书籍，这使我产生了一阵涣散而无用的激动。计划写一篇文章，就叫《歌德的可怖本质》。害自己现在引导自己，晚上去散步两小时。

1912年2月4日

三天前看了韦德科德的《大地之神》。

韦德科德和他的夫人缇丽一同演出。她的音色清亮且准确，脸颊窄长如新月，安静站立时她的小腿总会撇向一边。这场戏剧清晰地留在了回忆之中，故而人们在散场回家时能保持平静与自信。对极其牢固地建立起来的事物与仍存在陌生感的事物，留下了相互矛盾的印象。

当我前往剧院时，我感到很幸福。我的内心如蜜饯，一口接一口地啜饮着。但这种情绪在剧院里立即烟消云散了。顺便提一下上一次在剧院的夜晚，当时上演了帕伦博格的《奥尔弗斯在冥府》。演出很糟糕，而我周围的鼓掌声与大笑声又如此响亮，以至于我只知道自己得离开才能自救。于是在第二幕结束后我便走了，一切重归宁静。

前天为了罗伟的客串演出而向特劳特瑙写了一封优美的信。每一次读这封信，都会使我感觉平静，能够给我以力量。因为这信里包含了我心中一切不可言喻的善意。

我读歌德的书时总带着一以贯之的勤奋（歌德谈话录、学生时代、与歌德在一起的日子、歌德在法兰克福），它妨碍了我的每一次写作。

施梅乐，一个商人，三十二岁，无宗教信仰，学过哲学，只对涉及自己写作的优美文学感兴趣。圆圆的脑袋，黑色的眼睛，留着有活力的小胡子，一脸结实的横肉，敦实的形体。常年从早九点学习至次日凌晨一点。出生于斯坦尼斯瑙，精通希伯来语与行话。已婚，他的妻子的圆脸只会给人以心胸狭隘的印象。

最近两天我对陆威都很冷淡。他问我为什么，我否认了这一点。

在《大地之神》的间歇时间内我与T小姐进行了一场平静而保守的对话。人们要达到一次圆满的对话，就必须严格遵从礼节，将手深入、轻缓、懒洋洋地推到要讨论的议题之下，然后突然举起来，吓人一跳。不然人们就得折断自己的手指，这样一来，除了疼痛，人们思考不了别的。

老一套：夜晚出门散步。（发明了快走）进入美丽的黑暗房间。

T小姐讲述了她新故事里的一个场景，其中一个名声不好的姑娘进入一间缝纫学校，她对其他姑娘的印象。我认为，她们会同情那些有能力有兴趣接近坏名声的人，并且会感同身受，能够立刻直接想象到那意味着人们将陷入怎样的不幸。

一个星期前，泰尔哈勃博士在犹太市政厅的节日大厅里做了关于德国犹太人没落的演讲。这种没落是不可阻挡的。一，犹太人皆聚集在城市里，乡村中的犹太教区便消失了。追逐利润令他们精疲力尽。婚姻的缔结只是考虑到要保障新娘的生活。家有两孩的体系。二，血统混合。三，受洗。

奇怪的场景。艾伦菲尔教授愈来愈美丽。在窃窃私语的轮廓中，他光秃秃的脑袋在灯光下向上划出一条界限。他交叉起双手，用力挤压着。婚后，他的嗓音就好似用一架乐器转换的音调一般，充满信任地笑对着人群，为种族混合说话。

1912年2月5日，周一

由于劳累，我放弃阅读《诗歌与真理》一书。我的外表是坚硬的，内心是冰冷的。当我今天去弗莱施曼博士那里时，尽管我们均缓慢且经过深思熟虑之后决定见面，但一见面还是如两个球一般撞击在一起。一只将另一只撞了回去，然而这一只也不受控制地滚走了。我问他是不是累了，但他不累。我为什么要问？我是累了，我一面回答着，一面坐了下来。

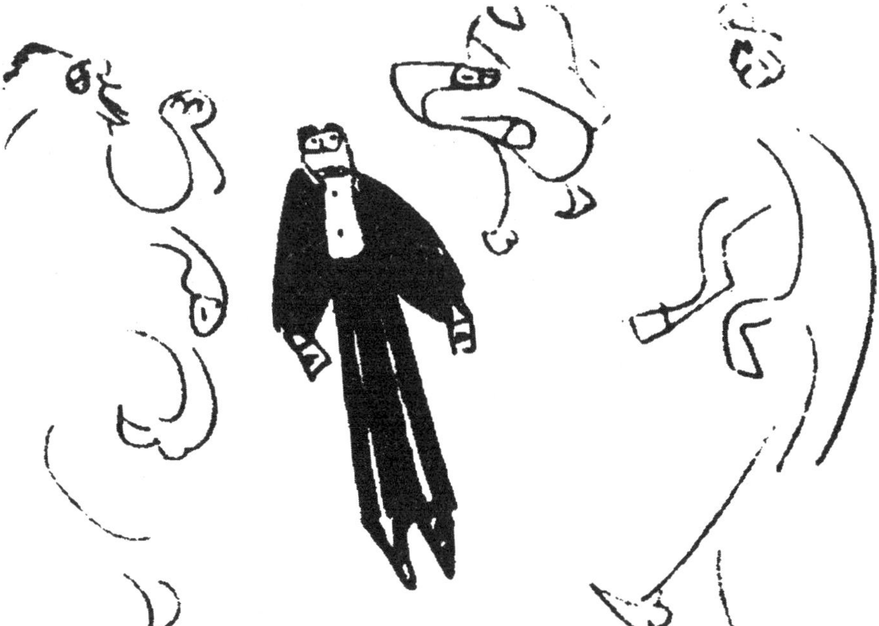

昨天与陆威在城市咖啡馆，我一瞬间差点昏厥。我借着弯腰拿报纸的动作瞒过了他。

歌德美丽的黑色全身剪影像。在看这个完整的人类身体时，会让人产生厌恶感。因为我们无法想象如何去超越这个阶段，这个是混合而出的，看似很偶然。笔直的姿态，悬挂的手臂，细长的脖子，与弯曲的双膝。

昨天在工厂。女工们穿着令人难以忍受的肮脏且松垮的长裙，顶着一头好似刚睡醒又吵了一架的发型，听着传送带发出的永无休止的噪音。她们紧盯着传送带与机器，尽管那是自动的，但说不定什么时候会停下来。女孩们表情木然，好像不是人类一般。没人跟她们打招呼，撞到她们的时候也没人道歉。别人叫她们去做零碎工作，她们就得去做，做完后又会立即回到机器旁。别人只需要动动头部告诉她们应该去做什么。她们穿着衬裙站在那里，被拥有微小权力的头目任意摆布。她们永远不需要充分平静的理解，去通过眼神与鞠躬认可那些头目的地位，去让自己变得顺从。可是一到六点，她们便会呼朋引伴，将围在脖子上与头发上的帕子解开，用一柄刷子刷去身上的尘土。刷子在厂房里从一只手里传到另一只手里，还有人不耐烦地喊叫着。她们将裙子从头顶扯掉，然后将双手洗得非常干净。这样，她们终于成为了女人们，尽管脸色苍白，牙齿不好，但她们能够微笑，抖一抖僵硬的身体，人们不可以再冲撞她们，不可以盯着她们或藐视她们。当她们对你道晚安时，你必须退到油渍斑斑的箱子旁，为她们让路，并将帽子拿在手中。当一个女子拿起大衣让我们穿上时，我们不知道该如何接受。

1912年2月8日

歌德：我对创作的兴致是无止尽的。

我变得愈发神经质，愈发虚弱，前几年引以为豪的宁静也已丢失了一大部分。我今天收到鲍姆寄来的明信片，他写道，他不能在东方犹太晚会上做演讲了。而我也不得不相信，我必须得承担起这个任务了。我完全被那不受控制的痉挛控制住了，如同一簇微弱的火苗沿着身体在敲打着我的血管。我坐在那儿，膝盖在桌子底下抽搐，我必须把手紧紧握在一起。我将会做一次很好的演讲，这是肯定的。在这个夜晚，已升至最高层级的不安，完全集中于我一个人的身上，而不是额外形成一个不安的空间。话语从我的口中径直而出，好似从枪筒射出的霰弹。但我也有可能之后会倒在地上，无论如何，不会熬太长时间。身体太虚弱了！甚至这些话也是受这虚弱的影响而写下的。

昨晚与陆威一起去了鲍姆家。我的活力。最近陆威在鲍姆那里翻译了一篇不怎么样的希伯来故事《眼睛》。

1912年2月25日

从今天开始要抓紧日记本！定期记日记！绝对不要半途而废！即使不能得到某种拯救，但我想这在任何时候都是值得的。今天晚上我坐在家人团聚的桌旁，显得无比漠然。我将右手放在妹妹坐着的椅子扶手上，她正在玩牌。左手则无力地放在膝上。随着时间的流逝，我试图搞清我的不幸所在，但几乎没有成功。

我已经很久没有写过东西了。因为1912年2月18日我在犹太市政厅的节日大厅里举办一个陆威的演讲晚会。在这个晚会上，我做了一个关于行话的开场白。两周以来，我一直生活在忧虑之中，因为我觉得自己无法胜任这场演讲。

在演讲开始前的晚上，我却茅塞顿开。对演讲所做的准备：与巴尔·科赫巴社团协商，编排节目，排列座位号码，准备钢琴（在托因比大厅）的要事，加高演讲台，钢琴演奏师，服装道具，门票销售，报纸上的相关报道，警方以及文化机关的审查。

我去了一些地方，与一些人谈话，或给某些人写信。大约是这样的：与和我在一起的马科斯、施梅乐，与起初愿意承接晚会而后又出尔反尔的鲍姆。为此我还得在这个过程中重新调整这场晚会，第二天鲍姆又发管道电报来推翻此事。与雨果·赫尔曼博士和里奥·赫尔曼博士在阿尔克咖啡馆见面，经常与罗伯特·维尔士在他家见面。关于售票的事宜需要与布洛赫博士（白费精力）、翰扎尔博士、弗莱施曼博士讨论。拜访陶西斯小姐。去参加阿菲克·耶胡达的报告。在维斯老师那里（后来在咖啡厅，然后去散步，在晚十二点到凌晨一点的时候，他生机勃勃地像个小动物一般挡在我门前，不让我进去）。在卡尔·本丁尔博士那里讨论大厅的事宜。在市政厅的走廊里遇到老本丁尔教授。两次去霍瓦格广场上里伯斯家里。几次和奥托·皮克一起去银行。由于要拿钢琴钥匙，所以要与罗宾申克先生与史体丝尼老师一起参加托因比大厅的报告，然后在那位老师家中取到了钥匙，之后还要归还。因为讲台的问题要去见市政厅的管家与佣人。为了付款的事宜要去市政厅秘书处（去了两次）。

写信：给陶西斯小姐、给奥托·克兰（毫无用处）、给日报（毫无用处）、给陆威写信。（"我完全做不了这个报告，请您救救我！"）

兴奋：由于演讲，在床上辗转反侧。天气很热，一夜无眠。讨厌布洛赫博士，害怕维尔士（我不会出卖任何人），阿菲克·耶胡达，报纸上刊登出的报道并不是如我们期待的那样。在办公室里心不在焉。讲台没有到，门票销售惨淡，但它的颜色令我很兴奋。演讲必须被中断，因为钢琴演奏师将谱子忘在家里了。时不时飘来对陆威的冷漠，几乎是厌恶。

益处：对陆威感到高兴，并信任他。我做演讲时骄傲而又超脱的意识

（冷冷地对着观众，缺乏训练的我无法自在地做出各种兴奋的动作），有力的声音，毫不费力的记忆。赞赏，但首先是一种威力。通过这种威力，我响亮地、肯定地、坚决地、无可指摘地、势不可挡地、明察秋毫地，几乎不屑一顾地压制住了市政府三个工作人员的无赖行为，没有给他们要求的十二克朗，而只给了六克朗，而且还俨然是个伟人一般。这里表现出来的是我可以信任的力量，若是能一直这样该多好啊。（当时我的父母不在那里。）

最近一段时间以来，在我的自我思考中出现了一种全新的更坚定的力量，我到现在才刚刚认识到这种力量的存在。因为上周的我简直已经在悲伤与无用中土崩瓦解了。

混迹在阿尔克咖啡馆的年轻人中，我的心中五味杂陈。
越来越自信。煤气灯在我头顶上方沙沙作响。

我打开家门，是为了看看外面天气是否诱人到值得去散步的程度。蓝蓝的天空不可否认，但大片透着蓝光的灰色云块顺着盖状的卷曲边缘向下飘来，好像人们站在附近森林覆盖的山坡上才能测量出来。尽管如此，街道上还是有许多出来散步的人。小孩的车子被牢牢把控在母亲手中。这儿或那儿间或有一辆马车在人群里等待着，直至乘客从上面下来或登上马车，人们才纷纷向一旁避让。在这期间，驾车的人目视前方，静静地执着颤动的缰绳，不会忽略任何细节，对什么事情都要掂量掂量，并在恰当的时刻为马车提供起码的动力。即便空间这样小，孩子们还是照样跑来跑去。姑娘们穿着轻薄的裙子，戴着大檐帽，被染得像邮票似的花花绿绿，挽着年轻男子的手臂，喉咙里吟着压低的曲调，双腿随着旋律摆动着。有的家庭亲密地坐在一起，也有的三心二意地站成了长长的一列。这样一回头就能发现一双双伸展的手臂，示意的双手，人们

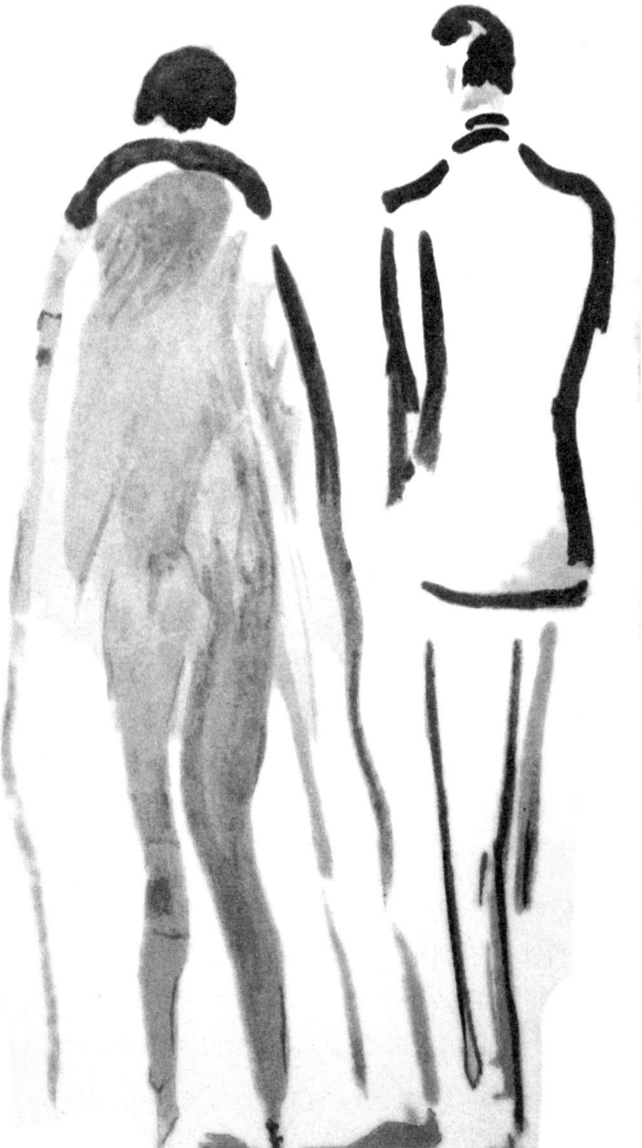

呼喊着昵称寻找不见了的家人。独处的男人们试图将自己关闭得更紧，他们把双手插在口袋里。这是狭隘的愚蠢行为。起初我站在那栋房子的大门里，倚着门，在一旁静静观察着。旁人的衣角掠过我身旁，由此我抓住了一个小姑娘后背上做装饰的带子，被手拉得逐步掉落了下来。有一次我只是为了表示恭维而碰了一个姑娘的肩膀，后面的路人打了一下我的手指。我立刻把他拉倒一扇闩住的门后面，我用举起的手表达了谴责，从眼角射出目光，向他走近一步，也就是让他向后退一步。他真算幸运了，毕竟我只是推了他一把让他离开。从现在起，我常常叫一些人到我这里来。对此我只需要用手指示意一下就够了，眼神从不犹疑。

在一种毫不费力便能入睡的状态中，我写下了这个毫无用处、不成熟的东西。

现在我在给陆威写信。之所以我现在给他写下这些信，是因为我希望能通过这种方式得到：亲爱的朋友。

1912年2月27日
我没有时间把这些信写两遍。

后来与奥特拉、陶西斯小姐、鲍姆夫妇，以及皮克一起散步，走过伊丽莎白桥、码头、布拉格小城、拉德兹科咖啡厅、旧石桥、卡尔巷。我看起来兴致很高，以便大家不会过多地指责我。

1912年3月5日
那些无礼的医生！业务上倒是很果敢，但医疗水平实在太无知。当他们在业务上失去了那种果敢时，他们就像一群乳臭未干的年轻人站在病床前。如果我有能力去建立一个自然医疗协会该多好！可哈尔医生在我妹妹的耳朵周围乱刺，导致她从耳鼓膜穿孔转成了中耳炎。女仆在生火炉时跌倒，医生很快就做了诊断，说因为是胃部损伤以及充血造成的。第二天她又摔倒了，而且还发着高烧，医生将她从左翻到右，又从右翻到左，最后查明是咽喉炎，便迅速离去。为了以后不受别人指责，他竟胆敢说这是因为"这个姑娘的反应太过强烈"，这倒是真的，因为他已经习惯那些由于身体状况不佳而需要他治疗的人对他的医术表示尊敬，并且他的医术真的救了他们一命。他更多地感觉自己因为这个女孩强壮的体格而受到了侮辱。

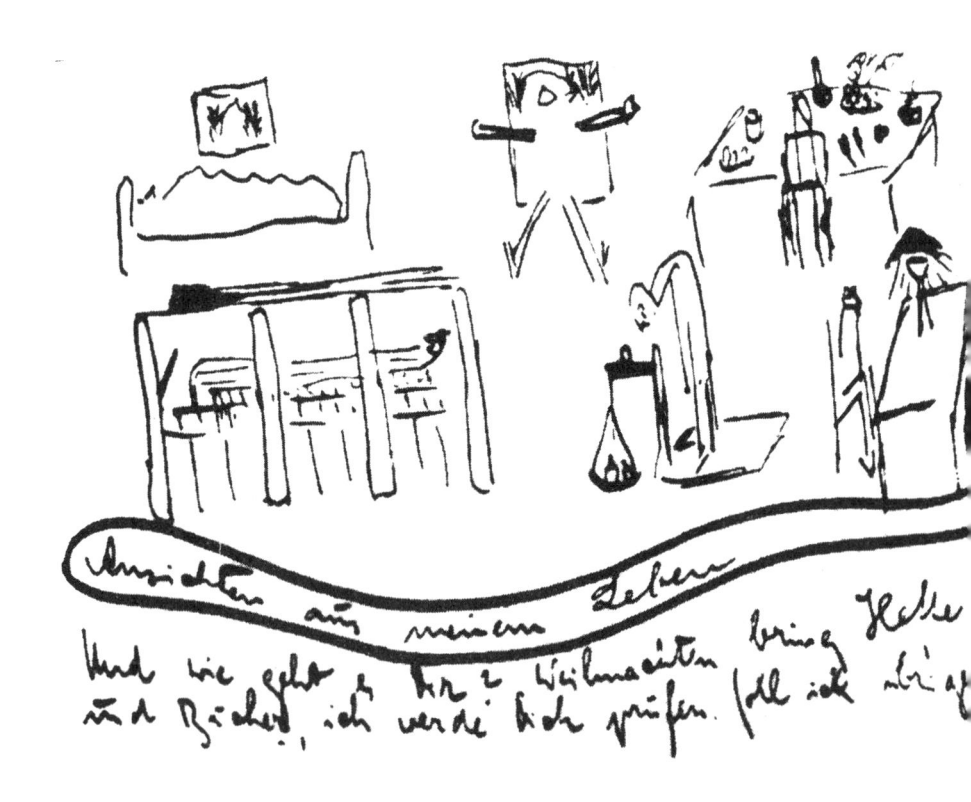

关于书写

《对一场斗争之描述》

首印于布拉格,1936年

1910年3月18日

致马科斯·布赫德

关于这部小说,亲爱的马科斯。最让我欣悦的是,我离开家也能看到它。

1912年7月

致马科斯·布赫德

我没有力气了,接下来也很难再鼓起全力去修订余下的片段。由于我现在毫无气力,虽然我肯定会在未来某时重新振奋起来,所以你能否为我真心提出一些建议?——我对你的请求又出于何种原因呢——带着清醒的头脑去刊印一些极其糟糕的文字,这和《海伯利安》这本杂志里那两篇对话一样,简直令我作呕。之前用打字机写的内容或许不足以成书。但即便不将之付印,这件事的闹心程度也不会比我该死的强迫症好到哪去。在这两篇短文中有好几个段落,都让我想要雇无数顾问来共同探讨一下。但我竭力克制住了这种冲动。除了你和我,我谁也不需要。只要你在,我就满足了。我说得对吧!我整天为这些艺术作品与自己的思考心烦意乱,而我本来并不一定要承受这种悲惨境遇。糟糕的事物只会最终以糟糕来结尾,人只能垂死在病榻之上。告诉我,我是对的。或者你至少讲清楚自己并没有生我的气。如此我便能问心无愧,同时抚慰你,然后可以着手做其他的事情。

《乡村婚礼的准备》

首印于法兰克福,1951年

卡夫卡致马科斯·布赫德

（布拉格，1910年12月17日）

我前天写了一段小说，现随信附上。它已不是什么新内容了，而且其中必然有错误。但它能够很好地满足故事接下来的发展意图。

《布雷西亚的飞机》

首印于布拉格，1909年

1914年4月20日，布拉格

卡夫卡致费丽丝：

（……）接下来我还有两个关于咱们旅行的琐事要寄给你，已经打印好了。其中，关于我的那件事尚可忍受，而我们共同写下的那件则无法忍受。

《大骚乱》

首印于布拉格，1912年

1912年11月11日，布拉格

卡夫卡致费丽丝：

不，我不会撇下我的家庭去过隐居生活的。这亦体现了我在信中描述的咱们房子里的各种吵嚷，以及我的家庭中令人有些疼痛的、公开的惩戒。这篇小说已在《赫尔德公报》中发表了。

《理查德与萨缪尔》（与马科斯·布赫德合著）

首印于布拉格，1912年

1911年10月18日

十八日那天与马科斯在一起。描写了巴黎风光。但写得很糟。因为我压根没有真正地描写出巴黎的郊外，而是纯粹从我的经历中总结得出的。

1911年10月30日

（……）在回家的路上，我对马科斯说，这些天来，我的内心空无一物，它万万无法容纳如此沉重的哀伤。《罗伯特与萨缪尔》可能会一无是处。当时无论是我还是马科斯，都完全不需要一丝一毫的勇气去面对这句话。之后的谈话使我有些迷惑，因为《罗伯特与萨缪尔》当时并不是我最主要的忧虑所在，而且我不知该如何回应马科斯的抗议。之后当我独处时，我不但忘记了交谈中因自怨自艾而伤神的时刻，同时也忘记了马科斯对我的软语宽慰。我的无望由此而生，它甚至开始瓦解我的思想。

1911年11月14日

如今我在尝试着写出《理查德与萨缪尔》中序言的梗概。

1911年11月19日

而我与马科斯从本质上便截然不同。每当他的文字摆在我面前，我总像是在侵犯它们一样，仿佛那是一份难以触碰的事物，尽管我对他的作品充满激赏之情。甚至今天，当我们简略讨论书的内容时，他为《理查德与萨缪尔》写下的每一句话，都使我非得不情不愿地做出让步。这让我痛彻心扉。至少今天是如此。

1911年11月26日

上午与下午都在和马科斯谈论《理查德与萨缪尔》，直至下午五点。

1911年12月8日

周五，长时间不动笔。但这次大概是因为我独自完成了《理查德与萨缪尔》的第一章，特别是我成功描写了开头那段在车厢里的睡眠，因此我感觉十分称心合意。此外，我感觉自身正在发生某种变化，这与席勒曾对角色内心情绪的改写十分类似。我必须要记下我内心所有的抗辩。

1911年12月8日

成功写完《罗伯特与萨缪尔》中的一段后，我在城堡区与林荫大道上美妙而孤独地漫步着。

1911年12月8日

马科斯不喜欢我最近写作的东西，因为他觉得这于整体而言并不和谐。此外，他或许认为这些文字很糟糕。这太有可能了，因为在动笔之前他就警告我要慎写这样的长段落，他觉得这些文字所产生的效果就如一块冻胶。

1912年1月3日

我本来打算下午为马科斯朗诵几段日记，并为此感到很高兴。但此事进行得并不顺利。我们的感受不一致。我下午觉察到他的内心中存在着一种精打细算的小气与急躁。他几乎不能算我的朋友了，但他对我的控制依然涉及方方面面。透过他的眼睛，我在书页间看到自己永远被匆匆掠过，那样地没用。他来回翻页的举动显示出他只是在不断地掠过那几页。这让我感到厌恶。由于彼此间如此剑拔弩张，我们自然无法一起工作。而《理查德与萨缪尔》中造成我们二人相互对立的那一页文字，仅仅证明了马科斯的力量，可惜那是负面的力量。

1912年7月22日

卡夫卡致马科斯·布赫德

除开那些细节，在共同经历的故事里，我只对每周日坐在你旁边的时光感到快乐（自然不算那些绝望涌来的时刻）。这种愉悦感立刻引诱我继续开始工作。但你有更重要的事要做……

1916年7月中旬

卡夫卡致马科斯·布赫德

我知道，你一直偏爱《理查德与萨缪尔》。那真是一段美好的时光。可为何它必然会成为一部卓越的文学著作呢？

《关于犹太语言的演说》
首印于法兰克福，1953年

1912年2月13日

我开始着手为陆威夫妇的讲座撰写报告。已是周日下午六点。我没有多少时间做准备了，自己却还开始唱着宣叙调，就如歌剧一般。但是我近来总被一种延绵不绝的兴奋所困扰。故而在真正开始之前，我总会想要中途退缩。突然只想写一些关于自己的内容，以便能逐步将自己放置在公众面前。透过字里行间变换的辞藻，冰冷与火热在我心中交错。我梦到了充满节奏感的高潮与低谷。我读着歌德的句子，调动起全身去发那些重音。

1912年2月25日

我已很久没有写作了，因为1912年2月18日，我曾在犹太市政厅里的宴会厅为陆威夫妇[①]组织了一台报告晚会，当时我还针对行话作了一段简短的开场

[①] 吉斯查克·陆威（1887—1942）：波兰犹太行话演员，卡夫卡之友。

白。我曾有两周日日满怀忧虑，因为我自认没能力做好这样一个报告。但在晚会的前一晚，一切突然顺利起来。

1912年11月6日
卡夫卡致费丽丝
我对那场行话戏剧绝对没有出言讥讽。或许我曾笑过，但那是出于爱。我甚至当着无数人的面，就如我现在看起来的那样，做了一段简短的开场报告。然后陆威开始表演、歌唱、朗诵。

《审判》
首印于莱比锡，1913年

1912年9月23日
从二十二日晚十点至次日早晨七点，我在火车上写作《审判》这个故事。双腿因为久坐而变得僵直，我几乎无法将它们从写字台下抽出来。极度的劳累与喜悦，就好似我面前这个故事里所发生的那般。而我仿佛行至一处水域。夜晚时分，我时常平躺着。穷尽一切语言，好似野火燎原，将所有最陌生的念头化为灰烬后，它们又浴火重生。窗前出现一抹蓝。车辆行驶着。两个男人穿越了若干桥梁。凌晨两点时，我最后一次看时间。当女仆第一次穿过前厅时，我写下了最后一个句子。熄灭了灯，日光终结。心脏隐隐作痛。午夜时分消失殆尽的困倦。哆嗦着走进房间的妹妹。朗读。之前我在女仆面前舒展筋骨，并说道："我一直写到现在。"未被触碰的床铺看起来像是刚被搬进来一般。我已全然相信自己在小说创作过程中正处于极端的写作低谷。然而只有在这样的关系下，只有当我的肉体与灵魂均彻底张开时，我才能写作。上午卧床。始终明澈的双眸。写作过程中涌现了许多感情，例如喜悦。我将对马科斯的《安卡迪亚》有些许溢美之词。自然，我想起了喜悦之情，想起了《阿诺德啤酒》①中的某一段，想起来瓦瑟曼写的一段文字，还想起来魏费所作《巨人》中的一段，当然还想起了我的《城市人间》。

1912年9月25日

昨天我在鲍姆那里朗诵。临近结束时，我诚实而又不受控制地将手在脸颊前来回摩挲着。我热泪盈眶。

1912年10月24日

卡夫卡致费丽丝

《诗歌年录》最迟会在春天由莱比锡的霍沃特出版社出版。马科斯所著的《安卡迪亚》，其中还有我写的一个短篇：《审判》。上面会有一行题词：献给费丽丝·B小姐。这会不会太专横了些？尤其因为这行题词早在一个月以前就已出现在小说中，且书稿已不在我手中了？而我将"献给费丽丝·B小姐"之后的"如此她便不仅仅只收到过来自他人的礼物了"这句删掉了，或许人们可以将之视作我对此举的致歉？此外，至少在我看来，这个故事本身与您并无什么关联，除了一个只匆匆露了一面的小姑娘，她名叫芙丽达·布兰登费尔德。我也是后知后觉这名字的首字母与您一样。确切而言，您与小说之间唯一的关联只在于，这个短篇试图得到远方的您的赞赏。这亦是题词所要表达的意思。

1912年11月12日

卡夫卡致费丽丝

那本年录最早在二月出版。我所写的《沉思》一书会在下个月或明年一月出版。只要它们出版了，你就会第一时间拿到这两本书。

---

① 《阿诺德啤酒》：马科斯·布赫德所著小说。

1912年11月30日

卡夫卡致费丽丝

我在信中为你附上一份朗诵会的请柬。我在那里会朗读你的一个小故事。你要来啊，待在柏林，相信我。带着你的故事，与你一起出现在群体之中，这使我产生了一种别样的感受。但那是一个悲伤而尴尬的故事，人们一定会对我喜气洋洋的面孔感到不解。

1912年12月4日至5日

卡夫卡致费丽丝

不过你还全然不知你的那段小故事。它有点粗鲁、有点无意义，也没什么内涵（永远无法言之凿凿地说它没有内涵，而是这一点不断被每一个读者或听众承认或否认）好似一无是处。而且由于它短小的篇幅（十七页打印纸），人们很难想象其中会有如此多错误。我不知道自己该怎样对这样一个疑云重重的作品表示崇敬。但每个人都只讲自己拥有的故事。这则小故事好似我身上的一个小挂饰，是你赠与我的无可比拟的爱意。

啊我最亲爱的，因为有你，我是多么幸运。读至故事结尾处，我眼含泪光，这泪中掺杂了幸福的泪花。

1912年12月6日

卡夫卡致费丽丝

看吧，幸运的小姑娘。尽管那只是一个私人场合，但看看别人是如何在报纸上高度赞扬你那个小故事的吧。而且写下这段话的不是无名小卒，那可是保罗·威格勒[①]。

---

① 保罗·威格勒（1878—1949）：德国作家、翻译家。

1913年2月2日

由于要修订《审判》一书,我将所有标记都写了下来,以便能对当下的进度一目了然。此举是必要的。如此一来,这个小说看起来就好似一个被我所产生的污渍与黏液覆盖的物件。只有我能用手将它贴近我的身躯,并且乐于这样做:

这个朋友是维系父子之间关系的纽带,他是他们最大的共同点。乔治在窗边坐着,并在共处的过程中迸发出狂喜,他认为父亲就在他心中。他静止,直至让肤浅而悲伤的沉思变得平和安宁。故事的发展表现了乔治如何才能从群体、朋友,乃至父亲中挣脱出来,并站在对立面上。而后借由一些较微小的共同点,例如通过爱、通过对母亲的依赖、通过对母亲真诚的追思、通过父亲为商铺最早赢得的顾客群,乔治变得更加强大。乔治一无所有。故事里那个只能依靠与朋友、与群体的联系去生活的那个新娘,由于还没有举行婚礼,而且事关丈夫的父子血缘,以至于她不能进家门,甚至后来被那个父亲赶了出来。这个共同体就叠摞在父亲之上。乔治只感觉它很陌生,像一个兀自生长的事物,乔治在它那里永远得不到足够的保护。他觉得它好似隶属于俄国革命,而且只因为他自己一无所有,只剩下父亲的眼神,所以审判对他的影响如此之大,以至于他彻底向父亲关闭了心房。

"乔治"[1]这个名字与"弗兰茨"的字母一样多。本德曼这个姓氏中的"曼"只是为"本德"加强了故事中所有未知的可能性。"本德"亦与"卡夫卡"的字母数一样多,而且前者中元音"e"两次重复的位置与"卡夫卡"中的"a"相同。

"芙丽达"的字母数也与"弗兰茨"相同,而且起首字母均为"F"。

---

[1] 译者注:乔治·本德曼本名为Georg Bendemann。卡夫卡·弗兰茨本名为Kafka Franz。

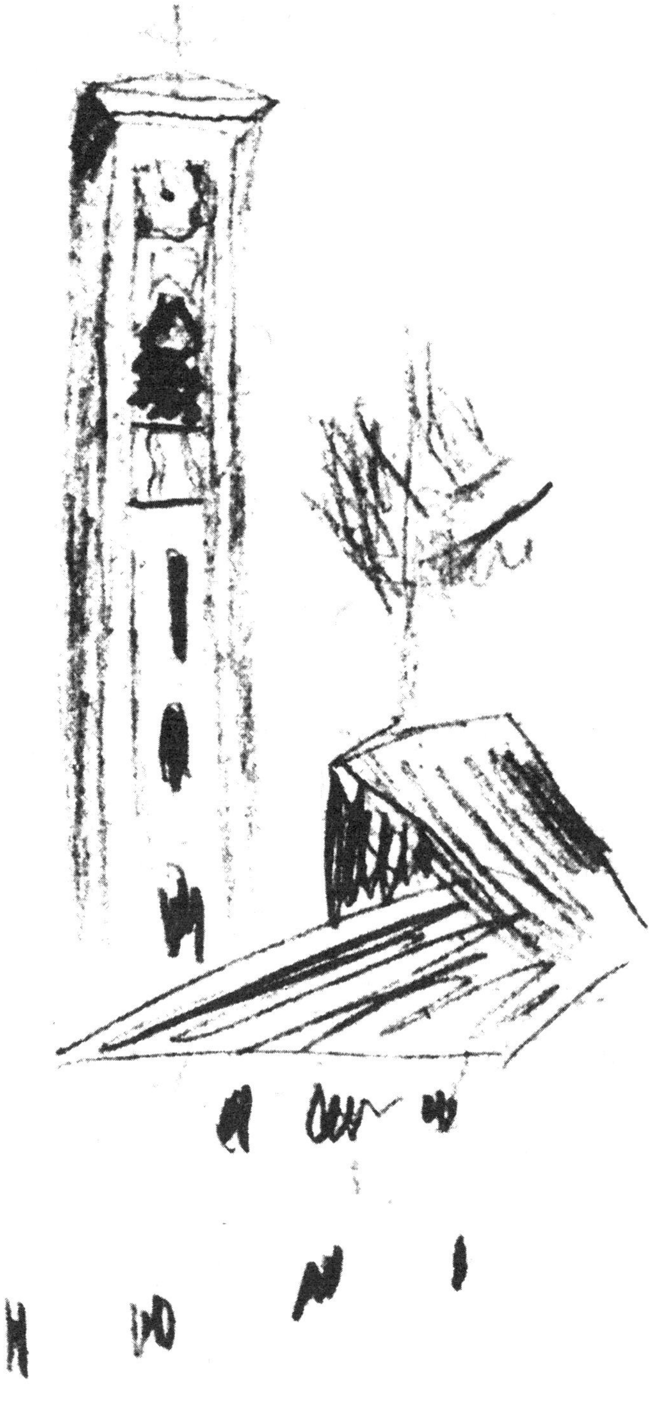

布兰登费尔德的首字母与你姓氏一样，都是"B"，而且"费尔德"与"保尔"在意义上也明显有关联[1]。这也许与我对柏林的思念不无关系，而我对马克·勃兰登堡的回忆或许也起了作用。

1913年2月12日

在描写一个陌生朋友时，我总是会想到斯托尔。当我在故事发生后的三个月后，偶然与他碰面时，他告诉我，他大约三个月前订婚了。

昨天，在我为维尔士朗读完这则故事后，老维尔士走出去。过了一会儿他回来，然后特别表扬了故事里那些活灵活现的描写。他张开双手，说道："我简直看到那个父亲就站我面前。"此外，他还一直注视着那个空空如也的长沙发。在我朗读时，他一直坐在上面。

妹妹说道："那是我们家啊。"我惊讶于她怎么会对地点产生误解。我说道："如果是这样的话，那么那个父亲就得住在厕所里了。"

1913年2月14日

卡夫卡致费丽丝

昨天我收到了你那篇短篇小说的修改表格。我们的名字能在标题上紧挨着，这多美好啊！在你读小说之前，若你允许在文章中冠上你的名字（自然只能叫费丽丝·B），请不要觉得遗憾，不然没有人会喜欢你的故事。而且你应该让那些你想让他们看的人看。你的慰藉或者说这种慰藉只在于，我本可以将自己的名字加上去，即使你不许我这样做。这个题词尽管极其微小，尽管很可疑，但却是我爱你的一个标志，这点毋庸置疑。这份爱不需要得到任何允许，而且非这样爱不可。此外，现在还有时间去反对，因为书推迟出版了。大概还

---

[1] 译者注：费丽丝·保尔本名为：Felice Bauer。芙丽达·布兰登费尔德本名为：Frida Brandenfeld。

得等好几个月书才会面市。

1913年3月8日

卡夫卡致库特·沃尔夫出版社

现在我立即通过邮局寄回对《安卡迪亚》的修改意见。令我很高兴的是，您还寄来了复审后的稿件。在稿件的第六十一页上赫然出现了一个可怕的印刷错误：应该是"新娘"，而不是"胸部"[①]。

1913年6月2日

卡夫卡致费丽丝

你有没有在《审判》中发现了某种含义？我是说某种贯穿始终的、有迹可循的含义？我完全没有找到，所以也没办法对此解释什么。但实在太奇怪了。只看那些名字！这个小说是在我已经认识你后写成的。当时我的世界只因你的存在而有价值，但我还没开始给你写信。但现在来看，"乔治"的字母数量与"弗兰茨"一样多，"本德曼"由"本德"与"曼"组成，"本德"也与"弗兰茨"一样有五个字母，而且两个元音的所在的位置都一样。"曼"应该是出于同情，而用可怜的"本德"为乔治的抗争添一把火。"芙丽达"的首字母与费丽丝一样，而且都由五个字母组成。"芙丽达"将尾字母换成"e"的话，就变成了"满足"，而"满足"一词与"幸福"的含义相近。由于词尾的"费尔德"，"布兰登费尔德"这个姓与"鲍尔"产生了联系，且两者的首字母是相同的[②]。类似的还有几个例子，但这些自然是我后来才慢慢发现的。此外，全文是在某天深夜十一点到次日清晨六点写完的。当我坐下开始写作时，

[①] 译者注：此处误将"Braut"（新娘）打印为"Brust"（胸部）。

[②] 译者注：费丽丝·保尔本名为：Felice Bauer，其姓氏Bauer意为"农夫"。芙丽达·布兰登费尔德本名为：Frida Brandenfeld，其姓氏后半部分的feld意为"田野"。

我想在那个倒霉到想叫喊出声的周日（当时我妹夫的亲戚第一次来我们这里，整个下午我都沉默着绕着他们转来转去）描写一场战争。一个年轻男子应当要从窗户里看到乌央乌央的人群穿过大桥朝这边走来，但一切却都翻转到我的双手之下。还有一件要紧的事：上上个句子里最后那个动词应该是"下落"，而不是"跌倒"。

1913年6月10日
卡夫卡致费丽丝
《审判》这篇小说没办法解释。或许我之后可以给你看我日记里关于它的一些段落。这个故事的暗示确实十分抽象，这一点无须被众人承认。那个朋友几乎不能算一个真实的人，他或许更像是由父亲与乔治之间的共性所构筑起的一个形象。整个故事好似一个圆环，在父子之间周而复始地运动着。而朋友变换的形象或许表现了父子关系的转变。但我对此亦不确定。

1913年7月3日
卡夫卡致费丽丝
你父亲听说过《审判》么？若没有的话，请让他也读一读吧。

1913年8月5日
卡夫卡致费丽丝
在《审判》中，确实有许多内容取材自我的叔叔（他是个单身汉，马德里的铁路指挥员。除俄罗斯之外，他熟知欧洲的每一个国家）。现在我要在一封类似乔治给他朋友写的信里告诉他我订婚的消息，就随着关于《安卡迪亚》的那封信一起寄出去吧。

1914年3月7日

卡夫卡致格莱特·布洛赫

您看过随信附上的这个故事了么？这是一本年鉴《安卡迪亚》的特别版。旅行时请带上它吧。或许它比《司炉》那一章更合您的口味。

1915年10月15日

卡夫卡致库特·沃尔夫出版社

依照您给我的建议，我要将出版事宜全权委托跟您。我的愿望其实是出版一本更厚的小说集（大概就是《安卡迪亚》里的小说。《变形记》和另一篇小说《在罪犯流放地》使用同一个大标题《惩罚》），沃尔夫先生早前曾首肯了这个想法。但考虑到目前暂时的困难，我还是想问问，您对此是什么态度。此外我十分同意《沉思》一书再版。

1916年7月中旬

卡夫卡致马科斯·布赫德

关于沃尔夫出版社：我暂时还没写信。而且现在推出一本由三篇小说组成，其中两篇早已付印的合集并不是很有利。我最好先按兵不动，直到我能拿出一些新的、完整的东西。若我做不到，那干脆就永远垫伏吧。

1916年7月28日

卡夫卡致库特·沃尔夫出版社

旅行回来之后我才发现了您的信与寄来的书，对此我非常感谢您。关于书的出版我同样十分赞同您的观点，尽管对我而言这偶尔有些残酷。我觉得，如果我能完成一部新的、完整的作品，那就再好不过了。但如今我做不到，所以我或许应当先冷静一阵子。目前我手头其实没有这样的工作计划，而且我感觉最近身体不太好，没有能力去完成这样一部作品。过去三四年间我一直在透支自己（不带任何目的地说：这让一切更糟糕了），现在我则要自食恶果了。此外还有一些事情。您曾建议我出去旅行，去莱比锡，恕我暂时由于一些原因不能从命。三四年之前，甚至两年前，那时我的麻烦与健康状况都不算严重，所以应该能够成行。但现在我只能静静等待那唯一可能能治疗我的救命药再次供给，我指的是：去旅旅游，并长时间地享受宁静与自由。

在此之前我无法奉上较长篇的作品。现在还剩一个问题（从我这方面对这个问题持否定态度），若现在出版《惩罚》这个小说集（包含《审判》《变形记》《在罪犯流放地》），是否能带来什么益处？由于在可预见的时间内不会再出现长篇作品，若您觉得出版这本书是件好事，那么我将完全听从您明智的安排。

1916年8月14日

卡夫卡致库特·沃尔夫出版社

我的意见并不是将《审判》与《在罪犯流放地》放到一个小集子里出版。我更想出版一本较长篇的小说集。尽管沃尔夫先生早在出版《司炉》的时候已答允我出版的事宜，但现在我很愿意放弃这本书。如今我要请求您的帮助，请将《审判》放到一个特殊的小集子里。《审判》对我而言有着特别的意义，它虽然篇幅很短，但比起小说更像是首诗歌。它需要给自身留出充裕的空间，而阅读这篇小说绝不是没意义的。

1916年9月22日

卡夫卡致费丽丝

接下来会出版你之前的小说。我把之前的题词换成了："致F"。你觉得可以吗？

与古斯塔夫·雅诺施的对话

关于他的著作的对话总是十分简短。

"我读了《审判》。"

"喜欢这本书吗?"

"喜欢?这本书简直可怕!"

"那就对了。"

"我想知道您是怎么写成的。'致F'这个题词绝不仅仅是例行公事。您一定是想通过这本书对某人诉说些什么。我很想知道个中缘由。"

卡夫卡尴尬地笑了。

"很抱歉,我很厚颜无耻。"

"您不必道歉。我读了这本书,只是想提几个问题而已。《审判》是暗夜里的幽灵。"

"为什么?"

"它就是一个幽灵。"他重复了一遍,眼神凝重地望向远方。

"可是是您写了这本书。"

"只是确认一遍罢了,同时也抵抗了幽灵的侵袭。"

卡夫卡致米伦娜

最后一句翻译得非常妙。在那个小说里,每一句话、每一个字、每一个——如果可以的话——音符都与"恐惧"有关。当时那道伤痕第一次出现在漫漫长夜里,那个翻译很符合我的感受。一只迷人的手完成了它,那是你的手。

《美国》

出版于慕尼黑，1927年

1912年5月9日

当我拒绝所有干扰，一心扑在我的长篇小说上时，我就好似一尊纪念雕塑，望着远方，且被固定在了底座上。

1912年6月6日

我现在在读福楼拜的信："我的小说就是一块岩石，我牢牢攀在上面。我对这个世界正在发生的事一无所知。"这与我五月九日写下的那句话有异曲同工之妙。

1912年7月10日

卡夫卡致马科斯·布赫德

这部小说太大了，起的稿子简直能涵盖寰宇（但也像今天一样暗淡且不确定）。写下脑海中的第一句时我就搞得一团糟。由于我在之前写作时也体会过绝望，故而我不应对它感到恐惧，更何况我早已从中解脱出来了。这种经验使我在昨天收益颇丰。

1912年7月22日

卡夫卡致马科斯·布赫德

我现在写信，写得很少，而且都在诉苦，但这令我感到快乐。虔诚的女人们在拜上帝。但在《圣经》故事里，上帝是以不一样的方式被发现的。由于在很长时间里，我无法给你看我正在写的东西。所以，马科斯，你必须理解我，我只会怀着爱与好意。

1912年秋

卡夫卡致马科斯·布赫德

亲爱的马科斯，现在我寄给你书的第二章，但没法把我一同寄去。从周六以来，这是我度过的唯一美好的时刻。我没法过去了，因为我父亲状况不太好，而且他希望我能陪在身边。

1912日11月1日

卡夫卡致费丽丝

尽管在写作时我感觉自己没少想念您。但现在看您与我的作品关系那么亲密，还是令我十分惊奇。在我写的某篇短文里，其中有一部分谈及了您和您的信件。有人收到了一板巧克力。有人在上班时讨论换班的事宜，然后有人接到了电话来电。最后，有人催促其他人快去睡觉，如果旁人不照他说的回到房间，他就威胁人家。这里描写的是记忆中，当你在办公室待了太久时，你母亲的愤怒。我格外喜欢这样的段落。我虽将您写入书中，但无须去感受它，亦无须对此做出反抗。即便您某天会读到这些文字，也必然会忽略那样的小细节。但请您相信，除了在这里，您在世界上的任何角落都无法体会到这样的逍遥自在。

1912年11月11日

卡夫卡致费丽丝

不仅因为我从现在起只给您写简短的信件（当然了，周日会写一封带着爱意的长信），也因为我愿为我的小说耗尽最后一口气。它同样属于您，或者更确切点说，它是对我内心真善美的一次具体投射，比起那些在最长的人生里最长的信件中充满暗示性的词语，您更应当看到这个。我正在写的这个故事，估计要无止尽地写下去了。我可以先告诉您一个临时的题目：《失踪者》，故

Kugel rollt

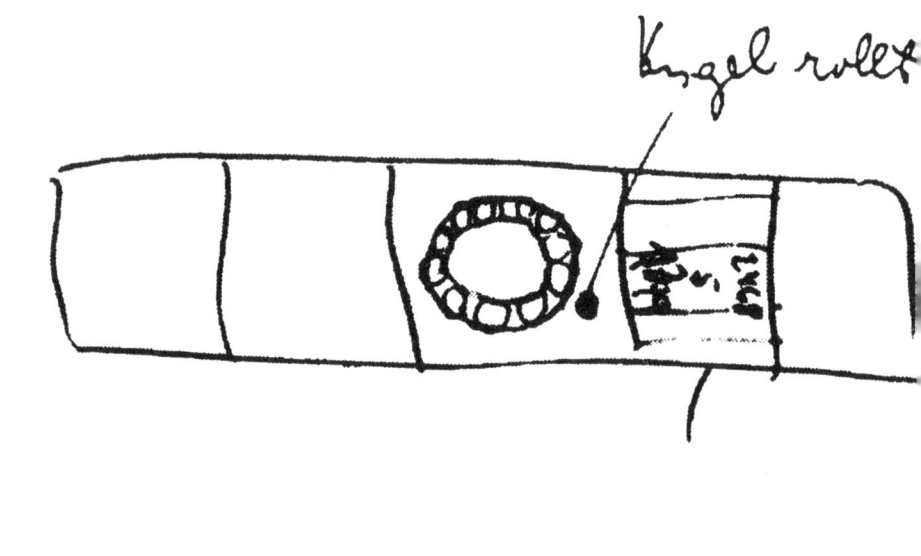

	1	2 4 6 8	2	
	4	5	3	
	7		6	
	8	1 3 7 9	9	

事主要发生在北美的美利坚合众国。我暂时写完了五章,即将完成第六章。其中单独的章节名为:一,司炉;二,叔叔;三,纽约的乡间别墅;四,去拉姆萨斯之路;五,奥斯登塔旅馆;六,罗宾逊事件。这样的命名好似能令人想象出些什么,这自然是不行的。但我想在与您在一起时不断修改题目,直至它们能成型。这本书是首部大部头的作品,我在写作时感觉自己一个半月以来一直在躲避那令人绝望的痛苦。我肯定会写完这个故事的,您也这样认为吧。我想托您的福,将这一小段只能写出完全不确定的、漏洞百出的、粗心大意的、充满危险的信件的时间,用到手头的工作上。我要从故事的缘起,过渡到迄今为止的全部内容,使之平静下来,并找到正确的道路。对此您同意吗?

那么,尽管这很可怕,但您依然不会放任我孤独下去吧?

1912年11月13日
卡夫卡致马科斯·布赫德

现在我要通知你,周日我不去鲍姆那里朗诵了。目前,整部小说变得不确定起来。昨天我用暴力粗暴地结束了第七章:两个本应还会出场的人物被我强行压制了下去。在我写作的全部时间里,他们一直在我身后跑来跑去。因为在小说中他们本应举起自己的胳臂,攥起拳头。他们对我做了相同的事。他们比在我笔下更加生动。如今我不写他们,并不是因为我不想写,而是因为我又一次用深陷的眼窝四处张望着。(⋯⋯)看,我曾暗自决定,在小说完结之前不见其他任何人。但我又问自己,只在今晚,我希望可以在完结之后见到你,我最亲爱的朋友,不知在你面前的我比从前好了还是变得更加糟糕了。但这是否比在接下来的六天里,不分昼夜地将自由奉献给狂热的写作热情、用你的目光润泽我干枯的双眼,来得更加重要?你回答吧!我自己认为答案是个大写的"是"。

1912年11月28日

卡夫卡致费丽丝

这么多年来，我只在两三个月之前哭过一次。当时我坐在安乐椅上哭得浑身颤抖，而且接连哭了两次。我很担心自己抑制不住的啜泣声会吵醒隔壁的父母。当时正值深夜，起因是我小说里的一段内容。

1912年12月7日，星期天

卡夫卡致费丽丝

我现在要出门散步，已经数日没有这样做过了。六点我要躺平睡觉，如果可能的话，希望能睡到凌晨一两点。之后或许我还能重燃热情写会儿小说，最好能写到清晨五点，再长也做不来了。然后清晨六点三刻，我要去赶火车。

1912年12月13日深夜至14日

卡夫卡致费丽丝

我的小说有时进展得较为缓慢，不过它看起来与我的脸竟类似得惊人。

1912年12月14日至15日

卡夫卡致费丽丝

最亲爱的费丽丝，今天我太疲倦了，且对我的工作十分不满（若我有足够的能力去追随我内心最深处的想法，那么我要将已完成的篇幅全部搓成纸团，然后从窗户上扔出去）。还得再多写几段。

1912年12月16日至17日

卡夫卡致费丽丝

最亲爱的费丽丝,现在是凌晨三点半,我花在小说上的时间太长,也有可能太短了。我现在几乎想立刻奔回你身边。刚刚我用极为自然的笔触写完了一段令人反感的文字,手指都被墨汁染脏了。

1912年12月17日夜至18日

卡夫卡致费丽丝

我最亲爱的小姑娘,我今天写下的小说章节无外乎是被压抑着的给你写信的热情。如今我腹背受罚,一方面,我写下的内容糟糕透了(为了不使我显得总在抱怨,昨天晚上就很好嘛,而且我本应该并能够不断延长这样的夜晚)。而在你这边,我最亲爱的,由于自己被写作搞得怒火中烧,所以在你面前彻底失去了体面。

1913年1月22日至23日

卡夫卡致费丽丝

三天以来我没怎么写小说,因为我能力不够。我的能力可能刚够劈柴的,但我没有去劈柴,最多只玩了玩牌。我在前一段时间(这不是自责,而是自我安慰)从写作里抽身出来,如今则必须多动动脑子、认真思考了。

1913年1月26日

卡夫卡致费丽丝

我的小说!前天晚上我对自己说,真的是彻底被它打败了。它害得我四分五裂,我再也控制不住它了。除了与我自己有关的内容,其他我什么都写不出来。但它前段时间有点太过松懈、错误频出,且我不愿订正。若我继续写作，事情的危急程度反而要比我暂时放任自流更加严重。此外，这一周以来，我的睡眠就好似岗哨里哨兵，任何风吹草动都会惊醒我。头痛变成了定期上演的保留节目。小小的神经过敏时不时就会出现，并笼罩住我：很快，我就会彻底停止写作。暂时计划停写一周，实际上可能需要更长时间，我准备除了休息外什么都不做。昨晚我就不再写了，然后当晚我的睡眠质量无与伦比地好。

1913年2月1日至2日
卡夫卡致费丽丝
我的睡眠状况永远这样五花八门：打盹儿、做梦或直到现在还清醒地躺在床上。所以我只能爬起来给你，我最亲爱的人，写信，然后为我的小说做一些记录。这些事带着一股力量，能使我突然想躺回床上。虽然对未来之事突然彻悟，但我始终害怕多于希冀。

1913年2月9日至10日
卡夫卡致费丽丝
在一切无恙的时候我也会给妹妹朗诵（今天我父母在科林的亲戚那儿，刚刚才回到家，迎接他们又耽误我点时间），或许她也不知道我读得最好的是什么。我觉得最好的应该发生在我等你第二封信的时间段里。因为读了你的信，我变得异常活跃。谁知道呢，要是我那天下午没有在兰德大街上晃荡，那我或许会坐下写作，写一些整齐好看的文字。我写出的东西或许可以将我从一个沉堕的深谷拽到高处。但我不会这样做，而是会去睡觉。我是这样一个人，而且之后将长时间地停止写作。这对我、对你乃至对这个世界而言都是莫大的折磨。

1913年2月28日至3月1日
卡夫卡致费丽丝
最近当我从铁巷走过时,身旁有个人对我说:"卡尔忙什么呢?"我转过身,看到一个男人。他完全不在意我,只自说自话地继续走着,所以这个问题也是他自言自语时提的。如今卡尔成为我这本不幸的小说的主人公,那个无害的路人在无形中嘲笑了我的写作。反正我不可能将之视为一种鼓励。

1913年4月4日
卡夫卡致库特·沃尔夫出版社
尽管我非常希望此举可行,但对我而言,不太可能在周日前将手稿交到您的手中。将一个半成品交出去,这对我来说轻松多了。而这样只会形成一种假象,那就是我不希望您对我满意。我实在看不出这样一份手稿能以何种方式、在何种意义上产生积极的作用。若能产生这样的作用,那我无论如何也得把它寄给您。我即刻会将小说的第一章邮寄给您,因为之前就已誊抄过其中很大一部分了。周一或周二就可以送达莱比锡。至于它自己能不能被出版,这我就不知道了。在读这一章时,您也不会顺带将剩余的那五百页彻底失败的作品一并读了。它始终没有彻底完结。这是一部未完成的作品,这一点不会改变。未来会使这一章趋于完结的。我的另一个故事《变形记》还完全没开始誊写,过去一段时间里,一切事物都阻碍了我对文学的爱。但我一定会誊写这个故事,并尽早寄过去。出自《安卡迪亚》的这两篇与《审判》一起,或许能组成一本很不错的书,书名可以叫《儿子们》。

1913年4月2日
卡夫卡致库特·沃尔夫出版社
非常感谢您友好的来信,我完全同意并十分乐意接受将《司炉》纳入

123

《最年轻的日子》的条件。对此我只有一个请求,这在我上封信中已有提及。《司炉》《变形记》(后一篇比前一篇要长1.5倍),以及《审判》,这三篇无论从内在还是外在都应当合在一起。在它们之间还存在一种既明显,又隐秘的联系。我不想放弃在一本可能会以《儿子们》命名的书中,在摘要里描述这个联系的机会。不知如今除了将《司炉》放在《最年轻的日子》里出版外,之后是否还可能在某个合适的、由您决定的并且可以预见的时间点,将其与另外两个故事一起放进独立的一本书里?若可行的话,能否将您的承诺加进现在关于《司炉》的合同中?我比较倾向于将这三篇小说组在一起,而不是单独出版其中任何一个。

1913年4月24日

卡夫卡致库特·沃尔夫出版社

已随信附上《司炉》的修订表格。请您务必给我发一份经复审的稿件。如您所看到的,即便只有一些小的修改,此举亦是十分必要,因为一次审阅不足以改掉所有瑕疵。一旦我拿到复审稿件,我便会立即将它寄回去。我不可以看书内的扉页么?如果允许的话,至少在扉页的题目《司炉》下方要加上一个副标题《一本木竟之书》,这对我来说十分重要。

1913年5月24日

目空一切,因为我感觉《司炉》写得太棒了。每天晚上我都读一段给父母听。我的父亲对此极度不情愿。在他面前,不存在任何比我本人更严苛的批评家。许多平平无奇的段落都有着明显不可企及的深度。

1913年5月25日

卡夫卡致库特·沃尔夫出版社

当我看到书里的插图时，第一感觉是惊奇。首先，它否定了我脑海中对最时尚的城市纽约的想象。其次，它与小说完全不搭，因为它会影响这个故事。这张图背后浓缩的是一篇散文。最后，这张图太过美丽了。这若不是一张旧图片，那多半是出于库宾之手。但现在，我对此表示满意，甚至对您给我的惊喜感到高兴。若您能问问我，若我自己不能决定用不用它，那么就用这张美丽的图片吧。我感觉这张图片丰富了我的这本书，并在书与图片之间实现了取长补短。顺便再问一句，究竟是谁创作了这张图呢？

1913年6月10日

卡夫卡致费丽丝

今天我将《司炉》寄给你。请友好地接纳这个小孩子，让他挨着你坐下，并如他所期待的那样赞赏他吧。

1913年6月19日

卡夫卡致费丽丝

如果你能给我弄来上周一那版柏林出的《德国晨报》就太好了。其中应该有些关于《司炉》的评论。

1913年6月26日

卡夫卡致费丽丝

《晨报》？如果其中没有任何关于《司炉》的文字，那我自然也不需要它了。

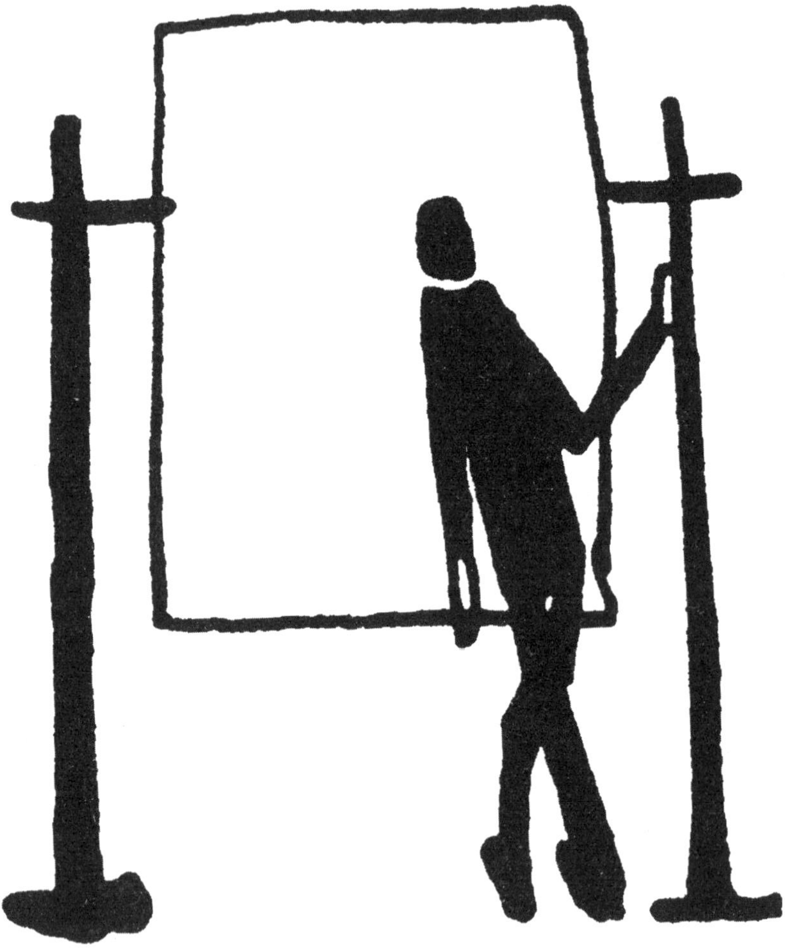

1913年10月15日

卡夫卡致库特·沃尔夫出版社

据我听到的,在约十四天前(除了我已知晓的那篇新自由通讯社发表的对《司炉》评论),在另一份维也纳报纸里——我觉得是《维也纳汇报》——应当发表过一篇关于这本书的评论文章。若您看到了那篇书评,请您告知我对应报纸的名称、刊号与日期,对此我将十分感谢。

1913年10月23日

卡夫卡致库特·沃尔夫出版社

大约十天前我请求贵出版社帮我一个小忙,不过就目前来看,我至今在旧的地址上没有收到任何回复。我听说,大概两三周之前,一家维也纳报纸(我指的并不是我已知晓的那篇新自由通讯社发表的评论),我认为应该是在《维也纳汇报》,发表了一篇评论。故而我请求贵出版社,若您知道这篇评论的存在,请告知我报刊的名字、刊号,以及日期。此外,前几天在《柏林交易所信使日报》中曾刊登了一篇评论文章。若您能告知我相关刊号,那我将不胜感激。

1913年10月27日

我必须停止,而不必因此去摆脱什么。我觉得自己没有任何失败的风险。尽管我感觉很无助,像是一个局外人。但那种很少能使我写出文字的坚定信念,突然变得确定且伟大起来。昨天我在散步途中纵观一切的那个眼神!

1915年10月15日

卡夫卡致库特·沃尔夫出版社

我不知道《最年轻的日子》之后的书册将如何装订,《司炉》的装帧不太好看。也不知哪里有模仿的痕迹，但至少在一段时间后，人们再看到它时会觉得反感。我想请您使用其他的装帧方式。

沃尔夫先生曾给我寄了几篇关于《司炉》的评论文章。若您还需要它们，我可以将之寄回。

1920年年初

卡夫卡致米伦娜

您有我的一切出版作品，除了最后那本《乡村医生》。那是一本短篇小说集，沃尔夫出版社会寄给您，起码一周前我已经在信中这样要求了。时间紧迫倒不算问题，我也不知结果会如何。您在书籍与翻译方面所做的一切都是正确的。但很遗憾，我并不觉得自己的书很有价值，因此将它们托付给您真正体现了我对您的信任。我很高兴能够按照您的意愿来对《司炉》一文写上几句评注，这让我也能做出一些小小的牺牲，提前体验来自地狱的惩戒，并用智慧的眼光重新审视自己的生命。从而我能够看到，最坏的事情并不是识破那些明显的恶行，而是识破那些原本被人们认作善事的事物。

《变形记》

出版于莱比锡，1915年

1912年10月24日

卡夫卡致费丽丝

昨天夜里可真是严重失眠。我在床上翻来覆去，直到最后两小时才强迫自己勉强入睡。尽管这样的睡眠不算睡眠，所做的梦境也难称梦境。刚才我又在家门口一头撞上了肉铺的木架子，我的左眼至今仍能感觉到撞在木头上的感受。

1912年11月17日

卡夫卡致费丽丝

我又什么都没回答。但回答本来就得是口头上的，写出来就显得不太明智，而最多只能得到一种幸福的感觉。但我今天还是会给你写信，即便我今天得东奔西跑，并要写下一则小故事。有一次，当我苦恼地躺在床上时突然灵感闪现，现在我内心一直在逼迫我快点把这个故事写下来。

1912年11月18日

卡夫卡致费丽丝

我最亲爱的费丽丝。现在是夜里一点半。上次提到的故事还远远没有完成，小说①今天也一行都没写。上床睡觉时我情绪十分低落。若我晚上有空，能不辍笔地给你写信直至明天早上，那该多好呀！那将是个美好的夜晚。

1912年11月18日

卡夫卡致费丽丝

刚才我十分想要坐下来写一写昨天发生的事。当时由于太过绝望，它煽动着我将自己写进小说。这么多事在困扰着我：你了无音讯；我完全没有能力去应付办公室的事；看着这部一天来没有动笔的小说突然有一个大胆的想法，我要继续那篇新的亦给人启迪的故事；这几天几夜以来几乎完全处于失眠的状态，脑子里想着一些不太重要但令人心烦意乱的事情。

1912年11月23日

卡夫卡致费丽丝

现在已是深夜，我放下了手头的小故事。我已为此花了两个晚上，却只

---

① 原文注：《美国》。

字未写。这个小故事已然开始悄悄成长为一个较长篇的故事了。把它寄给你阅读,这如何使得?即使我写完了也不行啊。整个故事书写得很潦草,完全看不清楚。即便你没被我一直以来优美的书写所惯坏,看我的凌乱字迹没有障碍,我也不想寄给你看。因为我想亲自为你朗读。是啊,这多么好啊。一边朗读着这个故事,一边不得不牵住你的手,因为故事情节可能会有些可怕。这篇故事叫《变形记》,它可能会使你吓一大跳。但或许你会感谢这个故事,因为我每天的信都会惊吓到你。(⋯⋯)我这篇小故事里的主人公今天也过得很不好,他的不幸日渐成型,还好我已写到了不幸的最后一段。

1912年11月24日
卡夫卡致费丽丝

最亲爱的!这是一个格外恶心的故事。我再一次将它放到一边,以便能在对你的思念中重新振作起来。这故事已写了一半了,总的来说,我对它并不算不满意,但它实在太恶心了。你瞧,这两种情绪出自一颗心里,你就在这颗心里,而且你忍耐着住在里面。不过你不必对此感到伤心。谁知道呢,我写得越多,越解放自己,可能对你而言就越纯洁高尚。不过我确实有很多话要喷薄而出,为此花上几个夜晚都嫌时间不够长。

1912年11月25日,星期日夜晚
卡夫卡致费丽丝

最亲爱的,我今天必须放下我的小故事,因为我要去该死的克拉茨奥旅行。我将会停笔一天到两天的时间。从昨天到今天,我都没怎么动笔。即使这对故事不会造成什么严重的后果,但我依然感觉很遗憾,因为我还需要三四个夜晚才能写完这篇故事。我说的不会有严重后果是指,这个故事因为我的写作方式已经遭受了足够多的损害。它最长得在分两次、每次十小时的时间内写下来,这样故事才能自然流畅,情节跌宕起伏。上周日我脑海中就闪现了这样的灵感,但我当时没有两个十小时的时间。所以只能尽力而为,因为已经不可能做到最好了。但很遗憾我无法为你朗诵这个故事。遗憾,遗憾。

1912年11月27日
卡夫卡致费丽丝
说真的,费丽丝。现在是深夜,我一个人坐着。昨天与今天都没有写出什么像样的东西。心里有些忧郁,有些冷静。只有在一些瞬间才能感受到那必要的清醒。

1912年12月1日
卡夫卡致费丽丝
(……)我现在要为了我的小故事而投入战斗,我的心想让我继续卷入这个故事。但我必须尝试尽量将自己从故事里拉出来。由于这将是个艰苦的工作,我要花数小时时间才能进入睡眠,所以我必须抓紧上床休息。

(……)
最亲爱的,我很想说一些快乐的事情。但我一时想不起什么很自然的事。在我故事的最后一页,四个人物都哭了,或者至少陷入了悲伤的情绪。

1912年12月3日
卡夫卡致费丽丝
最亲爱的,我今天本来应该通宵写作的。这是我的义务,因为我快要写到这篇小故事的结尾了。集中精力,一气呵成,这对写作结尾有着不可估量的好处。谁知道等明天听完那个我现在就诅咒的讲座后还能不能继续写作。尽管如此,我还是停了下来,不敢再写下去。由于我得写作,尽管系统写作的时间并不长,但我还是从一个虽称不上模范、但处理事务还算得当的官员(我目前的头衔是设计师)变成了我老板的累赘。我办公室里的写字桌从没整齐过,而现在被一大堆纸张与文件所覆盖。我大约知道堆在上面的是什么,而堆在下面的,我只知道是否有疑难案件。有时我几乎觉得自己快被写作和办公室工作折腾死了。但有的时候,我觉得自己在一定程度上能平衡好这两者,尤其是在我回家写作不顺利的时候。而这种能力(不是指糟糕的写作能力),我也担心自己将逐渐地失去它。

1912年12月4日至5日
卡夫卡致费丽丝

啊,我最亲爱的,就像我之前预感的那样,我明天晚上才能写完。这对我的小故事而言真的已经太迟了。

1912年12月6日
卡夫卡致费丽丝

哭吧,我最亲爱的,哭吧。现在到了该流泪的时刻。我的小说里的主人公不久前死去了。如果这能使你感到安慰,那我要告诉你,他是在足够的平静中、在与众人和解之后死去的。这个故事本身还没有彻底结束,但我现在真的没有兴趣再写了,故而决定将结尾放到明天再写。现在已经太晚了,之前为了克服昨天的干扰,我做了很多。很遗憾,故事中的某些情节明显反映出我的疲劳状态,反映出了其他的干扰,以及随之而来的忧虑。它们本可以被处理得更完美,恰恰在那些美好的章节可以看出这个。那是一种永远钻心刻骨的感觉。作为一个有创造力的人,且不论这种力量的强度与持久性,但在更好的生活条件下,我创造的作品可能比现有的那些更加纯洁、更加有感染力,亦更有条理。没有任何理智能够阻止这种感受。尽管如此,理智仍比其他任何事物都更

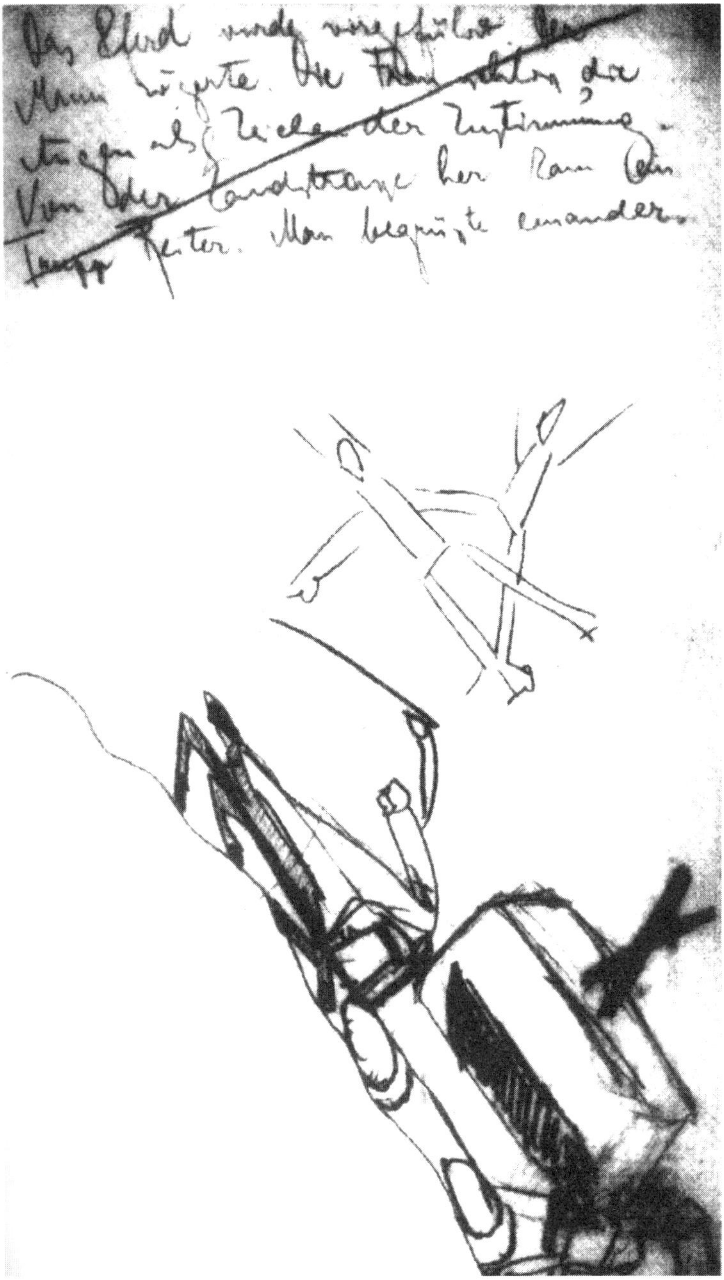

加正确。有人说，人不应该指望除现实以外的环境，因为它压根不存在。无论如何，我希望自己明天能完结这个故事。后天我要开始写我的长篇小说。

1912年12月6日至7日
卡夫卡致费丽丝
最亲爱的，听着，我的小故事已经完结了。只不过今天的结尾让我感觉并不太好。毫无疑问，我本来可以写得更好的。

1913年3月1日凌晨两点，星期六
卡夫卡致费丽丝
我最亲爱的，就写几句。在马科斯那里度过了美好的一晚。我快速朗读着自己写的故事。后来，我们感觉十分惬意，大家不停地笑着。如果人将通往世界的门窗通通关掉，便会随处浮现一种美好存在的虚幻景象，甚至可以出现它最初的真实。

1913年10月20日
（……）现在我在家读《变形记》，我认为这个故事很糟糕。或许我真的完蛋了，今早的绝望再次席卷而来，我抵抗不了多久了，它会带走我每一寸希望。我根本没有兴趣开启一本日记，或许因为其中缺失了太多东西，又或许写作会加重我的忧伤。

1914年1月19日
对《变形记》感到十分反胃。结局简直没法读。故事的根基几乎都是不完整的。若我当时没有被一趟公务旅行所干扰，那这个故事能写得更好。

1914年4月21日

卡夫卡致格莱特·布洛赫

您是否对这个故事有所期待？我不知道您并不喜欢《司炉》。无论如何，这个故事很期待您的回应。这毫无疑问。此外，女主人公名叫格莱特，至少在第一部分不会使您感觉不被尊重。但之后，由于烦恼太过巨大，她发泄了怒气，开始独立自主的生活，并抛弃了她所需要的。这个故事已经写完一年多了，当时我还没有特别重视格莱特这个名字，而是在故事的发展中逐步对它产生了解。

1915年4月7日

卡夫卡致海尼·辛克勒

我完全不着急看到接下来小说的出版，但我还是要请您尽可能早地给我一个讯息，告诉我您究竟能不能接纳它们。由于您想避免文章续篇，所以尽管这其实对我小说的出版造成了莫大的困难，但我自然能理解这一点。若我不去随意缩减小说篇幅，只是因为我格外重视它们的出版。若这些小说均彻底完工，我可以交给您另一篇小说。它同样已经完结，而且篇幅只有约三十张打印纸。由于篇幅限制，它自然也不大会出什么很大的问题。

1915年约八月

卡夫卡致马科斯·布赫德

这里是我的手稿。我突然想到，由于布莱不再在《白纸》杂志社工作了，那么我们现在是否很难将这篇故事带给这家杂志社？若小说最终能出版，那么它究竟是明年或后年出版，对我而言都无所谓。

1915年10月15日

卡夫卡致库特·沃尔夫出版社

对《变形记》的修订已随信附上。很抱歉,书籍看起来与《拿破仑》那篇不一样,尽管我知道您之所以寄来《拿破仑》这篇文章,是要求《变形记》要打印成与它一样的格式。但现在,《拿破仑》这篇的纸张颜色美丽浅淡,看起来层次分明,而《变形记》的纸张(我觉得字符大小是一样的)颜色有些深,而且排版有些逼仄。如果对此还能做一些改变,那将十分符合我的意愿。

1916年10月7日

卡夫卡致费丽丝

上一期的《新评论》中提到了《变形记》,所持的态度自然是否定的,但也算有理有据。然后他们又说:"卡夫卡的叙事手法中带有一些古德意志的元素。"在马科斯的文章中却发表了与之相反的看法:"卡夫卡的小说属于我们这个时代最具犹太风格的文献。"

这真是个难题。我难道是马戏团里骑着两匹马的骑手?很可惜我并非骑手,而是躺在地上的一个人。

1922年10月22日

卡夫卡致库特·沃尔夫出版社

我偶然听某人说起,1922年《变形记》与《审判》被翻译成匈牙利语,在科希策的《斯巴萨克》杂志上出版,且《兄弟之死》在科希策的《卡塞·纳普欧罗》出版。译者是旅居柏林的匈牙利作家桑多·马莱。您了解这个人么?无论如何请求您保留将书翻译为匈牙利语的权利,并委托与我十分熟悉的乌克兰文学家罗伯特·克劳普斯特克承接翻译工作,他必然会完成得十分出色。

《沉思》

首印于莱比锡，1913年

约1912年初

卡夫卡致马科斯·布赫德

亲爱的马科斯，我昨天几乎没能回家。我想起在《不幸》一文中仍存在若干微小但很令人讨厌的书写以及拼写错误。我已经将之从我的样本中删去了，但在你的那份中依然存在。由于它们使我十分忧虑，所以请立刻将之寄回。我会一一订正，然后再寄给你。

1912年8月7日

长久的折磨。马科斯终于给我写信了，如果我无法将剩余的部分修改到臻于完美，如果我不愿强迫自己去润色，那么书将无法出版。

1912年8月8日

《骗子》大约已经修改到令人满意的程度了。耗尽了一个普通人最后一丝精力。已是深夜零点，我将如何才能入睡？

1912年8月14日

卡夫卡致马科斯·布赫德

我第一次读文章副本时就发现其中有许多书写错误，还有标点符号！但我们或许真的还有时间去订正。只有一点："它究竟应该是什么样？"这在童话故事里只是一个玩笑。在这几个字符之后隐藏着前文中"真的"二字，这也要标一个问号。

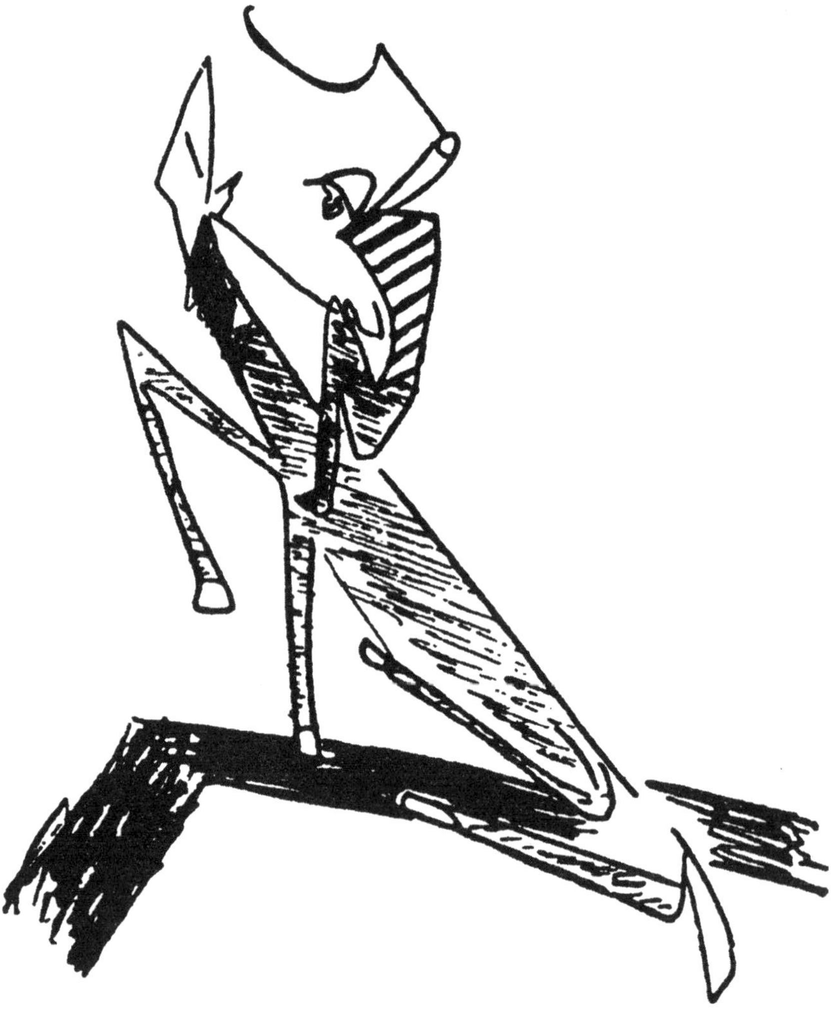

1912年8月14日

卡夫卡致恩斯特·霍沃特

已随信附上了您很想读的散文。它们已足以集结成一本薄书。当我为了这个目标整理出这些文章时,我有时需要在求个良心安宁或满足自己的贪欲间做个选择。很明显,我没有彻底地做出一个决断。但如今,若这些东西能得到您的青睐,并能在您那里付印,那么我将多么幸福啊。由于极大的理解与习惯,所以您乍一看这些东西时可能发现不了那些缺点。一个作者最广为传播的个性即为,用各种不同的方式为每个读者掩饰掉其中的缺陷。

1912年10月27日

卡夫卡致费丽丝

我没有丝毫准备会在那里遇到你。那天我只是和马科斯约好,八点钟过去(和往常一样,我晚到一小时),和他一起讨论稿件的顺序安排。尽管稿子第二天就要寄出,可在此之前,我完全没有过问过这份稿件。

(……)

在琴房里,您坐在我对面,我开始讲述我的稿子。当时有人向我提出了书稿邮寄的奇怪建议,我很难分辨哪个建议是您提出的。

1912年11月8日

卡夫卡致费丽丝

所以我将信写在这张吸墨纸上,同时也为您寄去我这本小书的样稿。

(……)

您觉得样稿如何(到时候当然会用不同的纸张)?它无疑漂亮到了有点夸张的程度。它更适合于摩西的十诫,而不适合我这一篇小小的胡言乱语。但它现在就这样付印了。

1912年12月10日至11日

卡夫卡致费丽丝

邮局也想使我们言归于好。今天邮差送来了我的一本小书册的第一本装订样本（我明天就寄给你）。为了表示我们是一个整体，我将带有你照片的卷纸插进了书的封面。

1912年12月11日

卡夫卡致费丽丝

你呀，就对我那本可怜的书友好点吧。在我们二人共处的夜晚，你看我一直在整理的就是这些书页。当时我认为你"不配"审阅这本书，你这个傻乎乎的、充满复仇欲望的情人！而今天，这本书不属于任何其他人，只属于你，除非我出于妒忌而将它从你手中夺回来。这样，你就只拥有我一个人，我也不必与这本又老又薄的书抢占你心中的位置。你是否已经发现，各个段落在写作时间上有先有后。例如有一段是八至十年前写下的。请你尽量不要将整本书给别人看，如此他们便无法破坏你对我的兴趣。

1912年12月13日至14日

卡夫卡致费丽丝

我好幸福啊，我的书能躺在你可爱的手中。对这本书我仍有许多要指责的地方（只有一小部分是无可指摘的）。

1912年12月29日至30日

卡夫卡致费丽丝

此外，我现在更清楚为什么你昨天的信令我如此嫉妒。你不喜欢我的书，就像你曾经不喜欢我的照片一样。这并不令人恼怒，因为那上面的东西大多数都很陈旧。但它们毕竟是我生命中的一个片段,对你来说它是一个来自我这个人的陌生片段。不过这不算什么,我如此强烈地感觉到你就在我身边,以至于若你紧靠在我身旁,我愿意先用脚踢开那本小书。如果你认为现在的我很可爱,那么我的过去便可以停留在任何它想停留的地方。如果非得为它选择一处栖息之所,那或许会在如恐惧与未来一样遥远的地方。但你没有告诉我,你对我只字不提自己不喜欢那本书。当然,你不喜欢它也不一定非得说出来(这很可能并不是事实),它只是不太符合你的口味。这本书真的混乱到无可救药,或者比这更甚:它是投射进无限迷惘中的光芒,人们只有走得非常近才能看到一些。若你对这本书感到无从读起,我当然也十分能理解。它毕竟在某一个美好而虚弱的时间里吸引到你,这就是希望所在。无论过去或现在,我都很清楚,没有人知道该如何读这本书。这是那位大手大脚的出版商所带给我的一份努力与金钱的牺牲品,这本书是一个彻头彻尾的失败品,这令我备受折磨。出版这本书纯属偶然,或许有机会我会告诉你,但我永远不愿特地想起它。

1913年1月2日至3日
卡夫卡致费丽丝
请不要为了我的书而烦恼,我之前那些废话纯粹只是在忧伤的夜晚一种忧伤情绪的体现。当时我以为,让你接受我这本书的最好方式是对你说一些愚蠢的责难之语。在有空闲的时候,你能静静地读它就够了。这样一来它怎么可能最后还令你感觉陌生呢!如果它能称得上我的一位称职的使者,那么即使你克制住自己,它也依然会牢牢攫住你的目光。

1913年1月31日至2月1日
卡夫卡致费丽丝
如果人们处于这样一种状态之中,那么没有什么能比收到一封充斥着苛责的信更有趣了，就像我今天收到的施托索的信。他在信中谈及我的书，但其中满满都是误解，以至于我一瞬间觉得我那本书简直太高明了，因为它能令施托索这样一位目光敏锐、文学造诣颇高的人产生这样的误解。而对书的这种误解其实是不可能存在的，它只可能存在于那些虽活着却活得不通透的人心中。对此唯一的解释是，施托索只粗略地或部分地读了这本书，或（因为他的每一个观点都不可能给人留下忠实的印象）压根没有读。我抄录相关段落给你看。他的字迹太过潦草，十分难以辨认。即使你费了很大力气去看，并认为你读得下去，你也一定会搞错许多含义。他写道："我一口气读完了您的这本从内容到形式都一样精妙的书。书中特有的飘忽不定却极有分寸的气质，以及对大大小小各种事件极轻快、极富内涵的塑造，都令我身心舒畅。书中还包含了一种格外出众的，或谓之内涵深刻的幽默，就好似人们从一夜满足而惬意的睡眠中醒来，冲完澡后神清气爽，穿上干净的衣服，怀着热切的期盼与难以言喻的力量迎接一个阳光明媚的日子。这是鄙人根据个人理解所作的幽默比喻。"此外，对这个评价还有另一种解释，我之前倒忘记了。很显然，他并不喜欢这本书，只要想想他复杂的为人便可轻易得知。这封信与今天发表的一篇过分吹捧我的评论倒是相映成趣，那篇书评认为这本书里只有满满的悲伤。

1913年2月14日至15日
卡夫卡致费丽丝

今天中午我真想找个洞钻进去，因为我读了马科斯发表在最新一期《三月》上的给我的书评。我一早知道它会发表，但却没有看过具体内容。之前已经有若干书评发表，自然只是出自一些熟人之手。他们的溢美之词毫无意义，他们的点评亦毫无用处，对此只能解释为是误入歧途的友谊之见证，是对我著作的过誉，是对大众与文学之间关系的误解。这些文章最终会汇入文学批评之河流，但愿它们不会变成可悲的甚至很快会为了虚荣而被磨损掉锐意的尖刺。

但人们有可能会听任虚荣心的发展。马科斯的评论登峰造极。因为他对我所怀有的友谊最具人情味,虽然它的根基距离文学十分遥远,但也已十分强大了。他自然只是凭借自己多年对艺术的经验、根据自己的能力做出了真实的评价,它纯粹只是一个评价。他盛赞我的方式令我感到羞愧,并使我变得既虚荣又傲慢起来。尽管如此他还这样写。若我独自写作,处于工作的河流中并随波逐流,那么我一定不理睬这些书评,我会在思想上问他,感谢他的厚爱。其实,书评本身与我无关!但可怕的是,我必须对自己说,我对马科斯作品的评价与他对我的并无二致,只不过我有时能意识到这一点,而马科斯则不。

1913年2月18日至19日
卡夫卡致费丽丝

还有马科斯的赞美!他称赞的其实不是我的书,这本书已经出版了,如果有谁对此有兴趣的话,可以去验证一下这个评价。但首先他赞扬的是我,而这正是最可笑的地方。我在哪儿?谁又能验证我呢?我多么希望自己有一只有力的手,只为探入我身处的支离破碎的这个结构。我所说的并不完全是我所想的,甚至连我偶然闪现的念头都不是。当我窥视我的内心时,我看到那么多模糊的东西在四处乱窜,以至于我无法确切解释并完全接受我心底的厌恶感。

约为1913年年初
卡夫卡致格特鲁德·提伯格

向格特鲁德·提伯格小姐致以最诚挚的祝福,此外还有一项建议,这本书没有遵照那句吉普赛谚语:"闭紧嘴巴就飞不进苍蝇"[①],所以才到处都是苍蝇飞舞。最好还是要一直闭紧嘴巴。

[①] 出自梅里美所著《卡门》的结语。

1913年4月14日

卡夫卡致费丽丝

周三的《柏林日报》上应该刊登了一些对《沉思》的赞美之语。我还没读,今天才刚听说。

1913年8月14日

卡夫卡致费丽丝

《文学回声》最近发表了一篇对《沉思》的书评。评论的措辞十分友好,但就其本身而言也没有什么特别出色之处。只有一处引起了我的注意,评论里提到:"卡夫卡的单身汉艺术。"你对此有何见教,费丽丝?

1914年3月3日

卡夫卡致费丽丝

你为什么要读那本不太有趣的旧书,却不读《沉思》呢?

1917年11月初

卡夫卡致马科斯·布赫德

今天收到了沃尔夫寄来的账单,结算了1916至1917年印刷的一百零二册《沉思》。虽然印了这么多份,但他没有寄来你曾说过的那份账单,也没有结算《乡村医生》这本书。

《审判》

首印于柏林,1925年

1914年8月29日

其中一章的结尾写得很失败,另一章虽然开头写得很不错,但它当时是在深夜完成的，我几乎不能，或者说确定不能在接下来也写得这样好。我不允许自己放弃，我在孤军奋战。

1914年9月1日

在彻底的无助中，我几乎连两页都没写完。今天的我对写作极为畏缩，即使我睡得还不错。但我知道我不能就这样屈服。

1914年9月13日

又只写了不到两页。起初我想，对奥地利败北的忧虑与对未来的恐惧（这种恐惧对我而言十分可笑，同时也十分可怕）会妨碍我的写作。结果完全不是这样，一切都昏昏沉沉的。这种情绪周而复始，我也必须一而再地克服它。

1914年10月7日

为了推进小说的情节发展，我为自己计划了一周的时间去旅行。到今天为止（现在是周三晚，下周一我的旅行就结束了），我的计划已宣告失败。我只写了一点点，而且内容乏善可陈。但在之前的一周，我已经处于谷底了。但我现在完全无法预期这一切会变得多么糟糕。或许这三天已经证明了，若不在办公室，那我将一无是处。

1914年10月21日

四天来几乎什么都没做，花了一小时，写出寥寥数行，永远如此。

1914年11月1日

昨天花了很长时间终于写出了很不错的一部分。今天又几乎什么都没写，自我出来旅行已有十四天了，这个计划几乎全盘皆输。

1914年11月30日

我不能再继续写了。我现在处于最后的极限边缘，或许我本来应该继续在这条边缘处成年累月地坐着，希望自己或许能开始创作一篇全新的、未完成的故事。这样的使命感在我身边如影随形。我再一次感受到了寒冷与无意义，心中只对彻底的宁静还有一丝爱意。好似一直完全逃脱人类掌控的动物，我再一次摇晃着脖颈，试图能在这期间重新赢回费丽丝的心。

1914年12月2日

必须继续写作。但今天做不到了，我很悲伤。因为我很疲倦，头也很痛，其实上午在办公室时头已经开始痛了。必须继续写作，必须要这样做，尽管失眠与办公室琐事让我很烦恼。

1914年12月8日

昨天第一次长时间地、高效率地进行写作。由于我已连续两晚没有睡觉，从早上就开始头痛，且对明天有着极其强烈的恐惧感，所以关于母亲的那章我只写完了第一页。又一次认识到，所有碎片式的只言片语与那些并非在夜晚的黄金时间段（或者完全不是在夜晚）写出的东西，大多不合规格。但我不会通过自己的生活状况去谴责这样低劣的品质。

1914年12月13日

除了工作之外——我只写了一页纸（诠释了神话）——但我读了已完成的几张，并且觉得有些地方写得还不错。我始终清楚，每一种满意的、幸福的感受，例如我在诠释神话中所获得的那种，都会被花钱买下。而且，即使这样的感受从未恢复元气，之后也还是会被买下来。

1915年1月20日

我为她①朗诵,但那些乱七八糟的句子读起来真的很恶心。与我的女听众没有任何交流,她闭着眼睛躺在长沙发上,静静地做着记录。她温柔地请求我允许她记下并带走我的一张手稿。当我念到守门人的故事时,她听得十分专注,且观察细致入微。我先领悟了这篇故事的内涵,她亦对此心领神会。然后我们开始粗略地发表一些看法,这由我开始。

1917年12月底

卡夫卡致马科斯·布赫德

我没有随信附上我的小说。为什么往日的疲惫再次萦绕心间?是否只是因为我的努力还没有燃烧殆尽?(……)希望等我下次来的时候,它就已经发生了。保留那些"甚至"有些艺术感的失败作品到底有什么意义?人们希望能够将这样的片段与整体组合到一起。那里有个能上诉的地方,当我面临困境时,我可以击打他的胸膛。我知道自己永远不可能在那里得到任何帮助。那我该怎么做?那些不仅不会帮我,反而会损害我的事物,就必须是这样么?

1919年11月

节选自卡夫卡《致父亲的信》

现在这已足够使我回忆起之前发生的事了:在你面前我失去了自信,取而代之的是一种无穷的罪恶感。(我曾经在信中对某人正确描述了对这种感觉的回忆;"他害怕,自己还得继续活在羞耻之中。")

1922年1月27日

尽管在给酒店的信里我清楚地写了我的名字,尽管他们给我的信里两次

---

① 原文注:费丽丝。

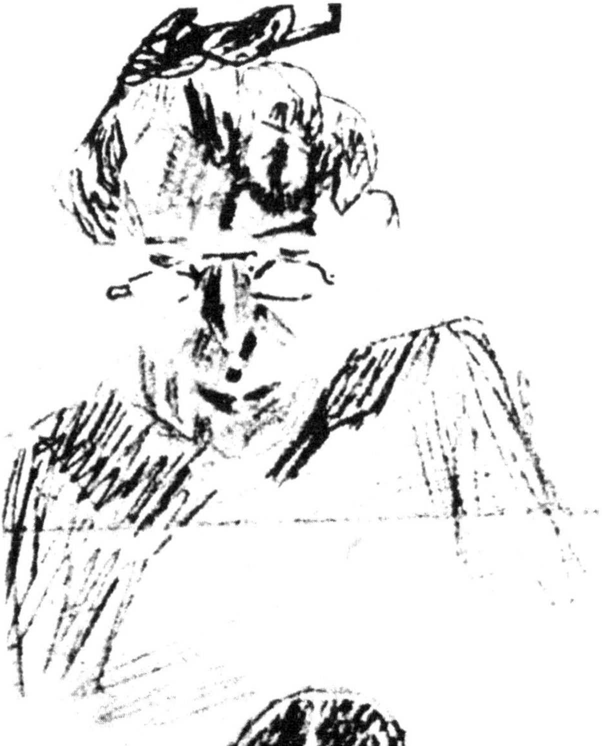

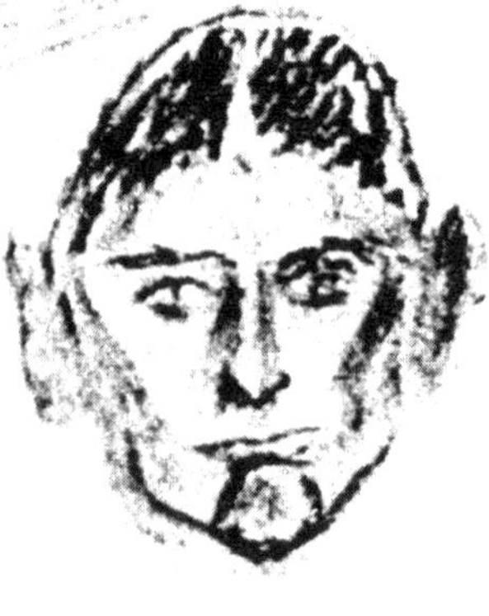

都正确地写出了我的名字,在黑板下面依然写着约瑟夫·K。我该不该向他们解释一下?或者我应不应该等他们给我一个解释?

《在罪犯流放地》
首印于莱比锡,1919年

1914年12月2日

下午在威弗尔那里,与马科斯和皮克在一起。朗读了《在罪犯流浪地》,不太满意,其中出现了许多很明显的无法消除的错误。

1916年10月27日

卡夫卡致费丽丝

唯一会对我去朗读造成障碍的大概就是慕尼黑检察机关了。不过我实在不知道他们究竟会提出哪些异议。

1916年11月3日

卡夫卡致费丽丝

批准还未完全下来,我的手稿最早会在周一送达。这件事始终令我很不安。说实话,我真的很难想象批文能真正发下来,这件事从本质上看会那样纯洁无害。

1916年12月7日

卡夫卡致费丽丝

在停止写作两年之后,我居然有这种梦幻般的勇气,在公众面前朗读自己的作品,甚至这一年半以来我连在布拉格最好的朋友面前都没有朗诵过。此外,我在布拉格回忆起里尔克说过的一句话。他带着极大的善意评价了《司炉》，而后说道：无论是在《变形记》里，还是在《在罪犯流放地》中，都赶不上这一篇的结果。这话单独看虽不容易理解，但却见识通透。

1917年9月4日

卡夫卡致库特·沃尔夫

关于《在罪犯流放地》或许存在一个误解。我的自由之心从未要求过出版这个故事。结尾之前的两三页皆系粗制滥造之作。现有的内容表现出了一种极深层的匮乏。故事的某处存在蛀虫，它将整篇故事都蛀空了。您说愿意提供机会，以出版《乡村医生》的方式去出版这个故事，这无疑是十分诱人的。它令我心痒难耐，使我变得几乎没有任何防御能力。尽管如此，我还是想请求您，至少在目前情况下不要出版这个故事。若您能像我这样，站在我的角度上看待这个故事，那么您在我的请求之下将不会继续坚持之前的意见。此外，若我能坚持自己的力量去写作，您将会得到比《在罪犯流放地》更好的作品。

1918年11月11日

卡夫卡致库特·沃尔夫

衷心感谢您友好的信件。在长时间卧床之后，我终于落下了第一笔。关于《在罪犯流放地》的出版问题，我同意您所计划的一切。手稿我已收到。我将删去一小段，并于今天重新寄回出版社。

1918年11月11日

卡夫卡致库特·沃尔夫出版社

我用特快专递将信与《在罪犯流放地》的手稿同时寄给您。

1918年11月

卡夫卡致库特·沃尔夫出版社

在附件里我寄给您一份较短的《在罪犯流放地》手稿。我完全同意库特·沃尔夫先生对出版这本书的计划。

请您一定要注意，在以"钢针"结尾的那一段（手稿的第二十八页）后面需要插入一个较大的空隙，那里本该填上星号，或者其他类似符号。

1918年11月

卡夫卡致马科斯·布赫德

就如你在附带的信中看到的那样，手稿还没到沃尔夫手中。我在同一天——随信附上的证件就是证明——给沃尔夫寄了一张通信卡，和一封信装着我的手稿。那张卡（沃尔夫称之为信件）已经抵达，但书稿还在路上。这两个均是通过特快专递寄出去的。你想去索赔吗？

《乡村教师》（又名《巨型鼹鼠》）

首印于柏林《中国长城建造时》，1931年

1914年12月19日

昨天写作《乡村教师》时几乎失去了意识。但我害怕自己会一直写到一点三刻。这种担忧事出有因，我几乎不睡觉，持续地工作，中间只做了三个短短的梦，然后我继续以这种状态在办公室上班。昨天因为工厂的事情，父亲责备我道："你让我心神不宁。"回家后，我又安静地写了三小时。我很清楚，虽然我有错，但罪过并没有像父亲所说的那样严重。今天是周六，我没有去吃晚餐，一部分是因为惧怕父亲，一部分是因为想利用晚上的时间写作。但我只

写了一页纸,而且还不太好。

1914年12月26日

今晚几乎一字未写,或许再也没有能力继续写《乡村教师》了。我已花了一周的时间在这篇小说上,而且我确实有三个空闲的夜晚完全投入其中。本来我应该已经完成了,并且不会犯任何表面的错误。现在来看,尽管它仍处于起始阶段,但文中已出现了两处无法挽回的硬伤。它正在逐渐枯萎。

1915年1月6日

暂时放弃《乡村教师》与《助理律师》两篇小说。此外我也没有能力继续写作《审判》了。

《乡村医生》

首印于慕尼黑与莱比锡,1919年

1916年9月23日

卡夫卡致费丽丝

你还记得那首小诗吗,那首本应作为马科斯一篇文章的附录被发表在《犹太人》上的诗?稿件在邮寄中遗失了,后来又重寄了一份。我自认为那是一首很不错的诗。最后,布博提出了若干保留意见,采纳了马科斯的文章,却拒绝了我的那首《梦》。但他在一封极尽溢美之词的信中对我说,一般情况下那首诗是可以被采纳的。之所以提起此事是出于两个原因:其一,收到这封信让我很高兴。其二,我想通过公职人员谨小慎微的小细节来告诉你,我物质与精神的存在是多么不稳固。无论我将来是否能有所成就(混乱的环境里我一个字都写不出来),那些对我表示善意的人会否定我的成绩,那些心怀恶意的人就更会如此了。这种情况不是不可能。

1917年7月7日

卡夫卡致库特·沃尔夫

能再次亲耳听到您说话,真是太令我高兴了。在已经过去的这个冬天里,我感觉略微松了口气。这段时间里一切可用的文章我都会寄给您,十三段散文。这比我真正计划的要多。

1917年7月27日

卡夫卡致库特·沃尔夫

因为你如此温和地评价了我的稿件,这使我心里略微安定了些。如果您现在觉得应该出版这些短篇散文(无论如何还应该再加上至少两篇小短文:您年鉴中出现过的《法律门前》与附带的《梦》),那我将无比赞同您的决定。在出版样式这一点上,我绝对信任您。至于收益,目前对我来说一点都不重要。

1917年8月20日

卡夫卡致库特·沃尔夫

我建议新书标题定为《乡村医生》,缀上一个副标题《短篇小说集》。我想目录大概可以这样:

《新来的律师》

《骑桶人》

《在马戏团顶层楼座上》

《陈旧的一页》

《法律门前》

《亚洲胡狼与阿拉伯人》

《矿山之旅》

《下一个村庄》

《国王的使者》

《家长的忧虑》

《十一个儿子》

《兄弟谋杀案》

《梦》

《致某研究院的报告》

1917年9月5日

卡夫卡致马科斯·布赫德与菲利克斯·维尔士

再说一次,不要打孔。谢谢你,马科斯,我去那边的事情进展非常顺利。如果没有你,这一切肯定不会发生。你在那边说,我要是能鲁莽点就好了,恰恰相反,我太过斤斤计较,经文里早就预言过这种人的灵魂。但我不会抱怨,今天的怨气比以往更少。而且我自己也曾这样预言过。你还记得《乡村医生》里流血的伤口么?

1917年十一月中旬

卡夫卡致马科斯·布赫德

你的太太要朗诵这个故事①,对此我当然是同意的。

1917年12月底

卡夫卡致马科斯·布赫德

这是给你夫人的手稿(我自己的),不要给其他任何人看。《骑桶人》与《陈旧的一页》这两篇,请制作一份副本,费用由我支付。然后将稿子寄还

---

① 原文注:《致某研究院的报告》。

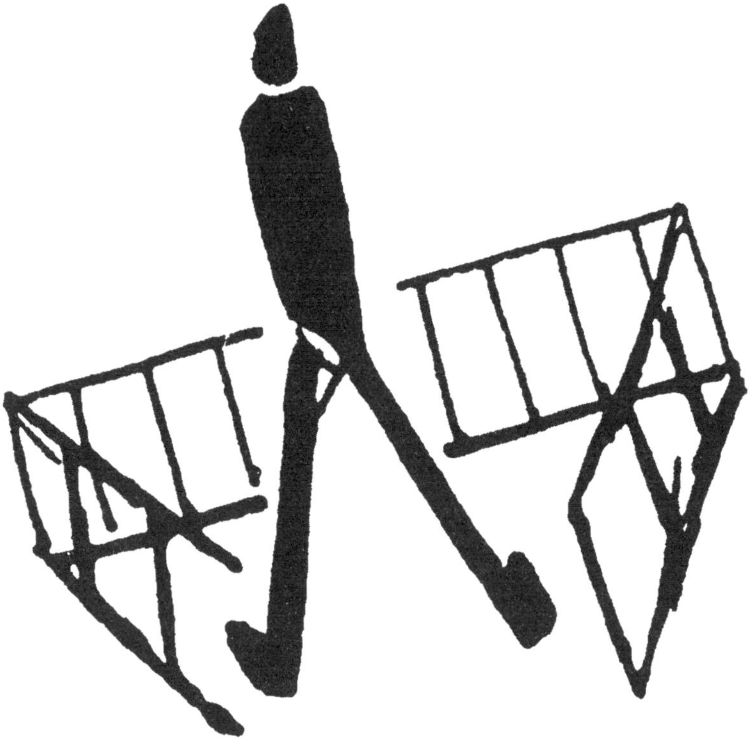

给我。（……）

1918年1月27日
卡夫卡致库特·沃尔夫出版社
我在信中附上修改的结果。请务必注意：这本书应由十五个短篇小说组成，前段时间在某封信中我已给出了这些文章的先后顺序。这个排序究竟是怎样的，我一时间也记不起来。但《乡村医生》这篇一定没有排在第一位，而是第二位。第一位应当是《新来的律师》。我想请求您，务必按照我给出的先后顺序排版这本书。此外，我还想请您在题词页写上：献给我的父亲。对题目的修改我至今还没有收到，题目应为：
《乡村医生——短篇小说集》

1918年10月1日
卡夫卡致库特·沃尔夫出版社
万分感谢您的通知。若我正确理解了您对书籍打印的意见的话，那我应该收不到修订稿了。这真遗憾。你在书中给出的小说排列顺序是正确的，不过仍有一个无法忽视的错误：这本书应当以《新来的律师》作为开篇，而您放在第一位的《一次谋杀》应当直接删去，因为它的内容与后来的那篇正式题目为《兄弟谋杀案》的小说几乎没有任何区别。请您千万不要忘记整本书的那句题词：献给我的父亲。在此附上《梦》的稿件。

1918年至1919年
卡夫卡致库特·沃尔夫出版社
《乡村医生》这本书中还缺少题目页与题词页。请您下次寄信时一并附上。

《城堡》

首印于慕尼黑，1926年

1922年7月20日

卡夫卡致马科斯·布赫德

我实在没有时间去你那里，但即便我有时间，我很可能还是不会去。你应该已经读过我的那个本子了吧，这让我感到太过羞耻。我竟敢冒着风险在你的小说之后交给你那个本子，尽管我知道，那本子上的文字只是被写下，还不够资格被别人阅读。

1922年11月11日

卡夫卡致马科斯·布赫德

（……）这周我过得不太快乐（很显然，我这篇《城堡》必然要永远被搁置了。自从布拉格之行启程的前一周，我的神经崩溃，并且接不上了。尽管在普拉纳写下的内容并没有之前你所知道的那样差）。

《饥饿艺术家》

首印于柏林，1924年

1922年6月30日

卡夫卡致马科斯·布赫德

凯塞的信（我还没给他回信。为了要在除德国以外的地方发表作品而去写作，这不仅没有希望，而且也太狭隘了）自然令我十分高兴（在这样的事情上，如何才能把困窘与虚荣一一地舔干净！）。但他也并非没有被我的方式所打动，而且那个小说看起来还算可以。我说的是寄给沃尔夫的那个小说，故事对面那个落落大方的人不应当被怀疑。

1923年7月13日

卡夫卡致库特·沃尔夫出版社

《饥饿艺术家》发表在了《新评论》去年的十月或十一月刊上。

1924年4月9日

卡夫卡致马科斯·布赫德

（……）由于那些麻烦，又花费了或者说将要花费一大笔的钱。约瑟芬必须帮一点忙，别无他法。再去给奥托·皮特提供一个机会（他想加印多少就可以加印多少《沉思》）。若他接受，那请过一阵子再寄《铁匠铺》；若他不接受，那请立刻寄来。

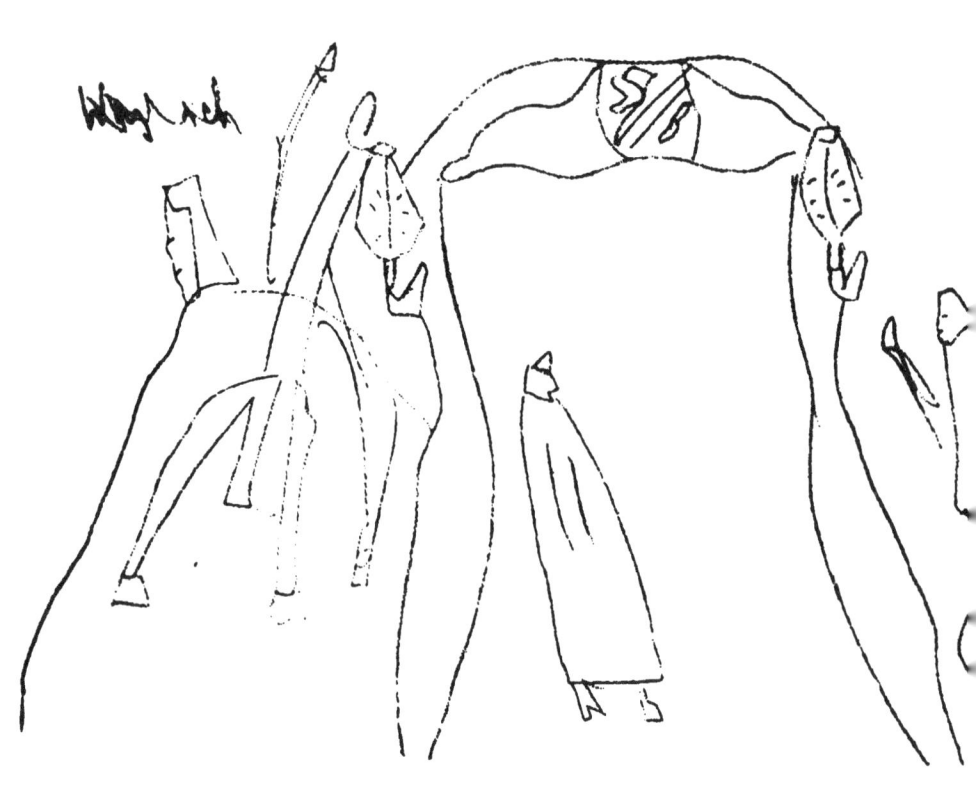

旅行札记

弗里兰德①之旅,1911年1月

莱兴贝格②之热

我或许整晚都会忙于复写。那样多的事情跃入我脑海,但它们是不纯粹的。通过我,它们获得了一种力量。而在早先的一次转变中,我回忆起了那样多关于它们的事情。那是一次微小的转变,它在避免将我点燃的同时,亦不会使自己变得幸福。

车厢里来自莱兴贝格的犹太人,冲着呼啸而过的快车发出短促的呼喊。票价的差异是分辨快车与慢车的证据。此时,一个面黄肌瘦的乘客,也是一个普遍印象中的不可靠之人,在狼吞虎咽地吃着火腿、面包与两根香肠。他用餐刀切断肠衣,直至最终将剩余的残渣与纸张扔到暖气管后的长椅下面。他在进食的同时,带着一种完全没必要却会令我怜悯的热烈与匆忙对着我翻阅两张晚报,但这热情与匆忙又是一种粗劣的模仿。他长着一对招风耳,一只相当宽大的鼻子,用一双油腻的手摩挲着面部与头发,却没有沾染半分脏污。我反正做不到。

坐在我对面的一位先生,听力不佳,瘦弱得很协调。他蓄着刻薄的小胡子,带着一丝轻蔑,不露声色地嘲笑着来自莱兴贝格的犹太人。对此我有些反感,但出于某种互相理解而产生的尊重,目光闪烁之间我便已了然其中。之后的结果表明了,那个正在吃着东西读周一报的男人,在某一站买了酒,学着我的样子一口一口饮着,这几乎没有任何价值。

还有一位双颊绯红的年轻小伙子,他一直埋头读着一份有意思的报纸,

---

① 弗里兰德:德国下萨克森州的一个小镇。
② 莱兴贝格:捷克共和国的一个城市。

毫无顾忌地用手撕扯着它。但这样一个游手好闲的人,最后却以一种令我惊讶的耐性,细致地如对待一方丝帕般地将报纸反复折叠起来,将边角压出凹痕,然后将之牢牢地固定住。接着他从外面拍一拍报纸,使它们合并,最后将这厚厚一叠纸塞进胸前的口袋里。可能他回家还要读吧。我完全不知道他会在哪里下车。

弗里兰德的旅店,宽敞的门厅。我想起了十字架上的耶稣,那里或许完全没有。没有抽水马桶,暴风雪从下而上袭来。在一段时间里,我是这里唯一的住客。我想起早晨我向一间刚举办过婚礼的宴会厅里面匆匆瞥了一眼,但也记不太清了。无论是在门厅里,还是在过道处,这里到处都极冷。我的房间位于入口上方。每当我朝下面张望时,总有一股寒气袭来。我的房间前面是类似门厅的侧房,由于举办过婚礼,那里桌子上的花瓶里仍插着两个被遗忘的花束。窗子的锁栓不在把手处,而是用上下两个钩子钩住。现在我突然想到,有那么一小会儿,我曾听到乐声。但在客房中并没有钢琴,也许它在举办婚礼的房间。每当我关上窗,总能看到在市场另一边有一家精致的美食店。这里供暖靠烧木块。洒扫的女仆长着一张大嘴,尽管天气很寒冷,她却还赤裸着脖颈与部分胸脯。有时她脾气暴躁,有时却会突然变得亲切热络起来,而我总会立刻表现出一副恭敬而窘迫的样子,就像在面对许多友善之人一样。为了在下午与夜晚工作,我为自己装了一个较明亮的白炽灯。她来生火时看到了,表示十分高兴。她说:"是啊,在之前那种微光下估计人们无法工作。""即使装了这个灯也无济于事。"我呼喊了几声后说道。她在尴尬时也常会发出类似的呼喊。除了机械地背诵那些早已烂熟于心的观点外,我其他什么都不知道,因为这电灯的光线既灼目又细弱。女仆沉默地生着火。我说:"此外,我只是将原先那盏灯调得更亮一些。"她报以会心一笑,显然我们的想法是一致的。

然而还有一些事情:我总把她当一位小姐来看待,而她对此也逐渐适应了。有一回,我没有在以往的时间里回家,看到她正在冰冷的门厅里擦洗地板。我跟她打了个招呼,并邀请她过来取暖。所幸我的举动并没有让她有丝毫羞耻之感。

从拉斯佩瑙回弗里兰德的路上,我身边坐着一个僵直如临死之人般的男子,他的胡子顺着张开的嘴巴向下蔓延。当我向他询问一个站名时,他友好地转向我,并给予我极为热情的回应。

弗里兰德的城堡。有很多角度可以看到它:从地面上、从一座桥上、从公园中、从两株落叶的树间、从树林中高耸入云的杉木间,望过去。这座城堡层层叠叠,令人惊叹。当人们走进宫廷时,会发觉它已年久失修。那里存在着暗黑的常春藤、灰黑的院墙、惨白的积雪,以及覆盖在山坡上的蓝灰色的冰层,这一切都加深了此处的复杂多样。这座宫殿并非建造于开阔的山峰之上,而是被一个相当陡峭的山峰所包围。我沿着一条公路向上走,却总在往下滑。而后来在山上遇到了一个宫殿守门人,他能很轻松地一步踏上两级台阶。常春藤随处可见。从一块尖峭且突出的小台子上能够看到极美丽的景色。城墙一侧的台阶到了一半就没什么用处了。吊桥的链条也因缺乏修缮而垂坠在吊钩上。

美丽的公园。因为它坐落在阶梯式的山坡上,坡下还依傍着一个小池塘,塘边种满了各式各样的树木。谁都难以想象它在夏日会是怎样的景象。在冰冷的池水中栖息着一双天鹅,其中一只将头颈探入水中。我跟随着两个小姑娘,她俩始终带着一丝不安与好奇回头打量我这个既不安又好奇心旺盛的男子,此外,他还是个优柔寡断的人。在她们的指引下,我沿着山路越过一座桥,走过一片草地,在一条铁路路基之下,我们穿过了一间由树林陡坡与路基共同构造出的圆形小屋,它的形制令人讶异。然后,我们继续向上走,进入了

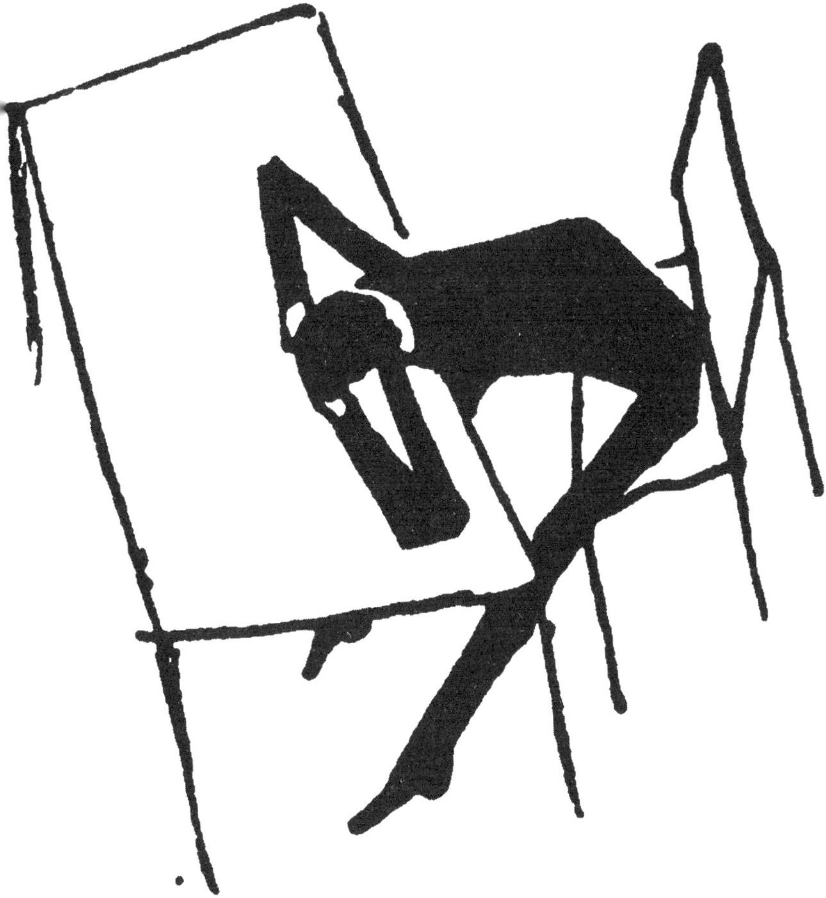

一片好似暂时走不到尽头的森林。当我对这片茫茫林海连连称奇时,那两个姑娘放慢了脚步。而后她们愈走愈快,此时我们已站在了一个高坡上,劲风呼啸,而且只差几步就到目的地了。

全景圆筒。这是在弗里兰德仅有的消遣。之所以我并没有感到十分惬意,是因为我没预料到自己会遇见一个如此美丽的仪器。我穿着一双沾满碎雪的靴子走进来,然后坐在仪器的窥视孔前,仅仅用脚尖接触地毯。我忘记了那个全景圆筒的操作方式,并且在一瞬间很担心自己必须得从这个座椅转移到另一个上面。在灯下的小桌旁,有一个老者在阅读一卷《图解世界》,他掌管着一切。过了一会儿,有人来为我演奏一种名为阿里思通的乐器。稍后又来了两位年迈的女士,她们落座在我右侧,后来又来了一位坐在我左边。布里西亚、克里莫纳、维罗纳。画面里的人都好似玩偶,身体被固定在鞋底上,而鞋底又被固定在碎石路面上。墓碑:一个长裙曳地的妇人一面微微开启一扇门,一面回头张望着。在一个家庭中,一个男孩在前面读书,一只手撑着太阳穴。左边一个男孩拉着一张没有弦的弓弩。大英雄提托·施佩里的纪念碑:褴褛的衣物包裹着他的身躯,在风中充满热情地飘荡。衬衣与宽檐帽。这些形象比在电影院看到的更为生动,因为他们的目光中投射出真正的平静。而在电影院,观众只能看到他们匆忙的举动,但其实目光的平静看起来更为重要。教堂前光滑的地面令我们咋舌。为何以这种形式无法体现摄影机与立体镜之间的和谐统一?有一个广告牌上写着著名的啤酒品牌"乌和轻啤",该啤酒原产自布里西亚。单纯去听讲解与从窥视孔所看到景象之间的距离,要比后者与现实看到的景观之间的差距更大。克里莫纳的废铁市场。我想在最后对那位老先生说,这多么合我心意,但我没敢这样做。我在那里拿到了另一张展览单,从上午十点开放到晚上十点。

我在书店的展览柜里发现了丢勒联盟中的《文学指南》。我决定买下它，但又改变了主意。在这段时间里，我白天时不时折返回书店，站在书店的展示窗前。我感觉这个书店是那样孤独，那些书是那样孤独，只有在这里我才能感觉到世界与弗里兰德之间微弱的联系。但就像每一种孤独都能带给我温暖一般，我又迅疾地感受到这家书店的幸运，然后我走进去，随意浏览它的陈设。由于那里不需要任何科学著作，所以这里书架上的书要比几乎市里的书店更具文学气息。一位老妇人坐在覆着绿色灯罩的台灯下。我打开四五本《艺术守护人》杂志，这使我意识到此时正在月初。一个女人从陈列柜里取走了那本书。她拒绝了我的帮助，甚至她并不知道它的存在。之后，她将书交到我手上，并表示自己很惊讶地看到我从结了冰的玻璃床外发现了那本书（其实我之前就已经看到它了），然后还看到我开始在账簿里寻找它的价格。由于她并不了解具体价目，而她丈夫也不在这里。所以我说，我晚些时候再过来（当时是下午五点）。但我食言了。

莱兴贝格

夜晚在小城内匆匆走过的人们，他们究竟怀着怎样的目的？这令我感到难以捉摸。如果他们住在城外，那么就必须乘坐电车，因为路程太遥远了。但如果他们就住在城内，那么也就谈不上路途遥远，也就无须快步行走。而且就算当作一个小村庄，这里也太小了，人们伸伸腿就能碰到环形广场。而且这里的市政厅规模宏大，这使得这个广场显得更加窄小（市政厅的影子足以遮蔽整片广场）。人们不愿相信如此狭窄的广场上竟然矗立着一个如此庞大的市政厅，而且人们也能通过前者的反衬来说明后者的规模。

有一名警察知道工人医保处的地址，另外一名却不知道这家机构的办事处在哪里，还有另一名警察甚至连约翰纳什巷的位置都不知道。他们解释说自己刚到任不久。为了一个地址，我不得不走向一个岗哨，许多警察都在里面休息。他们皆身着制服，而那美丽、时髦，又多彩的制服实在令人惊异，因为在巷子里随处只可见到裹着深色大衣的人。

在那个狭窄的巷弄里只能铺设一条铁轨。开往火车站的电车会通过另一条巷子，与从火车站过来时不是同一条铁轨。从火车站出发，穿过维也纳大街，我就住在街上的橡树旅店。去火车站时则要经过舒克大街。

去了三次剧院。《海洋与爱情的波浪》。我坐在看台上，一位出奇优秀的演员极出色地演绎了瑙克洛斯这一角色，并产生了巨大的轰动。在第一幕的结尾，当看到赫洛与勒安得耳无法将目光从彼此身上移开时，我也数次热泪盈眶。赫洛从神殿走出，通过殿门人们可以看到一些东西，像是一个冰柜状的物体。在第二幕中，森林好似从古时的精装书中走出来的那般，它直击心心，藤蔓在树间攀缠。林中处处布满苔藓，闪烁着幽绿的光泽。钟楼房间中的背景城墙在次日晚演出的《杜德萨克小姐》中又一次出现了。从第三幕起，戏剧堕入低潮，仿佛有敌人潜伏在背后似的。

卢加诺—巴黎—埃伦巴赫之旅

1911年8月26日中午时分出发。坏主意：同时描述旅行经历并表达内心想法，但又与旅行密切相关。一辆载满了农妇的车辆驶过，也证实了这种设想无法被执行。无畏的农妇啊（德尔斐的女预言家）。一个睡眼惺忪的妇人躺在另一个开怀大笑的农妇怀里。对马科斯所致问候的描述中可能会掺入一些错误的敌意。

一个小姑娘，后来的爱丽丝·R，从皮尔森上了车。在旅途中，餐车负责人将通过窗户上粘贴的绿色纸条，得知有谁点了咖啡。但人们不一定非得要拿着纸条去找他，没有纸条也能拿到咖啡。由于那个小姑娘坐在我旁边，故而一开始我并没有看到她。第一件共同的事实：她打包好的帽子从马科斯头顶

飞了过去。帽子重重地穿过了车厢门,然后轻飘飘地从窗户上飞了出去。——马科斯作为一个已婚男人,为了消除危险因子,他必须得说点什么。但他也因此毁掉了之后解释的可能。他忽略了最重要的事物,却着重突出了自己好为人师的一面。这真是有点惹人讨厌。"无可指摘""开火""0.5倍加速""不出所料"。办公室里最小的孩子(在办公室里换帽子,钉住一块新月状小面包),她在慕尼黑时会给我们写明信片。而我们将玩笑写在一张明信片上,并打算将它从苏黎世寄到她的办公室。卡片上的内容如下:"所作的预言竟然应验了……坐错了车……现在在苏黎世……这段旅途的其中两天已一去不返。"她多快乐啊。但她期待我们能成为两名绅士,不要再给她写什么乱七八糟的卡片。在慕尼黑乘汽车。雨天,急速行驶的车辆(二十分钟),住在地下室里所拥有的视角,导游大声报出那些模糊不清的景点的名字。充气轮胎摩擦着潮湿的沥青地面时沙沙作响,听起来好似电影摄录时相机发出的声响。最清楚的"四季"酒店里永不遮蔽的窗子,从室内投射到沥青地面上的灯光,看起来好似照在河流之上似的。

在慕尼黑火车站里的"盥洗室"中冲洗脸与双手。

把箱子留在车厢里。将小姑娘安吉拉安顿在车厢里,那里有一个妇人表示愿意看顾安吉拉。但她应该比我们更加惊慌失措才对。小姑娘满怀欣喜地接受了她的帮助。这一切很可疑。

马科斯在车厢中睡觉。那里有两名法国人,其中一个一直在神经兮兮地爆发出大笑声。有一回是因为马科斯占用了他的座位(他睡得太伸展了),所以他大笑不止。他似乎想要利用这个瞬间让马科斯躺不成。马科斯盖着他的斗篷。另一个孔武有力的法国人在抽烟。在夜里用餐。车厢里闯入了三个瑞士人，其中一个在抽烟，还有一个在其余两人下车后留了下来，而且他在将近清晨时才差不多搞清楚状况。博登湖。从码头望过去，一切显得那样漫不经心。清晨的瑞士有着自我放逐的气质。看到那座桥时，我叫醒了马科斯。在我唤醒他的同时，瑞士也因此在我心中留下了深刻的印象，尽管我已用内心长久地打量过破晓时分的这座城了。我记得圣加仑那些笔直的独栋别墅，却没有构成所谓的巷弄——温特图尔——符腾堡，凌晨两点的一座灯火通明的别墅里，阳台上一个男子在栏杆上躬下身躯。通向书房的门开着——睡意沉沉的瑞士，与已醒来的牛群——电线杆上的电缆挂在一个个小钩子上——高山上的牧场在初升旭日的映照下显得有些苍白——突然想起卡姆的那座形似监狱的车站，其上的题词带着《圣经》经文般的庄重。尽管窗户上的装饰很寒酸，但仍然违反规定。在一座大房子的两扇相隔甚远的窗子前，有两株小树在随风飘扬。

温特图尔火车站前的流浪汉，拿着一根小棍儿、口里唱着歌，还将一只手揣在了裤兜里。

在窗下的疑问：苏黎世这样一个瑞士第一大城市将会如何由一个个独栋别墅组成呢？

别墅里繁忙的商业往来。

夜晚的林道火车站有许多人在唱歌。

在桥上走来走去，因为我对如何安排冷水澡、热水澡，与早餐的时间次序举棋不定。

主要交通干线，电车上乘客稀少。一家意大利男装店的橱窗前侧，上衣的硬质袖口组成了金字塔。

有一家商场进行了扩建。最棒的广告。全体居民整年都会注视着它。

送信人如同从东方与西方前来的僧侣,看起来像裹在一袭睡袍中一样。他抱着一个小匣子,将信件整理得好似圣诞市场上空的灿烂繁星,高悬在天幕之中。

湖光山色。一在脑海中想象自己居住在这里的样子,便有一种强烈的星期日的感觉。湖边充足的空气,没有任何耕地。骑马的人,与受到惊吓的马匹。泉边的浮雕雕刻的可能是利百加,上面镌刻着充满教育意义的铭文。流水好似被吹得鼓起的琉璃,也映衬出了铭文与浮雕的宁静。

老城:狭窄陡峭的巷弄中,一个穿着蓝色上衣的男子正艰难地向下走着。

在不提供酒的餐厅里吃早餐,黄油像蛋黄似的。《苏黎世报》。

明斯特大教堂:算旧还是算新?男人们站在一边。教堂执事向我们指了指较好的位置。我们紧跟着他,因为那是我们走出去的方向。当我们站在出口附近时,他还以为我们找不到位置,所以他横穿教堂向我们走了过来。我们互相推搡着走出去,大笑不止。

马科斯说:语言的融合解决了国家间的难题。沙文主义者并不熟知这一点。

苏黎世的浴场。专供男士的浴场。一个挨着一个，很有瑞士风格。用铅浇铸的德语。有些地方没有小包间。在挂衣钩前脱掉衣服，很符合共和主义的自由。游泳教练也有同样的自由，他打开阀门将日光浴池的水放得一干二净。这一举动并不是全无根由的，因为他说的话很难理解。跳水者：他先将双脚在扶手上压一压，然后从跳板上跳下，以便增强推动力。必须得经过长时间的使用才能评判一个浴场设施的好坏。这里不提供游泳课。任何一个蓄着长发的自然医学家总显得那么孤独。低矮的湖岸。

军官旅行社的露天音乐会。听众中有一个带着同伴的作家，他在一个画着细格子的笔记本上写字，一个节目结束之后他便被同伴拉走了。没有犹太人。马科斯说：犹太人错过了这场大活动。起初演奏了意大利步兵进行曲。结束时则演奏了爱国进行曲。由于露天音乐会自身的特质，在布拉格并没有类似活动（在卢森堡公园），马科斯说这是共和体制下的产物，在巴黎的军队中也时会举办。

地下室被锁住了。交通局。暗淡街道后明亮的房屋。利马特河畔上的坡地住宅。蓝白条纹的百叶窗。那些行走缓慢的士兵是警察。音乐厅。没去找，也没找到综合性技术学校。市政府的办公楼。在二楼用午餐。梅伦的葡萄酒（新鲜葡萄酿制，已消毒）。一位来自卢塞恩的女招待告诉我们几号车前往那里。混有西米、豆粒、烤土豆、柠檬奶酪的豌豆羹。体面而富有艺术气息的房子。大约下午三点我们将绕着湖启程前往卢塞恩。祖格湖的两岸位于岬角之上，显得十分空寂、阴暗、丘陵起伏，且树林密布。美国式的景象。我很反感在旅途中拿尚未得见的国家相比较。在卢塞恩火车站里，景色尽收眼底。火车站右边是史克廷—林克。我们走向佣人们，然后叫喊着"葡萄"。这家旅店在所有旅店中是否就如同一个佣人在一堆佣人中那样？那些桥（照马科斯的话

171

说）就如同在苏黎世那般将湖泊从河流中分流开来。能证明这些德文字符正确性的德国人在哪里？疗养院大厅。苏黎世的瑞士人看起来并没有管理饭店的天赋，在这里找不到他们的踪影。或许这家店的老板是法国人。对面是一个藏有热气球的大厅。很难想象那艘飞船如何滑行进来。柏林样式的外观。水果。夜晚的林荫道在婆娑树影之下十分阴暗，被限制入内。先生们带着女佣或娼妓。在两岸的峭壁低端游荡着清晰可见的船只。酒店里，滑稽的女前台，笑语嫣然的少女不断引导客人前往楼上的房间，严肃的红脸颊女仆人。窄小的楼梯间。房间里上了锁的安装在墙内的匣子。从房间出去时心情极舒畅。喜欢吃切碎的水果。戈特哈德饭店，身着瑞士当地服饰的姑娘们。糖水杏子，梅伦葡萄酒。两个年长的女性在与一名男子谈论年纪。在卢塞恩发现了一间赌场大厅，其中有一个法式前厅，还有两张长桌。描述真正的名胜是令人不齿的，因为它必须严格按照规定在看守人员的眼皮底下进行。每一张桌子边都有一名叫号人站在中间，两侧还各有一名看守人员。

最高投注为五法郎。"人们请求瑞士人给予外国人以优先权，因为这个游戏就是为了客人消遣而设计的。"一张桌子上有炮，另一张上有马。赌台主持人身穿皇帝的衣服。"先生们，出牌吧！""来计赌注。""下的注都在这里了。""计好数了，没有了。"他拿着一个装着木柄的镀镍小耙，然后用它将钞票钩到正确的位置，或截住那些扔向赢家方位的钱。不同的主持人对赢钱几率有着不同的影响，或者说，赢钱的人更喜欢那个使他们赢钱的主持人。因为共同参与赌博活动，大家兴致都很高昂，但在大厅中的人却很孤独。钱（十法郎）以一种和缓而令人容易接受的方式消失了。输了十法郎还远不能引诱我继续玩下去，但也还是有一定诱惑力的。对一切感到愤怒。因为这场赌博，一天变得更为悠长。

1911年8月28日，星期一

穿着长靴的男子靠着墙吃早餐。汽船的二等舱。清晨的卢塞恩。酒店从外观上看很糟糕。一堆夫妇在读家信，其中有一段关于意大利流行霍乱的剪报。只有在航行时才能看到湖边美丽的房子，人们的视线差不多与之齐平。变化万千的山峦。维茨瑙铁路公司。透过树叶观湖，这给我以南方的印象。

突然出现的祖格湖湖面令人惊奇不已。铁路与树丛，它在等待什么？故乡一般的森林。我在《关于陆地与海洋》中查阅到，这条铁路始建于1875年。历史上曾属于英国的土地。望远镜。远方的少女，僧人的圆形小屋，摇摆且炙热的空气吹动了那张图片。铁力士峰放下的手掌。一块由雪原切成的长条面包。无论从上面还是从下面都会错误估计这山峰的高度。对阿特–戈道车站处于斜坡或平地的争论尚无结果。当日套餐。一个严肃的黑人女性坐在大厅里，言辞犀利。之前我在车厢里曾见过她。一个英国姑娘正准备启程离开，她的每颗牙齿都整齐地环绕在嘴里。一个法国小姑娘登上临近的车厢，伸出手臂，说我们这个人挤人的车厢是不"满"的，并催促她父亲快点上车。她那个天真的，看起来很有少女气质的小姐姐，用手肘捅了捅我的臀部。马科斯右边的那个老妇人，说出的英语多是用牙齿讲出来的。人们得找到那块伯爵领地。车子驶向维兹瑙–弗洛伦。戈尔绍，贝肯里德，布鲁嫩的实勒岩石，泰尔岩壁，被错过的鲁特利山谷，阿克森大街上的两座凉廊（马科斯设想此地有更多凉廊，因为在照片上总看到这两个），乌尔纳盆地，弗洛伦。史坦纳酒店。

1911年8月29日，星期二

一个带阳台的美丽房间。心情愉快。过于被群山阻隔。一个男子与两个少女，穿着防雨大衣，前后地走着，拿着登山手杖，在傍晚时穿过大厅。当他们全部走到台阶上时，又因一个女服务生的提问而停住脚步。他们道谢，而且

已经知道答案了。对有关他们远足的另一个问题，他们这样回答：我可以告诉你们，这件事并不容易。在大厅里，我觉得他们好似来自《杜德萨克小姐》。在台阶上，马科斯觉得他们像出自易卜生的文字，我也觉得像。遗忘了的窥视者。在火车上的时候获悉，有一位老妇人甚至要乘车前往热内亚。那些瑞士国旗的年轻人。卢塞恩湖上的浴场。夫妇。救生圈。阿克森大街上散步的人。最美的浴场，因为人们能自主安排。渔婆们穿着淡黄色的衣服。登上格德哈特铁路的火车。罗伊斯河。我们河流里的水中混着牛奶。匈牙利的花。厚厚的嘴唇。从后背至臀部，线条极具异国气息。匈牙利的美男子。在意大利，将葡萄皮吐在地板上，但它在南方消失了。格舍嫩火车站上耶稣会的头目。突然出现的意大利人，复活节岛前随意摆设的桌子，一个年轻男子穿得五颜六色，他几乎不能使自己停下来。挥手道别的女人（模仿着拧掐的样子）。在火车站的一侧有梳着高高发髻的人，亮粉色的房屋，逐渐淡去的字迹。之后，意大利式的元素消失了，或者说是出现了瑞士的核心。火车站监控室里的妇人们回忆起战斗。提契诺时间，到处都在出事。德国的卢加诺。喧闹的角力学校。新建的邮局。布菲德尔酒店。疗养院里的音乐会。没有水果可吃。

8月30日。

从下午四点到晚上十一点，与马科斯坐在一张桌子旁。起初在花园里，而后在阅读室，最后是去了我的房间。上午去沐浴，去邮局寄信。

1911年9月1日，星期五

十点十五分从威廉·退尔[1]雕像处开始出发。车子与船上放置着千篇一律的相似的座位。船上盖篷布的指甲好似牛奶车上的那样。船只每次靠岸都像是一场战斗。

---

[1] 威廉·退尔：瑞士传说中的英雄，十四世纪时居住在瑞士乌里州。

没有带任何行李。手上空空，可以保持头脑的状态。在甘德里亚，一个房子被另一个掩在背后。凉廊上铺着五彩斑斓的布帕，无法鸟瞰，时而有巷弄，时而没有。圣玛格丽塔的停泊处有喷泉，奥里亚的别墅周围有十二株柏树。阳台入口处挂着衬衫。在奥里亚，人们无法，也不敢想象能有一栋房子的前厅处还连着带希腊式柱子的凉台。马梅特：钟楼好似顶着一个中世纪的巫术帽。驴子一大早便沿着林荫小道走向港口广场那边。在琉森湖时，人们总是对自己思索过多。奥斯特诺，女人堆里的牧师。

格外难以理解的叫喊，我的不懂在句子之间来回穿梭。男厕所窗户后的孩子。看到蜥蜴在墙边爬行，这让人浑身发痒。路上驶过载满士兵的车子，和化装成海员的酒店服务生。

一个法国女子的声音与我婶婶很像。她坐在一把草编的带着厚实边穗的遮阳伞下面，在一本小笔记本上写着关于山峰的种种。船上的黑人男子站在轮胎的框子里，在船舵上俯下身体。海关人员眺望远方，并迅速搜索了一个小篮子，好像所有东西都是送他的礼物似的。波尔莱扎-梅纳焦，火车上的意大利人。对其他人说的每一个意大利语单词均涌入这个无法理解的巨大空间里，过了一段时间之后，等待被他人理解，或不理解。从梅纳焦返航时说的笑话，美妙的谈话素材。别墅前的路上，由石头垒成的船屋连带着露台与装饰品。大宗的古董买卖。船长：小本生意。海关快艇。

1911年9月2日，星期六

小型汽船震得脸颊在战抖。撩起百叶窗前的帘子（镶着白色滚边的蓝色窗帘）。蜂蜜中的蜜蜂。一个上身粗短的孤独且忧郁的女子是名语言教师。举止有度的男子穿着一条卷得高高的裤子。他的小臂在桌上舞动，双手好像并不是要抓住刀叉，而是要抓住座椅扶手的末端。孩子们看着虚弱的火苗：再来一次——哒哒——伸长手臂。在小汽船上的旅行并不舒适。空间太低矮了，不足以感受新鲜的空气，自由地朝远处眺望。与伙夫离得很近。一群人从旁边走过：男人、女人，和牛。女子在诉说着什么。黑色的头巾，宽松的衣衫。蜥蜴的心跳。一个男人消耗的经历：很晚还在阅读室做服务生，同时还喝啤酒、葡萄酒、费尔内特·布兰卡。风景明信片。轻声的叹息。老板的儿子听从母亲的吩咐，走过来给了我一个晚安吻，尽管我之前没有同他讲过话。这令我感觉甜蜜。一个少年挨打了，被拍打的床发出沉闷的声响。爬满常青藤的房子。在甘德里亚，缝衣女坐在没有百叶窗、窗帘或窗玻璃的窗边。我们支撑着彼此踏上从浴场广场到甘德里亚的路，疲惫不堪。在一艘黑色小汽艇后面是一列隆重的船队。在甘德里亚的港湾处，年轻男子们在观赏图画，有的跪着，有的蹲着。有位先生穿了一身白衣服，是个很受姑娘喜爱的有趣的人，一副和我们很熟的样子。一位已经被忘记的满脸胡子的法国人，在威廉·退尔的纪念碑处我又重新想起了他的怪癖。这座纪念碑装有一种自来水管式的排水管。

1911年9月3日，星期日

一个镶着金牙的德国人。但凡谁想描写他，即便对其他的印象不太清楚，也能紧紧抓住他的特征。他在十一点三刻还买到了一张进入游泳场的票，尽管游泳场十二点后就不许入内了。到了里面，游泳教练便立刻用听不懂的、有点严厉的意大利语提醒他注意这一点。听完这段意大利语，导致他对自己的母语都迷惑起来。他结结巴巴地问，为何售票处的人还要卖给他这张票。他埋怨那个人卖票给他，还说，那个人本不应该再卖票给他。从教练的意大利语回复里可以听到，他还有接近一刻钟的时间可以去水里泡一泡然后穿上衣服。他流泪了——坐在湖边的圆桶上吃东西。贝菲德尔酒店："赞扬老板的一切，但饮食很糟糕。"

1911年9月4日

关于霍乱的消息：交通办公室，《晚邮报》，北德意志-劳埃德航运公司，《柏林日报》，酒店女服务员带来了一位柏林医生的消息，这些消息的所携带的信息依照不同的人群划分与个人的身体状况而变化。一点零五分，从卢加诺启程前往波尔托切雷肖，价钱很划算。在卢加诺湖的桥上应该还有一些广告牌的位置等待出租。

星期五，这三个家伙从船头的地方驱赶我们，因为舵手也许必须得自由地远眺前方的灯光。但他们之后拉出一条长凳，坐了上去。我真想唱歌啊。

1911年9月1日，星期五

那个意大利人建议我们去都灵（展览）一游，我们向他颔首。在他的注视下，我们握了手，然后共同决定将不惜一切代价去都灵。打折票令人赞赏。在波尔多切雷肖，骑自行车的人绕着一栋房子，在湖边的梯地兜圈子。鞭子不是一条皮带，而是一条用马鬃制成的小尾巴。他边骑边用一根绳子牵着马在他身旁小步跑着。

米兰：在一家商铺里把向导给忘了。回去后，又被偷了。在梅尔坎迪的餐厅吃到了苹果卷。保健蛋糕。福萨蒂剧院。所有帽子与扇子都在动。高处传来小孩的笑声。节目通过一张广告纸被张贴出来。男子管弦乐队里的老妇人。管弦乐队所处的平台连着观众厅。蓝旗亚汽车的广告被用作天花板的装饰。后墙壁上所有窗户都开着。高大健壮的演员长着娇嫩但有小斑点的鼻孔。即使是当脸颊向后倾斜、轮廓逐渐模糊的时刻，它们的黑色依然很显眼。一个脖颈修长的姑娘踏着小碎步，伸着僵直的手肘，从房间跑出来。她那与长脖子相搭配的高鞋跟让大家预感到她的到来。高估了大笑的影响，因为从不可理解的严肃转换至大笑要比从知道内情的严肃转换至大笑更加意味深长。每一件家具的意义。这两件家具上有五个门。一位描眉画眼的姑娘，闪闪发光的眼妆也照亮了她的鼻子与嘴巴。包厢里的男子在大笑的时候张大嘴巴，露出了后面的金牙，而且还保持张着嘴的姿势好一会儿。以其他方式无法实现舞台与观众席之间的和谐统一，这种和谐是为那些听不懂艺术语言的人而营造的。

年轻的意大利女子通常长着一张犹太面孔，但从侧面看又不像犹太人。当她站起身，双手伸向阳台的栏杆。由于她没有将手臂与肩膀伸展开来，所以人们只能看到她瘦削的身躯。她将手臂伸向窗柱的样子，以及她双手抓住那根柱子的样子，好似正站在一棵大树旁享受穿堂风。她在读一本侦探小册子，她的弟弟求了好久没能要来这本书。坐在她旁边的父亲长着一只很陡峭的鹰钩鼻，而她的鼻子弯度很柔和，很有犹太人的特色。她时不时好奇地看向我，看看我到底愿不愿意停止用那种讨厌的目光打量她。她的衣服是用生丝织成的。

我旁边坐着一位高胖的散发着香味的女士，她用扇子向着空气抛洒香水，她平平的脚掌无法承受这过多的赘肉，脚背高高地拱了出来。在她身边，我感觉自己很干瘪。

在行李舱里，煤气灶上火焰的铁面罩，形状好似姑娘平平的帽子。

房子周围支着各式各样的栅栏。在拱门下面进去，走上台阶，我们在寻找这座著名歌剧院。当我们走出广场，看到只是简单刮净的房屋立面时，并没有对这种疏忽感到讶异。

人们愈来愈赞同使用这种向上攀爬驶入内城的交通工具。直到现在，当我们站在教堂广场上时看不到别的，只能看到围绕着维托里奥·艾马努埃尔纪念碑缓缓驶过的电车。我转过身去，寻找酒店。

酒店的房间之间有一扇双开门，它将这两个房间连在了一起，我对此十分高兴。每个人分别可以打开一扇门。马科斯认为这对已婚夫妇来说也很合适。

先写下一个想法，然后读出来。并不是要边读边写，因为只有当内心成功形成了一样事物时，才能解放自己，继续写下去。

在教堂广场上的一个咖啡桌旁，谈到了假死与心绞痛。马勒很希望自己能得心绞痛。大教堂的那么多尖顶令人厌烦。想要前往巴黎的愿望越来越强烈：在卢加诺经过依克赛索尔的瞬间；并非出于本意买了前往米兰的票，途中经过波多·克莱西奥；从米兰去巴黎是出于对霍乱的恐惧，并希望能作为对恐惧的奖赏；此外，我算了一下这趟旅行在经济与时间上的优点：

Ⅰ. 日米尼—热内亚—内尔菲（布拉格）

Ⅱ. 北部意大利湖泊，米兰（布拉格）—热内亚（在罗卡诺与卢加诺之间摇摆）

Ⅲ. 去掉玛吉诺尔湖，卢加诺、米兰、游览城市直至博洛尼亚

Ⅳ. 卢加诺—巴黎

Ⅴ. 卢加诺—米兰（多待几天）—玛吉诺尔湖

Ⅵ. 在米兰—直接前往巴黎（或许要去枫丹白露宫）

Ⅶ. 在斯特雷萨下车，由此才得以第一次好好地回顾与展望这次旅行。这个旅行跨度太大了，所以必须一段一段地分开说。

马科斯对我说，画廊之所以建得那么高，是为了让人们有足够空间去欣赏画作。我用一个已被遗忘的借口否定了这种说法，就好像我总是在为这个画廊说话似的。它几乎没有多余的华丽装饰，并不会遮挡视线，它看起来有些矮小，但还可以忍受。它建造了一个十字形，如此空气变得自由地吹进来。从大教堂的屋顶看去，面对着画廊的人好像变大了。我在这里没有看到古罗马的遗迹，对此我感到十分安慰。

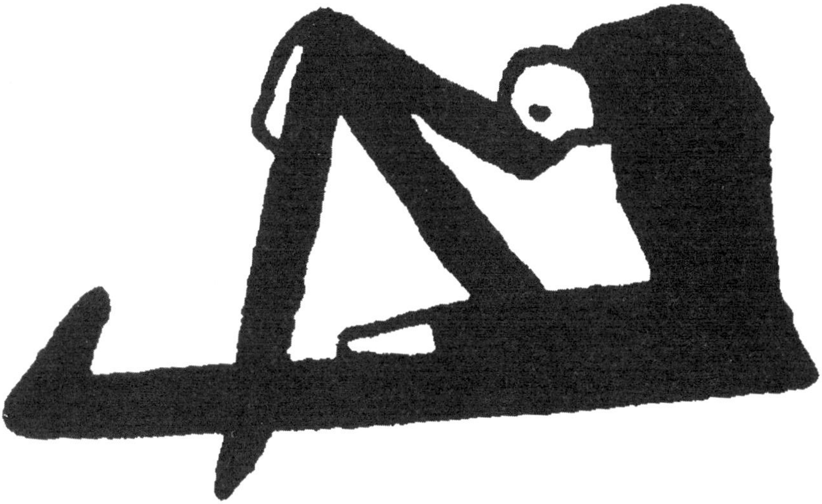

1911年9月5日

阶梯广场上的商业银行。从家里寄来的信。真正的椅子。写给上司的明信片。惊叹着进入大教堂。要了一张教堂的建筑图，因为教堂四周都是对建筑的纯净描述。绝大多数地方没有长凳，柱子上不太有立式雕像，只在远处的墙上有一些色调阴暗的图片。站在地面上的个别参观者可以作为测量它大小的标准，走动时又可以当作测量它范围的标准。庄严肃穆，但很快会使人联想到画廊。

不记笔记的旅行与单身生活是不负责任的。每一天都以同样的方式流逝消失，这样不会让人感觉想死。

登上教堂顶部。一个走在前面的意大利年轻人使我们的攀爬轻松了许多，他哼着一支小曲儿，试图将上衣脱掉。他从缝隙向外看去，从缝隙透进来的只有太阳光线。他不停拍打着计步器，上面会显示已走过多少级台阶。眺望前面画廊的屋顶。电车底部的机械装置已经有些腐朽了，经过铁轨转弯处时，车轮转动得那么孱弱。从我们所处的位置看过去，一名售票员慌忙对着电车低下身子，然后跳了上去。一个男子形状的排水檐，他的脑子与脊柱均被取了出来，以便雨水能从中间流出去。在每一扇巨大的彩窗上，占优势的便是在单张图画里重复出现的衣服颜色。马科斯说：在火车站的一家玩具店的橱窗里，玩具铁轨被封闭成圆形，无法通向任何地方。这就是，并且一直是米兰留下的最深刻的印象。在这个橱窗里，那个连接着教堂的火车站模型或许是为了尽力展现这个地方的多姿多彩。从教堂的后门可以看到一座屋顶大钟。马科斯说：从教堂眺望过四周后，都不需要去古罗马要塞了。福萨蒂剧院。前往斯特雷萨。在满满当当的车厢内，睡着了的人如浮雕一般。一对爱侣。

9月6日，周三下午

在斯特雷萨。心情不佳。晚上看了许多发明，找了许多饭店。

周四，9月7日，洗澡，写信，启程。在公共场所睡了一觉。

周五，9月8日，意大利夫妇。牧师。美国人。两个法国小女孩，长着肉肉的小屁股。蒙特勒。

1786年6月23日，路易十六①游瑟堡。路德维希乘着小船，伸出一只手指着瑟堡②，给站在身后的两个朝臣做了一个生动的说明，首先是对着一个将手搁在胸前的人。船的两侧各站了三名船员，他们执着连在一起的船桨向岸边划去。衣衫轻薄的妇女们挥舞着双手迎向他们，一个男子用望眼镜看向远方。车在岸上等着。其他船上的人纷纷踏着夹板登岸，其中有个人被拉了上去。

1809年7月5日夜至6日，拿破仑军队在瓦格拉姆战场的营地宿营。拿破仑独自坐着，将一条腿搁在桌子上。他身后是正冒着烟的篝火。他右腿的影子和桌角、椅子脚的影子呈放射状环绕在他旁边。一轮寂静的明月。远处，将军们在篝火边围成一个半圈，齐齐看向他。

很有特色的平面景象：衬衫。内衣。饭店里的餐巾。糖。两轮车的大轮子。一个挨一个套紧的马匹。塞纳河上的平面汽艇。阳台将房子横向切开，加宽了房屋的横截面。压扁的宽大烟囱。叠在一起的报纸。

虚线勾勒的巴黎：从扁平的壁炉延伸出的高而细的烟囱（有许多小花盆形状的装饰），那些没有任何声响的煤气烛台，百叶窗的横线条，城郊有些房子的墙壁上留着一些线条状的污渍。我们在里弗利大街上看到屋顶的细边框。大宫殿里有线条的玻璃穹顶。商店里用线条分割的窗户。阳台的栏杆。由线条

---

① 路易十六（1754—1793）：法国国王，1774年即位，1793年一月被送上断头台。
② 瑟堡：一般作"瑟堡-奥克特维尔"，法国西北下诺曼底大区的一个城镇。

构成的埃菲尔铁塔。我们窗户对面阳台门的中心与边框位置均表现了较强的线条效果。露天放置的小沙发与咖啡馆的小桌子,它们的腿就是线条。开放公园里的栏杆尖顶被涂成金色。

独自与一个耳背的老太太待在阅读室。当她看向别的地方时,完全没有听到我的自我介绍。我给她指了指外面的大雨,她却认为天气还要继续闷热下去。她将卡片放在一本摊开的书后面,正在努力地研读着那本书,把头撑在几乎握成拳头状的手上,手中还有大概几百张没用过的两面印花的小卡片。在我旁边有一个背对着我的一身黑衣的老人,他在读《慕尼黑最新消息》。大雨如注。与一个犹太金匠一同坐车,他来自克拉考①,大约二十岁,曾在美国待过两年半,现在已经在巴黎住了两个月,并且工作了十四天。他的收入微薄(每天只赚十法郎),商铺环境也很糟糕。当一个人刚来到一个陌生城市时,他通常不知道自己的工作能挣多少钱。在阿姆斯特丹的美好生活。吵闹的克拉考人。人们每天都知道在克拉考发生了什么新鲜事,因为总有人到那儿去,或者总有人从那里来。整条长长的街道上,所有人都只讲波兰语。在纽约的收入十分丰厚,那里所有女孩子都能赚很多钱,然后好好打扮自己一番。巴黎无法与之匹敌,踏上林荫大道的第一步就证明了这点。他之所以从纽约离开,是因为他的友人都在这里。朋友们给他写信:我们住在克拉考,也在这里工作赚钱,所以你究竟还要在美国待多久?完全正确。为瑞士人的生活欢欣鼓舞。如果他愿意在这里居住,并发展畜牧业,那么他肯定会成为一个非常强大的人。还有那些河流!可最重要的是,人们在起身后还要走向湍急的河流。他的头发长而卷曲,有时会用手指梳理一下。他的眼睛炯炯有神,鼻子的曲度和缓,脸颊下方有两个酒窝,美式剪裁的正装,破旧的衬衫,悬挂着的短袜。他的箱子很小,但当他提着箱子下车时仿佛在提着一个重物。他的德语由于混杂着英语的

---

① 克拉考:波兰第二大城市。

发音与用词，令人有些无所适从。那些行话的英语色彩更加强烈。在坐了一夜车后，他依然生龙活虎。"您是奥地利人？是呀，您也有一条雨领子。所有奥地利人都这样。"我伸出袖子向他证明这不只是一条领子，而是一件大衣。但他固执地说，所有奥地利人都有雨领子，他们就是这样围着它的。这时他又转向第三个人，向他展示奥地利人是怎样围雨领子的。他的样子好似正将什么东西缚在了后面的衬衫领子上。他带动着整个身体去耸肩，为了看看领子是否被固定住了。然后将这个东西先拉向右边，再拽向左边。最后将自己完全覆盖住，直到他感觉温暖舒适为止。尽管他坐着，腿上的动作也要尽力表明一个奥地利人戴着这种领子里可以如此轻松、如此没有顾虑地活动。这完全不是嘲讽，而是说明这个人到过很多地方，见过很多事情，但依然保留了一些天真烂漫。

我在疗养院昏暗的小花园中散步。

秘书每年冬天都要去徒步旅行，去布达佩斯，南法，意大利。赤脚，只吃粗粮（粗粮面包、无花果、海枣）。他和另外两个人在尼斯附近住了两星期，大多数时间都是赤裸着身体待在一栋无人居住的房子里。

胖胖的小姑娘，时不时抠一抠鼻孔，但并不算很漂亮，长了一只没有前途的鼻子。她叫瓦尔特劳特，一位小姐说她有一些闪光点。

饭厅里的柱子。我在观赏这些柱子时（高大、善良，完全由大理石制成）感到很震惊。所以当我踏上一个小汽艇准备出发时，我默默咒骂着。因为它们完全就是百姓家用砖垒成的柱子，只是很粗糙地刻了一些大理石线条，且低矮得惊人。

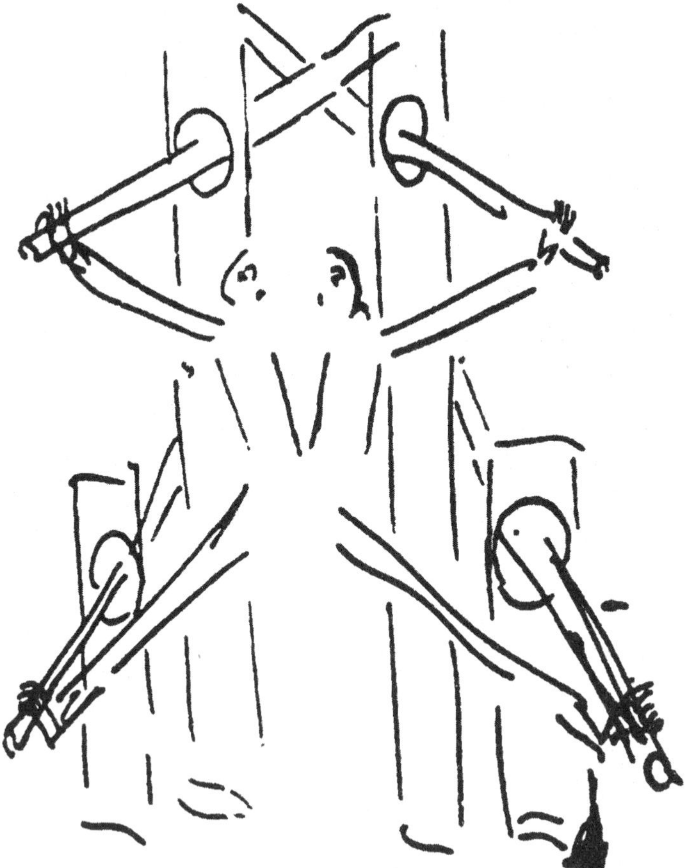

家书

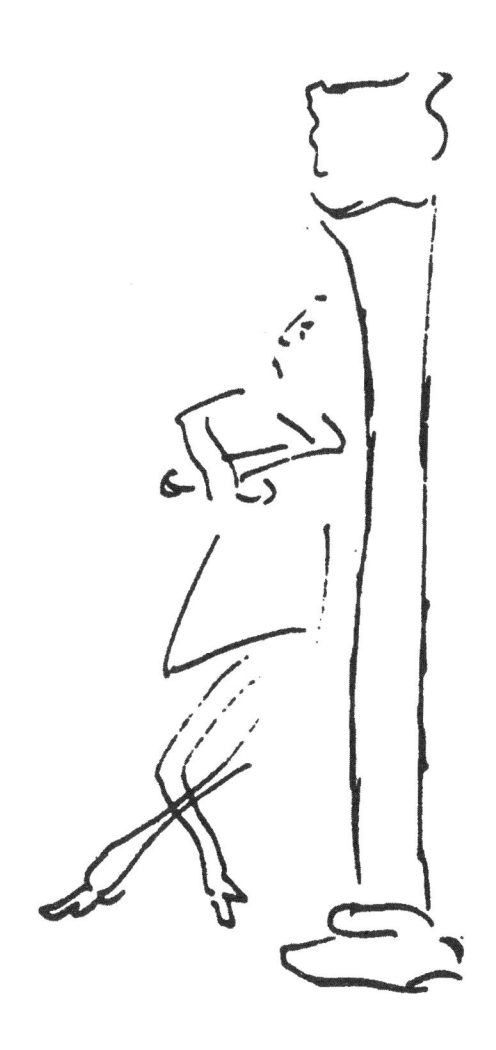

致尤丽与赫尔曼·卡夫卡

约1924年6月2日，科灵

最亲爱的父母亲：

关于你们上次来信曾提及的旅行，我每天都在想着这件事，并且它对我而言十分重要。那该多好啊，因为我们已经那么久没有聚在一起了。我没有将布拉格小聚计算在内。那次真是搅得阖家不安宁。但在布拉格的相聚无疑也算是在一个美丽的地方共度了几日。我完全记不起自己究竟何时在法蓝瓷温泉独自度过了数个小时。像你们在信中所写的那般，我们还可以在一起喝一杯"精酿啤酒"。由此我也觉察到，父亲并未时常在酒馆逗留，故而我同意他关于啤酒的提议。此外，每当高温不下时，我总能想起数年之前，父亲带我去上公立游泳学校。那时我们也曾定期地举着啤酒对饮。

以上以及其他许多话语都对此次出行表示了无比的赞同，但其中仍包含着极大的顾虑。首先，父亲可能会因为护照问题无法成行，这自然会扫了出行的兴致。但首先还是要考虑我母亲。无论是谁整日陪着她，她都会过度地将注意力放在我身上，言语之间始终会提到我。但我一直都不太漂亮，完全不赏心悦目。你们也知道我起初在维也纳以及郊外所遭遇的困难，这损害了我的健康，导致发烧久久不退，甚至使我变得更加虚弱。而意想不到的喉咙问题比实际预料到的更加严重，这亦令我愈发病弱起来。直到现在，凭借在远方的朵拉与罗伯特（真难想象没有他们我会怎样！）给予的意料之外的帮助，我才能尽力摆脱这种虚弱。但现在依然烦恼不断，例如最近几天又出现了尚未痊愈的肠炎症状。这一切在相互作用，所以尽管我有着最得力的助手，享用着可口的食物，呼吸着新鲜空气，而且几乎每天都晒日光浴，也无法使我彻底恢复元气。总体而言，我现在的身体状况甚至还不如上次在布拉格时那样好。所以请您二老考虑一下，如今我只能细声细气地说话，而且不能说太多。如果你们能够延期，那么很好。一切都正处在最好的开端。上次教授来检查时说，我的喉头已经明显好转了。如果我能够成为这样一位极和善极无私的人——那位教授每周驾着车来一次，几乎分文未取，所以他的话对我而言是极大的宽慰——如前所说，一切都处于最好的开端。但最好的开端几乎都不算什么。如果人们不能向来访者——况且是你们来探望我——展示一种不容置辩的、外行人眼中的巨大进步，那这件事最好还是不要进行。我们不该暂时先将此事搁置一阵么，亲爱的父亲母亲？

你们的到来或许可以改善治疗的效果，但请千万别相信这个。疗养院的所有者是一位老迈多病的先生，他不太过问治疗的事。我与那位十分和蔼可亲的助理医师的关系更像是朋友而不是医患。但除了定期有专家来诊治外，主要是罗伯特陪伴在我左右，他放下了考试，专心致志地陪着我。此外还有一名年轻的医生，我很信任他（很感谢他与上文提到的那位埃尔曼教授），这位医生一周过来三次。

他当然不是开车过来，而是节俭地坐大巴与火车，每周过来三次。

致奥特拉[①]

1913年11月24日，黑瓦

奥特拉，我之前很少写信给你，切勿因此生我的气。你知道么，这一路上我精神涣散，比以往任何时候都懒得提笔写信。但现在我已静静地坐在疗养院中，所以我会写信，确切而言是寄明信片给你。我想说明的是，如往常一样，这里没有多少东西可说的，那些细微的事物并不值得一写，以后我会在浴室亲口解释给你听。此外，我想请你帮个忙，到陶思西去买一本《1913年书目》，这是一本书籍目录。我担心等我回去后它会售罄。尽管别人拿到它没甚大用，但我还是想要这本书。希望全家人都安好。

弗兰茨

[①] 奥缇丽［奥特拉］·卡夫卡（1892—1943）：卡夫卡最小的妹妹。

我已经很久没有你们的消息了。

致奥特拉

1913年9月28日，黑瓦

我今天去了马尔切西内，歌德曾在那里探险。如果你去读歌德的《意大利之行》，便会知道这个地方。你应当立刻读一读这本书。守门人带我去看歌德写生的地方，但它与歌德在日记中所描写的不相吻合，于是我们的观点也很难达到一致，就像我们用意大利语沟通时那般两不相合。

祝全家安！

弗兰茨

致奥特拉

1913年10月2日，黑瓦

亲爱的奥特拉：

告诉亲爱的父亲母亲我有多么多么感谢他们的来信，我明天会事无巨细地写一封回信。天啊，时间过得那样快！母亲告诉我你会给我写信。你不会写的。但如果你想写，也千万别写，因为写信太难了。

祝全家安！

弗兰茨

致奥特拉

1914年7月10日，布拉格

亲爱的奥特拉：

在尝试入睡前再匆匆写上数语。昨夜的入睡计划全然失败。想想看，你的明信片使一个绝望的清晨突然变得可以忍受了。这是一种真正的抚慰。如果你同意,我们有机会还可以实践此事。不,晚间我身边空无一人。我自然会写信告诉你在柏林的事,但现在无论是关于那件事还是关于我本人都没什么确切的内容可说。我写信的方式与我说话时不同,而我说话的方式又与我思考时不同,甚至我思考时与我应该思考的还不同,于是我一步一步走向极深重的黑暗。

弗兰茨

祝全家人安!勿将此信给别人看,也不要到处乱放。你最好将它撕碎,然后从帕拉彻撒给院子里的鸡群,我在它们面前从不保守秘密。

致奥特拉

1914年7月21日,瓦格勒瑟

亲爱的奥特拉:

给你最诚挚的祝福。我最近状态还算好。每天这里的天气都一样好,我每天在同样美丽的海滩上洗同样的澡。不过这里几乎只提供肉食,这令我难受。周日我回去,等周一我再告诉你其他的。我今天给父亲母亲写信了,邮差在等我呢。再见。

弗兰茨

致朱莉与赫尔曼·卡夫卡

1914年7月,马里斯特

……由于我在柏林的事情没有完结,我想,如果像往常一样生活下去,那么这整件事对你们的以及我的幸福而言都是莫大的阻碍(实际上我们的幸福是一致的)。看来,我或许还没有带给你们真正沉重的痛苦。但这次解除婚约将会是一次极深重的痛苦,而我此刻身在远方也还不能对此作出判断。然而,我也未曾给你们带来过某种真正长久的喜乐。请相信我,之所以未能这样做,是因为我本身也无法带给自己长久的快乐。为什么会这样，父亲。您应该很容易理解个中缘由吧，尽管您可能不明白我想要的究竟是什么。有时您会说起自己当初的境遇是怎样艰难，但您不认为这就是对自尊心与满足感的一次良好教育么？难道您不认为我一直以来生活得太顺遂了吗？何况您也曾这样明言过。直到今日，我完全是在缺乏独立性、舒适惬意的条件下成长起来的。你难道不认为这样的环境对我的天性有弊无利么？尽管那些关心我的人对这样的环境十分满意。诚然，这世上有一些人，他们善于维护自己的独立性，但我并不属于这类人。当然，这世上也有另一种人，他们无论在哪里都不会丧失独立性，细细想来，我好像亦不属于这个群体。我认为每一次尝试都是值得的。有人曾提出异议，认为在我这个年纪再去做这种尝试未免为时已晚。但这种说法毫无价值。我比外表要年轻，这也是缺乏独立所带来的唯一积极的影响，它使我青春常驻。但也只有在结束依赖时，我才能取得进步。

在办公室里，在布拉格，我永远也没有可能去改善自己。这一切的目的都在于，我作为一个从根本上追求独立的人，能够继续追寻下去。一切对我而言都那样予求予取。办公室使我感到厌烦，让我难以承受。但这里归根结底是很清闲的，我的收入远超出我的需求。这有什么用？为谁赚钱？我的薪水还会节节攀升，又所为几何？这份工作不适合我，除了工资之外，它无法使我独立起来。为何我不干脆离职？若我离职并离开布拉格，这不会带来任何风险甚至能让我赢得一切。没有任何风险，也就证明了在布拉格的生活不会为我带来任何益处。你们常开玩笑般地拿我与R叔叔比较。但我若继续留在布拉格，那么我所走的路与他相去不远。或许与他相比，我更有钱，兴趣更广泛，但我缺乏信仰。这使我不满。除此之外，我俩之间便再没什么不同了。在布拉格以外的地方，我可以得到一切，也就是说，我能够成为一个独立且沉静的人，一个能够穷尽一切才能的人，并拥有一份真实美好的工作。而作为工作的回报，我将获得真正活着的感受，以及长久的满足。这并不是微不足道的收获，这个人能

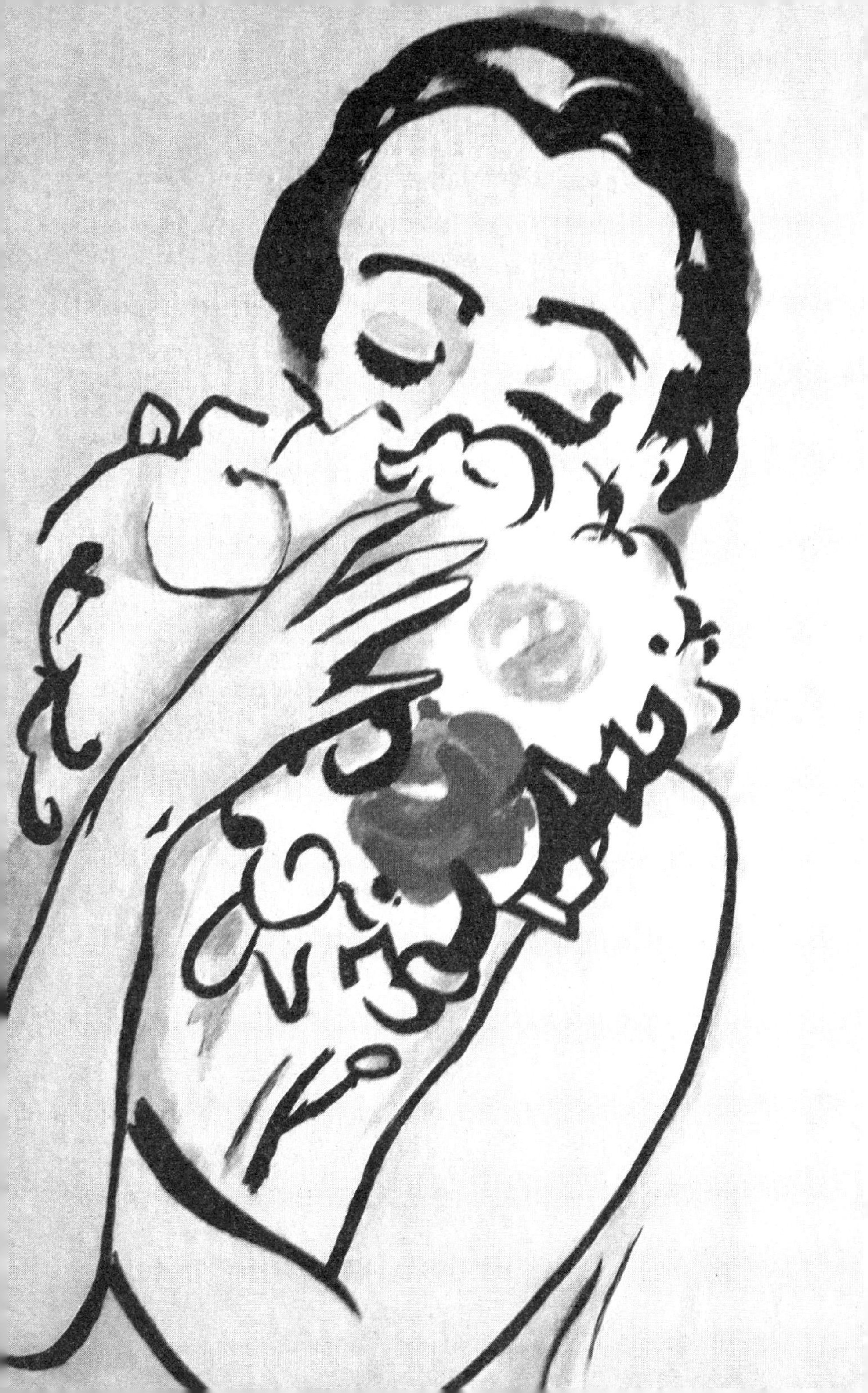

在你们面前更好地展示自己。你们将会有这样一个儿子：或许无法赞同他个别的行为，但总体上会对他满意。然后你们必然会说："他已竭尽所能了。"但你们现在确实还体会不到这样的感受。

我暂时这样计划：我有五千克朗。这笔钱足够支撑我在德国柏林或慕尼黑生活两年，且无须去工作赚钱。这两年时间我想用来进行文学创作。当我在布拉格居住时，我身处于内心的软弱与外界透明的、饱满和千篇一律的干扰之间，根本无法企及这一日的。通过文学创作，我能在两年之后养活自己，或许只有很微薄的收入，或许无法与现在在布拉格的生活或未来某时的生活相比。你们会反对我的想法，认为我错误地估计了自己的能力，以及以此能力为基础计划出的谋生可能。是的，我不排除这种可能性。但我只想反驳一点，我已经三十一岁了，在这个年纪不会再估计错误，不然也别想再做别的计划了。还有一点想要说明，我已经写出了一些东西，尽管数量很少，但也或多或少得到了些认可。最后我要强调一点，我完全不懒惰，要求亦很低。因此，即使这个愿望落空，我仍能找到其他的谋生之路，并且不会向你们提出任何要求。因为这无论是对我还是对你们，都是件极其不快的事情，严重程度甚至远超过我如今在布拉格的生活，这是绝对难以容忍的。

对我而言，自己的处境已经足够清楚了。如今我迫切地想要知道你们的看法。尽管我坚信这是唯一正确的道路，若错过这个计划便是错过了一些极关键的时机。但对我而言，你们的想法是无比重要的。

致以最诚挚的祝福。

你们的弗兰茨

致奥特拉

1915年2月—3月，布拉格

这自然是一番美意，但昨日我还完全没有想过要迁居。能够拥有一个栖居的角落几乎可以算作是一项基本人权，我希望你能得到更多。我其实什么确切的想法都没有。当我事后回想时，一些片段才会被整合在一起：从商店里被人轰出来，因为你，我要去哪里；你不断地邀请我去参观你的房间，尽管你从未来过我的房间；如何将我那间陈旧肮脏的储藏室腾空；还有一些连你自己都搞不清楚的事情。你抗议我总对你的事情不上心（这其实另有原因），而你整日在店里待着。我承认，这算是一种平衡。

致奥特拉

1916年3月28日，布拉格

这种幻觉真可怕！我几乎没有丝毫理由生气。如果连在周日下午也没有一点空闲时间可供支配，那这完全就是炼狱嘛，尽管它差不多已接近地狱了。我不想去卡尔施泰因，因为我不知道你与何人在一起，而我在布拉格积累的烦恼已经够大了，我不想带着烦恼上路。此外，当你待在卡尔施泰因与圣约翰之间的树林时，天空正好下起雨了。而这两件事都不是我的过错。

致奥特拉

1916年7月12日，马利温泉

我亲爱的奥特拉：

如果还有什么新鲜事，那么我会一五一十地写在信里寄给你。如果没有什么新鲜事发生，那下下个周二在夏特克公园我再告诉你。今天我只再说一点：这比我预想的要好很多，或许F也有同感。这应该让她自己告诉你。我不去艾森施坦因了。F明天走，然后我要看看，我的头脑是否还能运转（今天它还有些疼）。我更有可能会待在这里，因为目前住的地方让我感觉很满意。但明年我们要一道去逛逛这个或许仍自由的世界。

你的弗兰茨

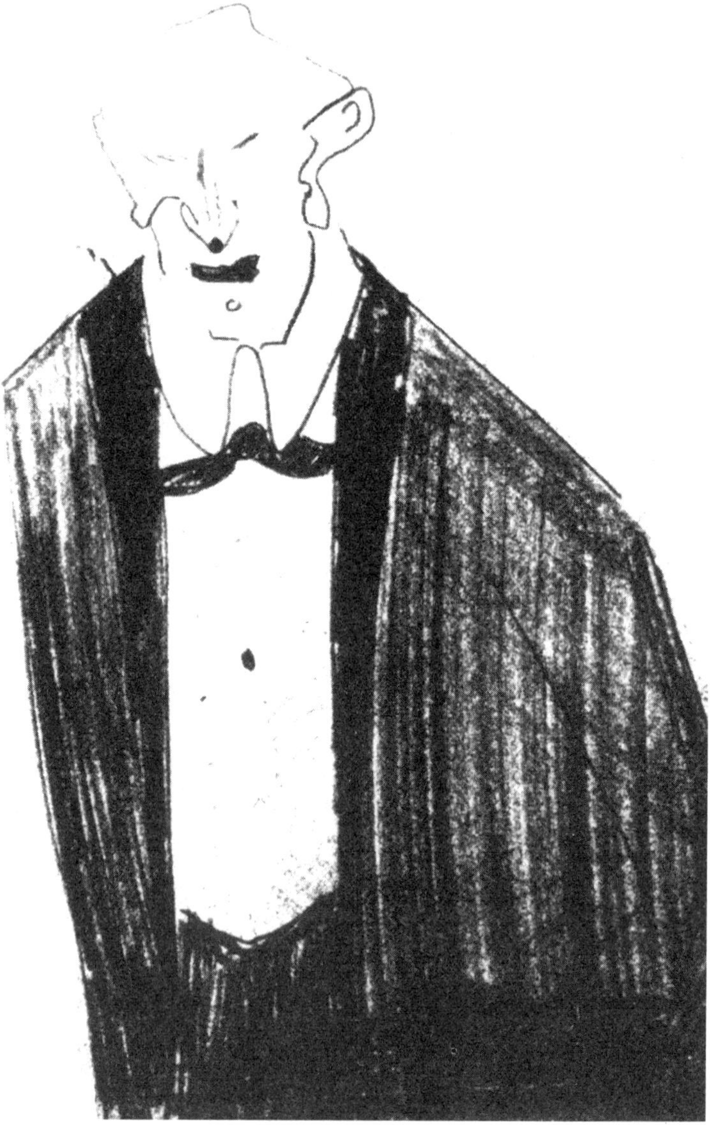

致奥特拉

1916年12月,布拉格

亲爱的奥特拉:

请把这封信装进信封并送给总检察长欧根·福尔先生,如果可以,请立刻送去!不然他会以为我睡过头,并在事后编造谎言(实际上我曾编造过谎言)。这是一个借口,但能让人接受。我昨晚一直在上面写到凌晨两点半,之后一刻也没睡着。尽管如此,我心情还是很愉快,打算在床上躺到十点左右。我之所以这样做并不是因为晚起会感觉更好或者我还想多睡一会儿,而是因为上午待在办公室里的时间就会缩减一些,因为我(作为一个撒谎者)在那里能要求更多的情面。在上面我既写不多又写不好,但能早早回家待着让我感觉很快乐,为此宁可在上面多待一会儿。我对第二天的恐惧毁坏了一切,而它同时又在苦苦逼迫着我。在一片晦暗中,谁能明晰其中差别呢!

好了,快将致歉信送去吧!

弗兰茨

致奥特拉

首先,祝大家新年快乐。然后,请奥特拉去给我买周一晨报与维纳午后朗诵会的票(官员特殊照顾:预约者可以将座位保留至周二。所以如果周三再买票是否更有利?)别担心我饮食的问题。我每晚的餐点都吃不完,只是精神上的胃口大得出奇。除夕夜时我站了起来,打开落地灯,也算是庆祝过了。无人饮烈性酒。

弗兰茨

致奥特拉

1917年4月19日，布拉格

亲爱的奥特拉：

这里的一切目前为止还算正常，但谁也不知道这能维持多久。一时间也不至于崩坏，因为你离开之前把一切打理得井井有条。但有可能，有很大可能，这一切已悄无声息地松弛朽散，只是我尚未察觉而已。我所说的"一切"自然指的是我自己。自你离开之后，鹿坑上刮过飓风，这或许是偶然，也或许是故意。昨晚我睡在宫殿里。当我走进房间时，灯火已熄，寒凉彻骨。哦，我突然想起，这是她离开的第一晚，是失去的一晚。但我之后取来了所有报纸与手稿，过了一会儿，美丽的烛火重又燃起。像我今天对卢泽卡说的那般，她说我的错误在于没有劈一些碎木片，不然我即刻便可以生起火。而后我狡辩道："可没有刀啊。"她无辜地说："我都是用餐刀。"难怪她的餐刀总是脏兮兮的，还有豁口。但我学到了一点，生火确实需要碎木片。宫殿的地板已被她清理一新，看来你没忘记叮嘱她。我明天要去找找哪本书最适合指导植蔬种菜。书里总不至于说菜蔬都是雪里长出来的吧。

此外，有人告诉我，昨天父亲很关切地问起我。鲁德·赫尔曼（信切勿乱放）中午时曾向我们友好道别，因为他要前往碧里茨。在此之前，家里曾上演了一出闹剧。父亲当时将远近之亲朋皆唾骂了一通。他骂一个人是骗子，大家都要啐到他脸上去（呸！），等等。由于此番辱骂对鲁德而言无关痛痒，故而父亲开始数落自己的儿子，说他是骗子。如此父亲便变得伟大起来。从这开始，父亲高举两臂，皮肤涨得通红。鲁德必须出去了，起初他还想再多留一会，但母亲暂留住他，如此才最终得以友好道别。但由于父亲与鲁德二人都是好人，今天他们或许已将此事忘记，这出闹剧不会在下次相见时重演，虽然它也不应当萦绕在他们心上。在我回家后，一切已重归平静，父亲只略问了问钱物剩余几何，那都是他在我身上花费的。然后他得到了平衡，说道："这些食物是十二点做的，必须再热一下。"

我想亲口告诉你，而不是以写信的形式。若你关于工作还有什么要写的，那就写信给父母或伊尔玛或我，这样对大家而言都更为妥帖。

弗兰茨

致奥特拉

最亲爱的奥特拉：

你若不写信或极少写信给我，也请不要自责。不然的话我会感到内疚。相反地，若你不直接向卡尔汇报，而是像这次一样直接写信寄到布拉格来，让我们能略略了解你的工作，那我将非常高兴。你信中所提及的事物，以我现有的农业知识来看，皆属理智范畴。你说你突然想将花园的一段用篱笆围起来，无论是我还是艾莉或者其他任何人都会突然有这种想法。必须有一匹马么？几头母牛或公牛不可以么？我认为，过段时间或可以得到一些已不适于兵役的马匹，例如俄罗斯人猎获的马匹，它们或许能便宜些。你们那里没听说过这件事么？卢泽卡还提了许多建议，下封信再写吧。把头昂起来，就像我们巷弄里的人常说的那样！

你的弗兰茨

致奥特拉

1917年5月15日

亲爱的奥特拉：

我必须马上回复你的信。我曾感到自己被你所离弃，每每想到未来（我总是不断地想象未来）我便对自己说：她将听任我堕落下去。但即使撇开你的信，这种想法也完全是错误的。我与你在上面的房子里度过了一段美好的时光，甚至今日仍在持续。我在那个房子里（由于这段美丽的日子与那时的睡眠

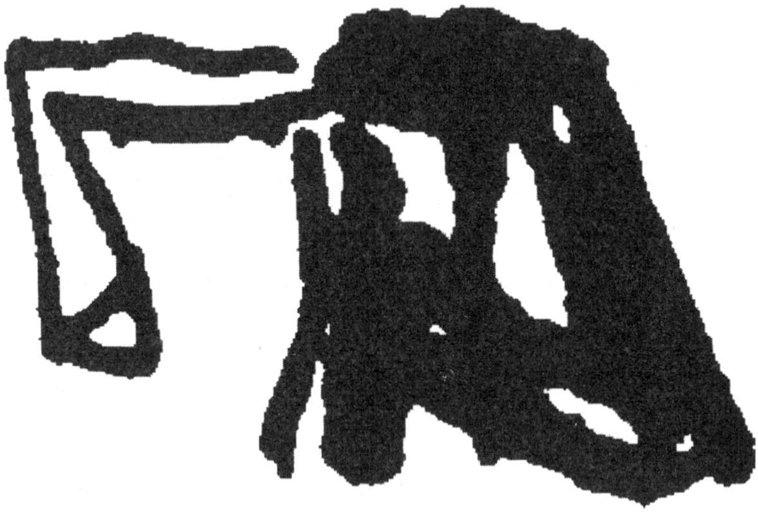

困难）无奈放弃工作，甚至连你也不见了。我自然有许多想抱怨的，但与前些年相比，我的境况已有了无可比拟的改善。若我能将全部总结起来，那我必然会说给你听。周日我可能会来，但自然只是"极有可能"。不要来我这里！菲利克斯与妻子早就急着回去，我或许会与他们同去，但马科斯大概不会与我们一起。

弗兰茨

致奥特拉

1917年6月24日

亲爱的奥特拉：

我会处理此事，但事先想知道你究竟何时需要这两个人，你现在应该已确定具体日期了。此外，情况这么糟糕么？看来这比去年还要严重，而我私以为去年的情形是完全不应当发生的。凯瑟小姐很乐意去你那里，尽管她声称你曾经对她说你不愿再忍受她。周六她去了一趟，并且很高兴你还能记得她。现在她去波西米亚森林度几天假。另外，就像你说的，母亲正遭受斑疹之苦，不过医生说这不打紧。父亲回来了，状态很不错。

祝安好！代我问候凯瑟小姐！

弗兰茨

致奥特拉

1917年7月28日，布拉格

最亲爱的奥特拉：

我早就该给你写信了（寄自布达佩斯的明信片你收到了吧？），最近我所听所睹实多。此次出行感觉尚可，但这自然不是一趟有关修养与沟通的旅程。首先，我在旅行时总能睡得很好很足，这次也不例外，包括在布拉格度过的几天。但现在这又变得几乎不可能了。即将又到秋冬之际，（不过这与你无关，你要去维也纳了）这和去年何其相似！我明天不会回去，但如果你觉得合适，我九月初可以回去待十天。或者我应该去撒茨卡姆古？愈远愈好。不过，这样一来我就会晚点回去，大概9月8日可以从那里离开。最后一次辞职（至少是我听说的最后一次）确实勇气可嘉。你是怎么挺过来的呢？

问候你与伊尔玛！

弗兰茨

致奥特拉

1917年8月29日，布拉格

亲爱的奥特拉：

我有四种选择：湖畔的沃夫冈（一片美丽而陌生的地域，但路途遥远，且饮食很差），拉德索威兹（美丽的森林，食物口味尚可，但太有名了，缺乏陌生感，太过舒适），兰德克隆（全然陌生，据说很美，有很棒的饮食，但根据我上司的忠告，或许会有公务上的不便之处），最后是苏劳（不陌生，不太美，但能与你在一起，还有牛奶可饮）。但我到现在都还没有休假，至于那个在布达佩斯之旅中相处得十分不愉快的主任，我不再同他讲话了。但我申请休假是有充足理由的。大约三周前，我在夜里咳出肺血。当时大约是凌晨四点，我突然惊醒，奇怪地发现自己嘴里有那样多的唾液，吐出来后掌灯一看，怪了，我看到地上一团血渍。接着便是不停地"呕吐"，不知这样的描述是否准确，我觉得这样来形容喉咙流出液体是很恰当的。我当时以为它止不住了。因为我从没开启过它，自然也就不知怎样才能堵住它。我站起来，在屋子里乱转，走到窗前望出去，然后又走回来，血不断地喷涌出来。最终，血止住了，我终于能够入睡，那一次比以往任何时候睡得都香甜。第二天（我在办公室）去找了米尔斯丹医生，说是支气管炎，开了药方。我得喝三瓶药水，一个月后去复诊。若还是咳血,那就马上过去。次日夜晚又咳了血,但血量少了一些。我马上去看医生,当时我已经完全不喜欢这个人了。我先略过那些小细节,不然就太啰唆了。结果出来了,有三种可能:一,医生说是急性感冒,我直接否认了。八月天我感冒?我不可能感冒。最多是这套房子的缘故,这里阴冷发霉,气味诡异。二,肺结核,但医生暂时排除了这个可能性。再看看吧,所有大城市里的人都会感染结核病。他还说肺尖感染症(这个词就好像有人说某个人是小猪仔,其实他想说的是母猪一样)也没什么可怕的,只要去打一针结核霉素就万事大吉。第三种可能性我只向他略提了一下,他立刻就否定了。但它是唯一正确的可能性,况且与第二个可能性很一致。最近,我又陷入过去的那种可怕的胡思乱想中了。此外,去年冬天算是迄今为止在持续了五年的痛苦中的一次巨大停顿。这是我所担负的最重大的斗争,或者说是一个能够更加信任我的信号。这是一次胜利(例如在婚姻中人们会这样说。而F或许只是这场斗争中美好准则的代表)。我的意思是,这次以尚可承受的失血为代价的胜利,在我个人的小小世界史上或可称得上颇具拿破仑色彩的事件。如今看来,我应该会在这场战役中以此种形式宣告败北。但实际上,这一切就好似云消雨霁一般。当夜,我从凌晨四点睡得好些,尽管好不了多少,但首先头痛彻底消失了,我当时对它简直束手无策。而我认为,咳血应当归因于那没完没了的失眠、头痛、高热不下、情绪紧张,这使我虚弱得容易感染结核病。恰巧我当时不必写信给F,因为我的两封长信至今没有得到回音,其中一封用词不那么漂亮,有些段落甚至惹人讨厌。

  以上就是我的精神疾病及肺结核的情况。此外,我昨天又去看医生。这次他较快地听到了肺部杂音(我总是咳嗽),于是他更加肯定地否认是肺结核,并且说我已经过了得这种病的年纪。但我要求确诊(但百分百的确定也是不可能的),所以这周我将去照X光片,并化验痰液。我已经退掉了宫殿的住房,米西洛娃把我们除名了,如今我一无所有。但这样更好,我或许不应再继续待在那阴冷潮湿的小房间中。咳血的事情我只告诉了伊尔玛，为的是让她宽心，因为她十分同情我的遭遇。家里其他人都还不知道。医生说这暂时没有一点点感染的风险。那我还该不该回去？或许明天，也就是这周四回去？住上十天八天？

致奥特拉

1917年9月2日，布拉格

亲爱的奥特拉：

已经搬家了。最后一次关紧宫殿的窗户，锁上门，就像是死亡来临一般。自从那个咳血的清晨后，在我的新生活中第一次出现了头痛症状。你的卧室根本不算是卧室。我对厨房与院子没有意见，虽然早上六点半从那里就传来噪音，但无妨，因为今天是周日。此外，我已听不见猫叫声，四下里唯闻厨房里的钟摆声。但我首先要说说浴室，据我的计算，那里一夜要亮三次灯，还会毫无缘由地放水。通往卧室的门一直开着，因此我能听到父亲咳嗽的声音。可怜的父亲，可怜的母亲，可怜的弗兰茨。每次开灯前一个小时我都会伴着惊惧醒来，而关灯后的两小时我都因为害怕而无法入睡。这便是九个小时的长夜。但我的肺好些了开着窗时我只需盖一条薄被，早先若是窗子半开我还必须得盖两床被子加一床羽绒被。我大概咳嗽得也少了。你一定要回来呀！

弗兰茨

致奥特拉

1917年9月3日，布拉格

亲爱的奥特拉：

今天已经好些了，浴室里一片寂静。不过，这一切在六点时结束了。隔壁掀开眼睛的噪音将我吵醒。（"掀开眼睛"这种说法肯定是敏感的旧式德国

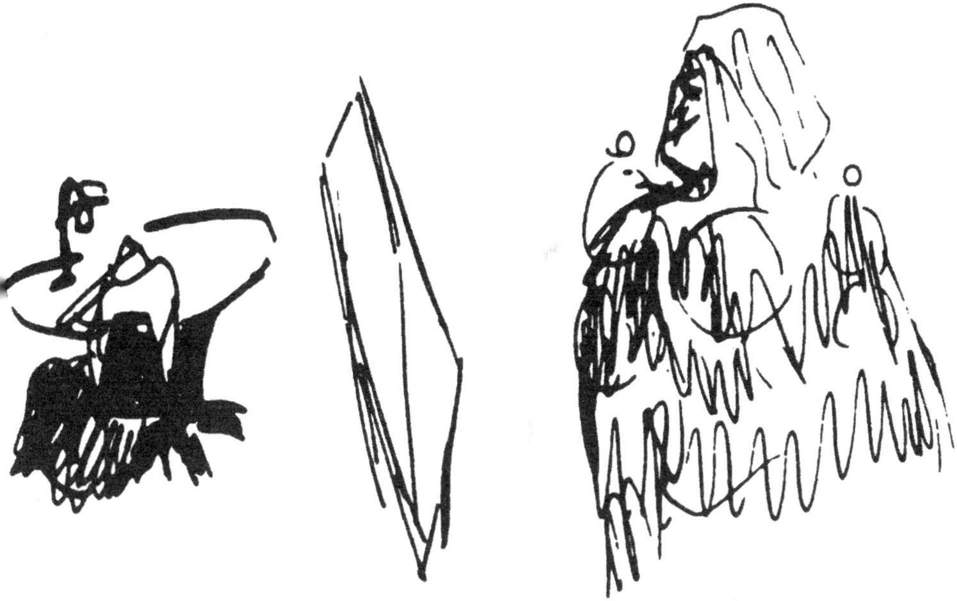

人发明的）丽街上端的那栋房子，我只从外部略略看了下，感觉很不错，位于二楼，正对着费德尔与皮森妇女用品工厂，但今天有人告诉我，部分驶向集市广场的大车会从门前经过，那我就相当于从一个集市广场上搬到另一个集市广场。这多讨厌呀。

但你的房间确实很美。我已经将它装点了一番，并不是用各种物品，而是用我自己。等你回来了，自然还得加上你。你几乎无法直冲进来。你不会感觉遗憾吧？今天我又与医生交谈了一番，然后我会写信告诉你我的归期。估计要等到周末了，到时我会给你发电报。

弗兰茨

致奥特拉

1917年9月4日与5日，布拉格

亲爱的奥特拉：

昨天我又去见了医生，他比以往明确了一些，但还是带着那种特点，这或许是所有医生的通病，就是那种因无知而生的特点。但这种无知又是必然存在的，因为发问者总想知道一切。而他只是在无意义地重复，或者在重要问题上的自相矛盾，又或者既不愿承认这个又不愿承认那个。总之，针锋相对。然而，直到昨天还是没能排除肺的嫌疑，但能确认不是支气管在作祟。谨慎是必要的，但危险完全是不存在的（由于年龄的关系），所以也就没法预见它的走向。医嘱：多吃饭，多呼吸新鲜空气，因为胃部敏感所以停止服药，夜间在肩头上敷药，每月复查一次。若数月后还未能好转，他或许（废话）将会为我注射结核霉素，以此证明自己已"竭尽所能"。去南边（也是我的问题）自然是极好的，但也并无这个必要。同理，去农村也是这个道理。或许我可以递交退休申请，理由已十分充分。后天我会和我的上司（明天他有一个重要会议，想不了别的）谈谈这件事。

此外，我现在经常会想起工匠诗人的诗歌："我本应将他当作正人君子，"或类似的诗句。我的意思是，在这场疾病中无疑存在公正。这是一次公平的打击。此外，若我将它与晚年的平均状况相比，那么完全不会认为这是打击，而会觉得它是一种十分甜蜜的事物。这是公平的。它事关重大，又是那样世俗、那样简单，击打到了我最无谓的缺陷。我相信其中必有其他出路。

明信片还没寄出去，旦夕之间又有了新变化。在马科斯的催促下我去找了教授。他的看法总体而言是相同的，但我无论如何都需要去农村疗养。明天我就去协商退休事宜，或者申请三个月的休假。你会接收我吗？你能这样做吗？这不是件易事啊。

弗兰茨

致奥特拉

1917年9月6日，布拉格

亲爱的奥特拉：

我今天开始谈这件事，这自然会引出一场感伤的喜剧，每逢离别时都会上演。我没有直接催促着要退休（当然这是骗人的，但至少在一定程度上是厚道的），而是开始说自己不愿利用保险公司等等数语。这自然有用，因为人们肯定不会直接批准我退休（即使在其他情况下，可能也不会批准）。不过休假肯定能被许可，尽管我还不知道领导的意见，我下周一会与他谈这件事。教授的鉴定（无须修饰他的话语，因为白纸黑字本身就带着说服力）看起来更像是一张永久有效的护照。我对父亲与母亲陈述的休假理由是神经过敏症。因为从他们的角度来看，总是希望我能多多休假，所以他们对此不会怀疑。

致奥特拉

1917年9月7日,布拉格

亲爱的奥特拉:

照你明信片上所说,你只为我的八天假期做了准备,但现在我至少会在你那里赖上三个月,而且周二或周三就将到达。这不会对你的秋季计划有太大影响吧?我今天去找领导了。我相信,自己终于能够在肺结核的急速蔓延中走出保险公司了。不是退休,而是休假,而且无须递交申请书。我不应该将它看得太重,心情沉重的应该是他们,因为他们失去了一个宝贵的人才,云云。我听着这些话,望着墙上我的作品,世界围着我旋转。是这样的:我每到一个地方,便会在墙上贴一些并不整齐漂亮的东西。这完全不是赤裸裸的关照,因为我是以先进职员的身份去休假的。在这么久的时间里,曾有任何一位先进职员光临过苏劳么?

弗兰茨

致奥特拉

1917年9月8日,布拉格

亲爱的奥特拉:

手头没有别的明信片了。我应该会在周三一早启程。但马科斯开始反对我的苏劳之行,他还想再跟教授谈谈。他的理由大约如下:我应该选择最好的方案一步到位,去瑞士、梅拉诺或者类似的地方。而教授之所以同意我去苏劳完全是因为他觉得我囊中羞涩。而且苏劳没有医生,如果病情突然恶化,我又咳血,那将如何,等等。教授的许可是有前提的,我必须接受他所规定的砷疗法,但我肯定不会照做的。要是我在下雨天散步没有长廊怎么办,等等。对他这些理由的回复,我会当面告诉你。此外,这些考虑对健康而言或许必要,但也实在惹人厌烦，它们将严重破坏我在长假中的心情。

弗兰茨

致奥特拉

1917年9月9日，布拉格

亲爱的奥特拉：

今天我只想写信告诉你一个几乎不可能发生的情况，我（前提当然不会是取消此行）在周三早上估计不能去苏劳了。马科斯强迫我明天，也就是周一与他一道再去找教授，他想向教授陈述自己的反对理由。无论结果如何，我都想去苏劳。此外，我感觉非常好，但暴食令我感到沮丧。我会给史尼策写信，他或许会劝我节食。悲惨的矛盾：先是无意义的进食，而此时内在的疾病正在安营扎寨、肆意纵横。艾莉今天会来，然后我可以听听你对整个事件的看法。我已经收到了F的信，她在信中是那样的坚定、可靠、平静，不再如以往那般耿耿于怀。我回复她的也是这件突如其来的事。

弗兰茨

致奥特拉

1917年12月28日

亲爱的奥特拉：

今天邮差只能带去这封信：

我原本既没有兴趣又不得清闲去写这封信（由于菲利克斯的吵闹与戈尔迪沉默的注视），但主要还是因为时间有限——在这里确实如此——在局促的时间里实在写不出什么确定的东西。在过去的五天里我经历了不同的时间段，我感觉自己犯了一个严重的错误，情绪十分低落。但之后证明这件事从根本上来说是正确的，我无须为此忧虑。个中细节我们以后再谈。

与F在一起的日子很糟糕（除了第一天，当时我们还未涉及主要事件），昨天上午我痛哭失声，流的眼泪超过了儿童时代之后的总和。但我若是对自己行为的正确性有着哪怕一丁点怀疑，那这一切自然就更糟糕了，这几乎是不可能发生的。尽管我的行为有失公允，但我看到她如此宽容地接受了这件事。所以诸如此类的怀疑并未发生，而且这与我行为的正确性并无一点相悖之处。

等她下午走后，我又去找了教授。他出游去了，下周一或周三回来。我之所以还得在这里待这么久，也是出于这个原因。总之，我立刻又去找了米尔斯丹教授。尽管我当时比以往咳嗽得更厉害、喘息得更急促，但他连听诊都没做。他的诊断结果令人既喜且忧（X光片自然能显示出具体病情）。或许对我怀着一种特殊的友好，他出于道德的理由劝我去申请退休。接着他的问题我又说道，我不再做结婚的打算了。他极力称赞了我，我不知道他表扬的是暂时的还是永久的不婚，但我没问。（对于解除婚约这件事，对外我以生病为借口，跟父亲也是这样说的。）

今天，我在办公室进行谈判。我不知道结果会怎样。但我对此并没有任何疑虑。

但是我很是忧心奥斯卡，我现在很难到处带着他，除了你与马科斯之外也难以与别人交谈。当然，目前只是一个过渡阶段，这一点我十分确信。然而我想独自待在乡下。再者，你又会多一个访客。奥斯卡不会讲捷克语，这又是一个难题。此外，我感觉自己像是被出租了一般，或者更确切来说，我感觉自己正处于一个脆弱的过渡期。我事先不应该这样说，但如果你认为接下来将发生一些会明显使我失落或悲伤的事情，那你可就大错特错了。而且我觉得恰恰会出现相反的情形。现在以及未来可能会发生的事情，看起来将会是最好的所在，并且会在我所选择的道路上处在最恰如其分的那个位置上。但这无须你多虑（而且我并不孤独，因为我在这里收到了一封情书。但同时我又是孤独的，因为我无法带着爱意来回复它）。

我始终对奥斯卡有着深深的忧虑。他看起来情况很糟，迫切需要得到我的答复。而且他十分自卑，看起来好似我一旦告诉他动身的日期，他可以在一小时之内到下周五之前随时准备好远行。请来信告知你的想法。还有，我应当给赫尔曼先生、菲戈女士，也就是赫尔曼女士的小女儿带些什么？此外还该给谁带些东西？

总之，今天是我感受这个城市的第一天。但在这些人中间，是不会有好事发生的。尽管如此，还是祝愿他们一切都好。

弗兰茨

致奥特拉

1917年12月30日，布拉格

亲爱的奥特拉：

现在正值周日午后，我在厨房写几句话，有关鲍姆。

并不是想阻止他出游。但若不受些委屈，他也不可能成行。我做出的小小牺牲，实际上完全不只是牺牲，若我两下相比较，那它与我最近所得到的善意相比，十分微不足道。但我想说的并不是为了阻止他旅行，而是怀着友爱向你分享一件不愉快的事。

昨晚又传来一阵巨大的噪声，尽管历时很短。又是老一套：（从练习滑雪的玛尔塔，拉小提琴的特露德，一直过渡到拖着两条伤腿卧病在床数周的叔叔）苏劳；发疯的女儿离开了那对可怜的父母；现在那里能找到什么工作？只有在富足的情况下，人们才会轻松地决定在乡村生活；虽然会忍饥挨饿，但她也应该领教什么叫真正的烦恼；等等。为了不忘记，我准备告诉你，他们说了一些你的好话（但对我则全是嫉妒），说你像个铁铸的姑娘，诸如此类。这些话自然都是间接针对我才说的，间或是一些赤裸裸的指责，例如说我支持了这个不正常的人，或者我对此负有责任，等等。（但对此我并没有暴躁地或者至少显得很吃惊地去回应。其实不正常并不是最坏的状况；正常也不一定就是好事，例如世界大战）。今早母亲来看我（她似乎带着某种忧虑，但从她的举止来看，这种忧虑与我无关。若照那位小姐所说，母亲这两周都吃得很少，但她看起来状态不算差），她问我，在外还有什么工作，你为什么不回来（岳父罗伯特一家已去了布拉格，将在那里待三个月），如果你不来，为什么你还需要雇两个女工，这样是否会花费过多，等等。我尽量委婉地回答了她的问题。

我与母亲这番对话，令我越发耳清目明起来，让我意识到你或我在面对这样的担忧与责备时几乎总是有理的。在我们"离弃"父母的问题上，在我们"发疯"的问题上，我们都是有理的。因为我们既没有离弃他们，又没有变得疯癫或不可理喻，而是为着足够正当的目的做事。这一切都是必要的，没有人能找出任何不当之处（无须旁人为我们开脱）。只有父亲有正当的立场去指责我们，这主要是觉得我们将事情（是指他的职务还是责任？这不重要）看得太简单。他认为，除了忍饥挨饿、囊中羞涩或者再算上疾病缠身，其他都谈不上试炼。在他看来，我们还未曾经受过那最初级亦最强烈的考验，由此便派生出他的一项权利，即，禁止我们的自由言论。这其中有真实的部分，因其真实，故而亦是美好的部分。只要我们一日不脱离他给予我们的衣食住行方面的支持，那么我们在他面前便一直会感到束手束脚，即便我们能够不表现出来，但心中也会时时感觉自己从属于他。如此说来，他已经不仅仅是一个父亲了，他更是一个不怎么可爱的父亲。

再说说奥斯卡来拜访这件事。

我们邀请奥斯卡来到一个陌生的农场，连我在这里亦不过是一个被人忍受的客人而已。自然父亲决不会同意此事。现在我表面上并不从属于他，仍住在外面，还带着奥斯卡，自食其力，甚至还能出于友好而为奥斯卡尽绵薄之力，但我依然处于父亲的威胁之下。他不理解"农村生活""农村的冬日劳作"等等，总是心有成见，例如，我只能在一月初要到来的卡尔面前十分尴尬

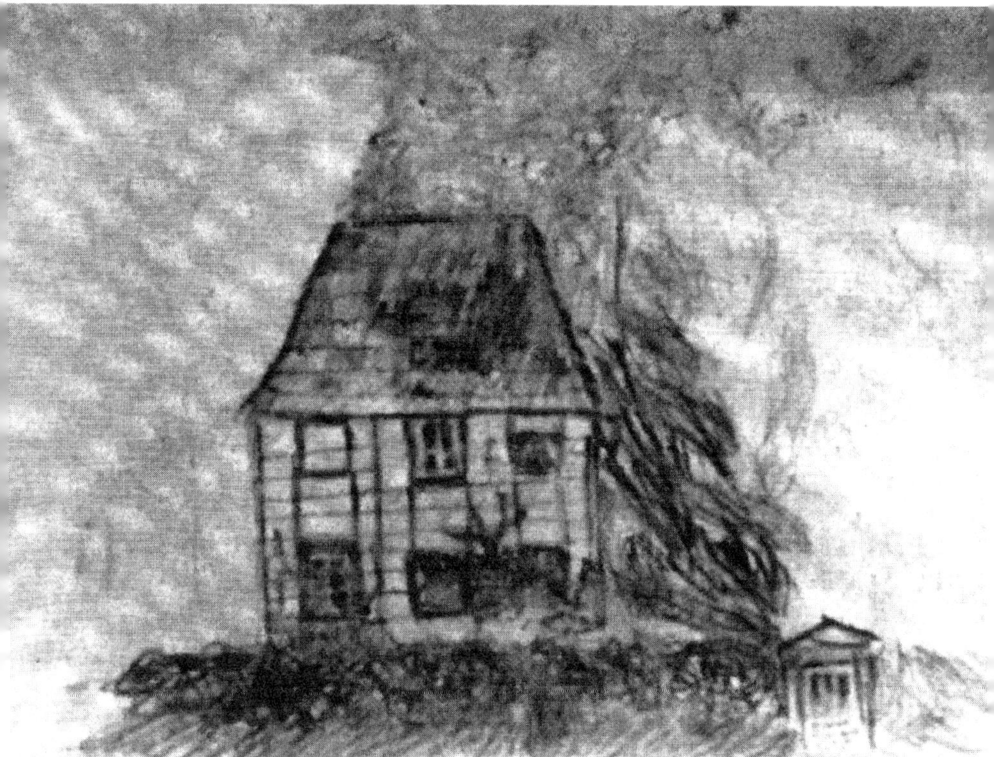

地带着奥斯卡生活。

我必须要克服这一点，因为我暂时还克服不了更大的问题。这也是我想要对你说的。

由于公司的事，我还得再这里再待几天，因为我这周二才首次有机会与领导面谈。

我很乐意看到你对这封信的回复。但愿在布拉格还能收到你的来信。

问候小姐、托尼、赫尔曼。

弗兰茨

致奥特拉

1918年1月2日，布拉格

亲爱的奥特拉：

听到这些我真是太高兴了，这很好。我不知道什么时候能回去，领导总在制造困难，今天我还得去教授那里，也许我是太健康了，所以才必须承受离职的严峻考验。如果事情没有转圜余地，那就这样做吧。关于奥斯卡我想我必须得给你打一封电报，但不知你是否能神不知鬼不觉地在布拉格待上一晚？我尽量避免这样做。我的第二封信打破了对浴室里那个幸福母亲的幻想。我有时会想起那件衣服。因为它已经被缝补好了，所以在它下一次被缝补之前，必然还会被扯破。我如果要离职，那么我必须比以往更加留神这件衣服。此外，迄今为止，我在布拉格度过的时光都不算坏，而且它给人希望。

弗兰茨

问候托尼与赫尔曼先生

致奥特拉

1918年3月4日，布拉格

……实际上我们一起生活，或者说我与你一起生活，要比与其他人一起强得多。我甚至连注视旁人片刻的时间都没有，尤其是那些不知何为真正的活着的人，他们将耻辱视作生命中无处可逃且必须承担的事物。对他们而言大概没有帮助可言，只剩下消磨，就如对牙刷套、镜子，还有美好意愿的消磨。而我们之间存在着美好的意愿，甚至我对你而言是至善至美的。

弗兰茨

致奥特拉

1918年5月5日，布拉格

亲爱的奥特拉：

原本没有什么可写的，因为我还没能完全适应（在你房间里感觉很好，但还没能适应这个城市）。呼吸有点困难，但应该是由于我步伐太急了些（现在慢慢好转了）。睡眠情况很糟糕，起初几天我几乎就没有真正清醒过，不过这只是一个过渡阶段。除此之外，我只想说，直至今日我从根本上也没有对迁居这件事感到后悔。但我想要再见到你，扯扯你的耳朵。我也曾试着扯过艾莉的耳朵，但感觉完全不对劲。

弗兰茨

致奥特拉

1918年8月末，布拉格

亲爱的奥特拉：

请速速将我的迁出证明寄给我，我可能要去度假，所以用得到它。此外，不久前我去见过教授，他认为我的肺很正常。你要的小册子我还没有找到,现在只有关于园艺方面的。但我会找到的。你已经找到了一些吗?

致以诚挚的问候!

弗兰茨

致奥特拉

1918年9月8日,布拉格

亲爱的奥特拉:

谢谢你寄来的迁出证明,我本来想给你发封电报以示鼓励。我当然知道你现在焦虑不堪,但若离开苏劳就必然会承受这个。不过,上学的事情你不必操心,因为选择的余地很大,而且选择哪一所或许也没那么重要,其实只要想学习,天下无处不能学。若临时有需要亦可求助于书籍,书中自有一切重要的学问。我写了几封信,打听了一下,目前暂时掌握了以下情况:现有关于艾斯葛罗卜与克洛斯特纽堡这两所园艺学校的材料(后一所更为理想,因为人们在那里能在较短时间内学到非常多的知识,而且可以以旁听生的身份上课,这是此类学校惯有的一个优势。尽管人们得不到任何形式的结业证书,但这并不重要,其中课程证明与所参加的考试对你而言已足够了)。除此之外,我还有一摞捷克家政学校的宣传册,这些学校大多都与农业学校有合作,但只有实地考察才能找出其中最适合的,最好你能亲自去走一走、看一看。真正的农业学校里,我只给布德威斯、立波维达、弗里兰德这三所写了信。由于食物短缺、燃料匮乏,布德威斯的家政学校(尽管我写的是农业学校,但由于事关一个女孩子,所以在布德威斯我只收到了家政学校的回复)今冬不招生。这样的情况不能不考虑,所以去实地看看是十分必要的。立波维达与弗里兰德都没有给我回复。通过一个熟人,我向一个有名的专家打听了一下立波维达的学校概况。我得知这所学校虽然不错,但入学的前提是受过中学教育,目前那里实际上只有一名女生就读(但或许也可以旁听)。此外,专家更推荐弗里兰德的学校,那是两年制的学业，但一年就可以修完所有课程，这对你而言也不失为一项选择吧。再者你在那里能够得到一些关照，不仅仅能受那个专家的、而且也能受到我的领导认识的那位总监查员的提携。如果你决定不去维也纳，且不论那里无甚农业，这本来就是一个很好的决定，尤其是因为你得在那里处理全新的关系。我认为，如果你能去弗里兰德（在我的记忆里，那是一个极度美丽而又带着忧伤的城市，我曾在那里待过两周），与那里的人交谈一番，就再好不过了。在此期间他们或许会给我回信。切勿与父亲提起学习的全部花费，我愿意资助你，钱对我而言愈来愈没有意义，所以我想将它投资在你身上，算是经营你未来的第一份押金。

我大概会在家待到周日，然后很有可能会启程去图诺。如果在实地考察时需要我的帮忙，我乐意奉陪。你越早离开苏劳（因为你已经如此决定了），带着全部荣光，那么在新学期开始之前你就越能有更多时间四处看看。

若你要搬家，千万别忘记我的报纸。或者去邮局将之寄回。

祝你生活喜乐，衷心祝福全家人！

弗兰茨

致奥特拉

1918年10月上半月，布拉格

亲爱的奥特拉：

很遗憾我没能与你见面。请你今天去拜访K小姐。K先生今天给我看了一封信，他或许要将这封信寄给她，在这封信中他接受了K小姐的辞呈。

尽管他好似只是以沉默无言的方式求你今天去找她。从他的叙述来看，他反应有些过度了，但大体上还是有道理的。一般而言，那些心有惴惴又情绪亢奋的人们总觉得自己有道理。而K小姐则过于惧怕那种专制，她认为专制无处不在，且觉得他之所以专制，唯一的理由便是想要凌驾于她之上。如果你想的话,最好能去看看她。

但我不认为这会有什么实际的特殊效果。昨天听了他叙述的已经发生过的很多事情。但去拜访一下最起码还意味着我们尝试在他与她之间制造出有爱的事物。

弗兰茨

致奥特拉

1918年11月11日,布拉格

亲爱的奥特拉:

我现在情况很不错。每天上午我都能离开床铺,但还没有外出。或许今天,或许明天,我会外出走走。

我知道,你的处境实属不易。饥饿、没有独立房间、想回布拉格、有那么多东西要学习,这是一次极大的试炼,若能经受得住自然是很伟大的。苏劳的环境对你与你的目标而言更加适宜。目前,你在最初这几天还无法总体把握这一切。但很快你就会意识到,自己能否获得别人的赞扬。若学业进展或健康状况都不佳,你当然可以即刻打道回府。但这便是素食主义的一次败北。因为"农业老手"在客居他乡时必然能够将自己照顾周全。此外,只要包裹寄到了,你便能得救。我很乐意定期为你寄去面粉,这是必需品。

弗里兰德的掠夺风气令人反感,而《布拉格日报》里的相关报道尤其让人读之生厌。由于弗里兰德一直以来都很太平,还从未发生过这样的恶事,因此在导言中这场骚乱被形容为"可怕"之事。糟糕的是你的糖与其他的食物都一道被人掠去了,这使你一整天无法专注于学习。父亲母亲现在已经平静下来了。

总之,亲爱的奥特拉,要么学习要么回家,要么健康要么回家。若你坚持下去,我会感觉惊讶。若你决定归来,我会予你抚慰。

还有一件事：不要在课本里夹太多的信件。因为如果你坐得很高，那么这些信件有可能会掉在地上，别人捡走以后便会在全班传阅。

祝你生活喜乐！

弗兰茨

致奥特拉

1918年12月11日，舍莱辛

亲爱的奥特拉：

这真是太糟糕了。如果一张小小的明信片就会干扰到你的学习，那其他的信件又怎样呢？再者，这张明信片主要是针对那位神经质的教授。关于那晚的事，你可能也听别人说了。我感觉那一晚格外轻松自在，没有人会觉得身负重担。今晚，也就是周三，依照母亲在信里所说的，将会有一场大聚会。圣诞时我会回家。尽管呼吸有些困难、心跳有些过速，但我的状态很好。很高兴能收到F小姐的问候。自从看过你的描述后——加之当时我有些发烧——我想象中的她是很好的人。此外，或许可以请她在你的下一张明信片上不偏不颇地写上几句话来描述一下你如今进步的情况，这样就再好不过了。还有，"寻找食物"意味几何？遗憾的是，我桌子上倒能找到一些食品。除此之外我还画下了这个，这可能消耗掉你一个小时的学习时间。

弗兰茨

致奥特拉

1919年2月5日，黎波希

亲爱的奥特拉：

只不过是一个夜晚而已，夜晚总会再次到来，但我怕的是入梦之后依然不能与你相见。

sogar den Arbeitsminister, bewegen er
durch 4 Fenster und 1 (Straßenwarte von
... getrennt ist,   Alle mir manchmal
                                 zu fremde
□ □ □ □   □ □ □
□ 🗎 □ □ □   □ 🗎 □

□ 🗎 □ □ □ □ □ □

und wenn er auch ein Jude ist, bescheiden
grüßt und gewiß keine bösen Absichten hat,
ist er für mich durchaus der „Fremde"

我接下来会回复你的信件。今天主要解答你所询问的会话练习,因为事出紧急。

先暂时说说我在这片刻所想到的吧:

首先我觉得,如果一个人认为"从自己的脑袋里不可能产生任何有意义的想法",那么这在准备会话练习的过程中无疑是最最糟糕的状态。这种想法完全是错误的,因为你压根没有做过类似的练习,所以才会在原地踌躇。你要勇敢地从自己的阴影里跳出来,每一个独立的思想都是相似的,你将昂首挺胸地跨出阴影,尽管要实现它极其困难。

我认为,有两类演讲题目比较适合你,即极度个人化的话题或极具普遍性的话题。其中,第一类话题中自然包含普遍性,而第二类中亦包含个人性。我如此划分话题的种类,或许能使你大致有个初步的概念,而后你便能够自主地从中择取最适合你的题目。

若选择极度个人化的题目,那么这是值得褒扬的。因为它的题材最是丰富,又最是冒险。它不是最困难的,因为它不从学业中习得,而是需要深刻的思索。但同时它又是最困难的,因为它要求演讲者具有近乎非凡的柔软、谦恭与冷静客观(很可能还有其他要求,但我一时间想不起来)。

此类题目,譬如"男孩堆中的女孩",它就涉及了弗里兰德的学校。你可以描述自己的切身体验,或者你从前听F说起过的经历,由此衍生开来,对自己进行辩护或批判,明辨善恶,找出论据去支撑你的第一个观点,并驳回第二个观点,等等。在当前的时代意义上,这次演讲将是大学普遍接收女生的第一个学年里第一个女生所做的报告。其意义更在于,在未来极有可能将持续地为女性争取放宽接受大学教育的机会。在做报告的问题上,福斯特可以予你帮助。

第二个题目更棘手一些,譬如"学生与老师"这个题目就只是关于你的学校。你可以介绍自己作为一名女学生的经历,描述师生之间类似赎罪的关系。你可以列举你自己,或者你观察到的其他学生对课堂的正面评价,优秀的教学方法，有哪些颇具效果，又有哪些不尽如人意，并对此作一介绍；还可以描述学生自己在面对那些或无可指摘或差强人意的教学方法时均有着怎样的表现。记住，在演讲中尽量多列举事实，尽可能地保持真实，尽量不要有任何自以为是之处。

第三个题目并不困难，但更偏个人化："我在农场经营方面的学前实践经验"，也就是指在苏劳的经历。你可以说明：为什么你一定要搬离城市，在你接手时农场经营状况如何，你曾犯过哪些错误，学校对你而言缺乏哪些知识，又能为你提供哪些知识，你对农民的哪些方面感到惊讶，又对哪些方面不感到惊讶，你怎样描述那些惊奇之处，你在与下属打交道时积累了哪些经验，何时令你感觉应对自如，何时又令你感觉为难，在你离开时农场的经营状况如何。

然后是一些既不太个人化又不太泛泛的中性题目。个人认为这些题目最不可取，演讲的内容很容易就会流于泛泛，但相反的，演讲者可以为自己辩护。例如你建议的关于福斯特的题目以及关于犹太教的题目，就属于此类，虽然有无尽的题目可供遴选，但却带着极少的普遍性，我想你最好着力避免这种题目。（"令妹的婚姻大事始终萦绕我心。"马科斯今天在来信中如此说。）此外还有一个绝妙的题目："非独立农民毕业生的未来"，因为你可以在其中加入职业介绍、广告活动、考试制度、住宅合作社等等内容。而且在准备报告时可以去征求老师的意见，有的放矢地向他借阅相关书籍，所以你相当于拥有一次很好的机会，去与老师或与校长（你对他的评价似乎很正面）针对你自己与你的前途问题，明确且实际地交流一番。

最后是极具普遍性的题目，这也许只能做一场关于书籍的报告。对此我首先要推荐达马士可所著的《土地改革》，在你们学校肯定能找到这本书。

然而，准备这样的报告必然需要花费很多时间。尽量将报告的时间推迟一些，并且记得再写信告知我你的进度。

祝一切顺利！

弗兰茨

致奥特拉

1919年2月20日，黎波希

亲爱的奥特拉：

　　首先，从上一封信的信封上我可以看出，你的簿记编号又步上正轨了。上上封信，也就是十七日，你显然搞混了账户。这种错误本不应该出现。

　　总体来说，你所描述的演讲框架与我所设想的相差不大，我似乎能感觉到作报告的人就在现场一样。我认为你的选题非常好，现在也需要用心去准备。在你的信中，付诸实施的决心似乎在水中沉浮，你感到十分没有把握，每一秒都可能会溺水而亡。若你最终付诸行动，那么我为你骄傲。而且你只要着手去做，就一定会成功。你固然有许多事情需要去做，但其中很大一部分你在平时散步时就可以完成。你不应该在学校的对话练习中找寻演讲的范例，而应多看看协会中所作的演讲，因为它看起来像是一个真正出色的组织。不过它还没出色到能够介绍职位。（另，信中有如此多的"但是"，这实在很有趣。这明显就是你惯用铅笔写作时的翻版嘛，这是我早先在你写的信中所发现的用法。这种用法时常重复地出现在你很多封信中，格外显眼。尽管这都是很地道的德语，但由于它的不断重复，你的行文有些异样，听起来有些矫揉造作。如此也无法准确地表达你真正想说的，尽管它其中确实包含着良好而坚定且难以察觉的理由。实际上，我在你上上封信中才第一次发现这种用法，这明显是从捷克语里直译过来的，但翻译得很对。——不像是之前有一次，父亲向D先生说起某某人，说这人讲"na přátelské noze stojí"，但德语并不接受这样的说法，至少作为半个德国人的我是这样评价的。）

　　报纸上的广告无疑是不美好的，它完全摧毁了我的世界观。如今，若谁凭学识得到了助理职位,都是值得人尊重的。也就是说,这种人对于世界而言不可或缺,但他们却找不到工作。在我们公司里也是这样。据我所知,有两个职员曾做过助理(罗密欧,还有另一名极其出色的男子)。此二人都为能成为公务员而感到高兴,但他们还是会抱怨在称呼上的转变。相反的,助手始终被家人、朋友认为是个嘻嘻哈哈的人,且他直至今日都还是个助理。最后还有一点:要去读《土地改革》这本书。(你们那里有达马士可的这本书吗?)

刚才我在阳台上听到一段农民的对话,父亲对此也会感兴趣的。一位农民在坑里刨萝卜。一个熟人从路边走过,他显然不是饶舌之人。农民向他打招呼,而熟人希望能不受干扰地从那里走过,于是和善地回了句:"嗯哼。"但农民从后面叫住他,告诉熟人自己那里有很棒的酸菜。熟人没明白农民的意思,于是转过来,愠怒地问:"嗯哼?"农民又把话重复了一遍。熟人这下才明白,他又说"嗯哼",脸上挂着勉强的笑容。除此之外他什么都没说,"嗯哼"一声算是打了招呼,然后就走开了。在阳台上总能听到许多有趣的事。

你找工作准备得怎样?你之前为何非要和母亲商量?对此我不太理解。你间或会因为一些原因前往布拉格与母亲谈论此事,这我能理解。此外,即使父亲心情不错,这也不是一个重要原因,因为这极有可能只是谣传。我至少还要在这里待三周。只要我的假期还没有过完,我就不会回布拉格。你在布拉格至少要去拜访一遍那些为学校的事情而找过的人。克莱先生或许能为你引见祖里格先生,还有总监察官先生(在施密冲茨卡巷弄,30号),以及你在农业管理处的朋友们。

那本书十分吸引人,但不要寄给我。提前八天到十天寄来我也收不到,三周以后我大概会去布拉格,再说我在这里的时间极其有限。此外,我对那些书没什么期待,还不如在学校里学到的东西多。在多数情况下,人能在困境中收获甚多,但前提是他尚有余力,能够在必要的时候进行抗争。如果你何时有空,不妨把那本书放在布拉格。这本书比《犁》精彩吗?那些书被优秀的学生阅读过以后，是不是也变得优秀了？

　　我很惊讶，你居然那么久了都没有忘记马科斯的话。他的意见并不离奇，甚至十分中肯，你自己也曾无数次这样表达过自己的意见。你知道自己做事喜欢出乎人意料，你也知道，要做好一件出乎意料的事所面临的困难也是出乎意料的大。但你千万不要忘记任何艰难举动背后的责任，你要清楚地知道，自己是怎样自信地踏出行列，就像是大卫毅然离开军队一般。你要明确地相信，自己有能力善始善终地做任何事。然后，你做的事——就用一则拙劣的笑话结尾吧——将比嫁给十个犹太人还要伟大。

弗兰茨

致奥特拉

1919年2月24日，黎波希

奥特拉：

　　我完全不反对你这次旅行，相反的，我很赞赏这种能够随时整装待发开始旅行的状态。只不过我不喜欢你对此申述的理由，因为那根本不算理由。你现在没有工作，那么针对工作又该与母亲谈论些什么呢？除非你想对母亲说，你根本不想找工作。但实际上你是想要找工作的。或者你其实不想？而且你所说的父亲的脾气，对我而言也是个奇怪的理由，尤其因为这是那位小姐观察得出的结果。父亲对那位小姐当着面一直很友好，背着她则会时不时大发雷霆，不管她把门关上还是开着。至于你认为生命很短暂，这与其说是支持此次出行，不如说是在反对它。这就是你所列举的理由。但如果你说，旅行使你快乐，你能见到所有人或某个人，尤其是你向我保证，无论是成行前的喜悦、旅行中的疲累，还是之后的悲伤都丝毫不会影响你对演讲的准备。那么我则完全不会反对这次出行。

　　你似乎对校长本人观察得很透彻。不过参考你的结论，你大概也不需要对那次面谈期待太多。与这类人打交道时，与其进行正式地交谈，还不如旁敲侧击地透露你所要谈的正事。但不要一次说太多，而是要出乎他意料地分二十五次逐步递进。成功的主要前提在于，他是否有能力提供帮助，以及他愿不愿意帮你。

现在这里气候炎热，景色秀丽。傍晚时我会在游廊上坐一会儿，什么也不盖。中午我会开着窗，沐浴着阳光用餐。米塔与鲁夫是两条狗，它们经常等在窗下，我一露面，它们就向上望着，期待着我的残羹剩饭，就像是老城里的人们等待耶稣降临一般。

最近我又间接地梦到过你。梦里我推着一个婴儿车四处转，里面有个肥嘟嘟的小婴儿，肌肤粉白（是公司 位职员的孩子）。我问他叫什么，他回道：赫拉瓦塔（是另一位职员的姓氏）。我又问："那你叫什么名字？""奥特拉。""哦！"我惊讶地说，"这跟我妹妹一样呀！她也叫奥特拉，也姓赫拉瓦塔。"但我当时自然没有丝毫恶意，而是充满骄傲。

关于马科斯，我所想的不是他哪一句话，而是他的所有意见以及其中共同的原因。他认为（他其实抱怨的是犹太民族的损失——你失去了犹太民族——并抱怨未来。但我对此亦不确定，暂且搁置不论），你做了一些不同寻常的事，一些困难到不同寻常的事。这在一方面，在你内心世界里，自然让你感觉很轻松，故而在另一方面你会忽视掉另一些不同寻常的事物。但我不这样认为，也没有理由去抱怨这个。

替我向在布拉格的所有人问好，并替我向那些因我不常写信甚至不写信的行为而不满的每一个人，都致以恰如其分的歉意。

你的弗兰茨

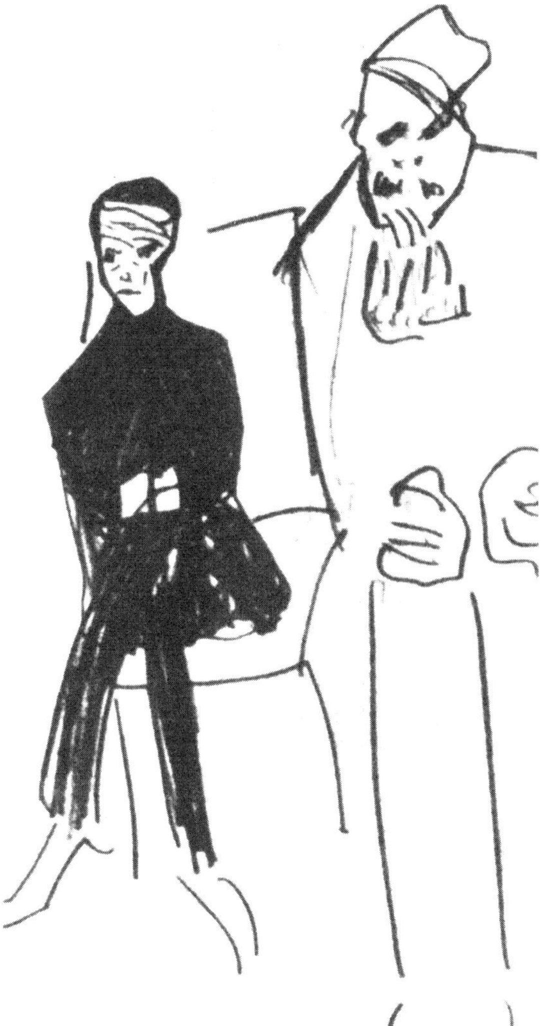

致奥特拉

1919年2月27日

亲爱的奥特拉：

周日下午两点到三点，奥尔加·史迪德尔小姐将会在她布拉格的寓所中等你。你越准时越好，越准时越合适。她有两个工作机会要介绍给你，当然没有十足把握。其中一个是去她姨妈家，她的姨夫刚刚过世，除了其他巨大的家业外还有一个巨大的农场。为了使史迪德尔小姐的推荐信更具说服力，我建议她亲自与你交谈一番。你要事无巨细地对她说明你的能力与愿望。当然，现在还不能排除史迪德尔小姐周日时无法抵达布拉格的可能性。若是这样，你这条捷径就无甚意义了。即使没能与你交谈，史迪德尔小姐将直接为你写推荐信。下周一你肯定已不在布拉格，不然的话你周一还可以去向史迪德尔小姐打听消息。但周日你务必要去。

祝全家安好，并祝你马到成功。

弗兰茨

致奥特拉

1919年3月中旬，舍莱辛

最亲爱的奥特拉：

我们并非在唱对台戏，而是在同一出戏里并肩而坐。但由于我们彼此如此接近，导致我们时常无法明辨对方意欲几何，究竟是想推撞，还是想爱抚。但其实这两者亦可相互转换。所以，例如"夸夸其谈"并非针对你，而是以你的名义针对那些"不确定且不可见的事物"而发。你从自己的信中可以看到，确实存在一个答案，尽管它从本质上而言并不"确定"。无论如何，它就是如此。

我觉得你有点不安，但也没有那么不安。你在考试期间往来穿梭，无法集中精神去学习,甚至宁愿错过一趟火车。我对此有所迷信,一般只有在你极度想要赶上火车时才会错过它。所以我想问问你。疑问有二:在第一种情况下,如果你现在在考试期间需要面对过于严重的外部困难,那么我希望能将这些问题统一用一种无碍的方式表达出来。外部的困难会使人的内心受损,但人不应该放任它们存在,而是应当彻底摧毁它们。譬如,若父亲认为没有经济基础的婚姻是失败的,那么他必然将缺少经济基础视作一种严重的、内在的、根本的损害。但我们对此持不同看法,至少现在是这样的。

以上是第一个问题。在另一种情况下,如果不符合上述假设——你我都不知道它究竟符不符合——通过这个问题我想说明,你在这个方面没有权利感到不安与不耐。因为你自己就是那个"不可见的事物",但它会慢慢瓜熟蒂落的。从我的凡夫俗目中望去,你将自己的命运专横地攥在手里,你的手如此年轻、健康、有力,美好得简直只能存在于想象中。

你说得对,"夸夸其谈"并非好事,但幸运的是没有任何人真的想如此行事。大体上,"夸夸其谈"的意思是,在已成定局时说一些于事无补的话。我记得拉斯柯尔尼科夫曾抱怨过预审法官的"夸夸其谈"。你知道的,这个预审法官几乎已经爱上他了,每天和颜悦色地与他东拉西扯,持续数周之久。预审法官在一次玩笑中认定拉斯柯尔尼科夫有罪。他之所以会控告他,是因为他"几乎"爱上了他,不然法官很有可能只会质询质询他。拉斯柯尔尼科夫认为一切都完了,但其实全然不是那么回事。相反的,这一切才刚刚开始。只是调查问题,法官与拉斯柯尔尼科夫之间共同的调查问题,这个拉氏问题,使双方之间出现了一缕自由与宣泄的曙光。顺便提一句,我这里已经曲解了小说原意。但在考试结束后我们可以针对这一切更好地交流一番。现在,请拿出一张明信片,针对你现在的学习与思想写几行字回答我的问题即可(写给我)。

弗兰茨

致奥特拉

1919年11月初，黎波希

亲爱的奥特拉：

如往常一样，我将决定权转交给你，由你来决定奥斯卡应不应该来。我有小小的顾虑，但这几乎都只与我自己有关，所以也不是那样高尚无私。此外，如果期待着这三天假期对奥斯卡而言能起到什么作用，那未免也太空洞了，因为我之后可以将所有益处与他分享。无论如何，我现在告诉你我的顾虑：我们必须住在同一个房间，他将在我们的房间里办公，我必然时常会打扰到他，我不能在夜里十一点时还半睡半醒地躺在床上，我到时必须比平时更勤快地散步，我写给父亲的信才刚开了个头，如此一来也无法完成。直至最终，他将给我一个可怕的"回复"，马科斯已经事先向我透露过几分这个"回复"的内容。但这一切顾虑或许全无必要，现实可能会简单得多：我们或许可以一人住一间房，其他人会去陪他散步，他也许会喜欢躺在床上，给父亲的信可以写完。当然很有可能的是，即使奥斯卡没有来，给父亲的信也始终写不完。但奥斯卡无论如何也要给我回复。

你有足够的动机，请务必做出决定吧。但如果你能去看看奥斯卡，去问候他，并邀请他前来，那么我将感到高兴。我的状态不错，因为对自己没有什么要求，所以没有什么压力。马科斯当然还在这里。

不要写信给我。

向所有人，从父亲到恰拉，致以祝福。

弗兰茨

致奥特拉

约1919年11月10日，舍莱辛

亲爱的奥特拉：

由于我忧心奥斯卡的旅行，我竟忘记了那不言而喻的事实，即，无论你如何决定奥斯卡之事，你反正都会过来，来评判我那封（几乎已在脑海中成型的）信。诚然，现在说这个为时已晚，因为你早先就打算好周六过来。现在，我最早下周一能将此信寄出去。不过也无伤大雅，因为信寄到的时候我已在布拉格了。

史迪德尔小姐为人一向和气，我还没有同她说起信的事。她很受特雷萨小姐的欺负，但她总默默承受着，旁人亦看不出端倪。客栈里有很多新鲜事。

这里还有两位年轻男子与一个小姑娘。小姑娘名叫艾斯纳，是特普利采人。我很不喜欢她。她有着一个不幸少女的一切歇斯底里。但她其实很出色，显然这样的小女孩都很出色。很高兴你也是个小女孩。

别忘了新婚礼物，最多可以花费两百克朗①。记得附上一些祝福的话。

祝全家安！

弗兰茨

致奥特拉

1919年11月13日，舍莱辛

希望你看不到这封信，因为你已经或独自或与奥斯卡一道踏上旅程了。也就是说，若你周六出发，那么你还能收到这封信。周日晚上我们将会一起前往布拉格。

我之所以对你不给我写信的行为颇有微词，是因为我总止不住地假想你的事情发生了一些极重要的改变（一切都很重要），我想为你分担一些。

---

① 克朗，瑞典、挪威、冰岛、丹麦等国家的本位货币。下文同。

90/120

每当我独处时，一切都还能够承受。但与其他人相处时，我总会感到分外悲伤。不过你会亲眼见证这些的。快过来吧。

父亲朗读信件的场景一定很壮观，我从儿时起就从没见过这番场景。

你只字未提W小姐。

祝全家安。万分感谢母亲寄来的有爱的卡片。

弗兰茨

致奥特拉

1920年4月6日，梅拉诺

亲爱的奥特拉：

找房子找得身心俱疲。这里有那样多的房子，但主要问题是：大的酒店式膳宿公寓（比如我现在住的这个，素食做得很棒。不过一时间也想不起许多，总之不错），或者小型的私人膳宿公寓。但前一个的缺点是价格较贵（然而我不知道具体会花费多少，我不在这里吃饭），或许这里的床铺条件不如小公寓。小公寓里的个人护理会好一些，而且一个素食主义者在那里能比在大旅馆里得到更好的照顾。但大旅馆亦有大优点，例如较大的活动空间，独立房间，有餐厅有前厅，即使有熟人在那里也无碍，不会让人感到抑郁沮丧。相反的，小公寓像是个家族群墓，不对，更像是乱坟岗。如果小公寓的房子还保存完好（其实不然，我已经看到，每个到这里坐下的人，都不禁会为这物非人是的场景大哭），空间是那样狭小，以至于每个客人都得挨着肩膀坐着，时不时面面相觑，这与史迪德尔那里别无二致。只不过梅拉诺要比舍莱辛更加自由、宽阔、多彩、出色，空气更加纯净，日光更加热烈。这就是我所面临的问题。你觉得奥托堡怎么样？这是我今天下午（在梅拉诺的第三个下午，也是第一个未下雨的午后）唯一有用的成果：十五里拉[①]，私人膳宿公寓通常都是这个价

[①] 里拉，意大利的旧本位货币。

格。房子很干净,店主是一个胖胖的、脸颊绯红的女人,成天乐呵呵的。她是陶思西书商的妻子,而且一下就听出我德语里的布拉格口音,并且对我秉持的素食主义很感兴趣,但又确实知之甚少。房间很不错,可以在阳台上一丝不挂。然后她引我去公共餐厅,那是一件漂亮但低矮的餐厅,座位拥挤,用过的餐巾在座位上摆了一圈,白雪公主肯定不会有兴趣来这里玩耍。怎样?在看到你的回复之前自己已经做了决定。我发誓,我明天上午会过去。

此行很简单,那个南美人原来来自米兰,但他亲切友好、体贴周到、美丽优雅,是一个举止十分得体的人。我做不出更好的选择了。由于环境如此恶劣拥挤,所以我的选择有可能是冷酷的,有时甚至可以说十分糟糕。我没有用到法郎①。很明显,若旅人习惯了一种货币系统,就很难立刻转入另一种系统中。其他的票我均用奥地利克朗支付。从边境到因斯布鲁克的票价几何?一千三百克朗,这么多钱我可拿不出来。在因斯布鲁克我可以很容易地兑换里拉。

暂时写到这里吧,我现在必须要去喝橘子汽水了(这是规定)。来信请务必详细告知你的情况,尤其是你的烦恼。如果你愿意的话也可以跟我说说你的梦想,尽管我身在远方,但此举依然有意义。祝全家安,也祝福马科斯或菲利斯,如果你见到他们的话。

你的弗兰茨

致奥特拉

1920年4月17日,梅拉诺

我亲爱的奥特拉:

我信中所写的烦恼当然没有那么严重。一个好用的头脑里是不会装烦恼的,而一个愚笨的头脑则永远摆脱不掉烦恼。但远行的游子会对故乡生出一

---

① 法郎,法国等国的旧本位货币。

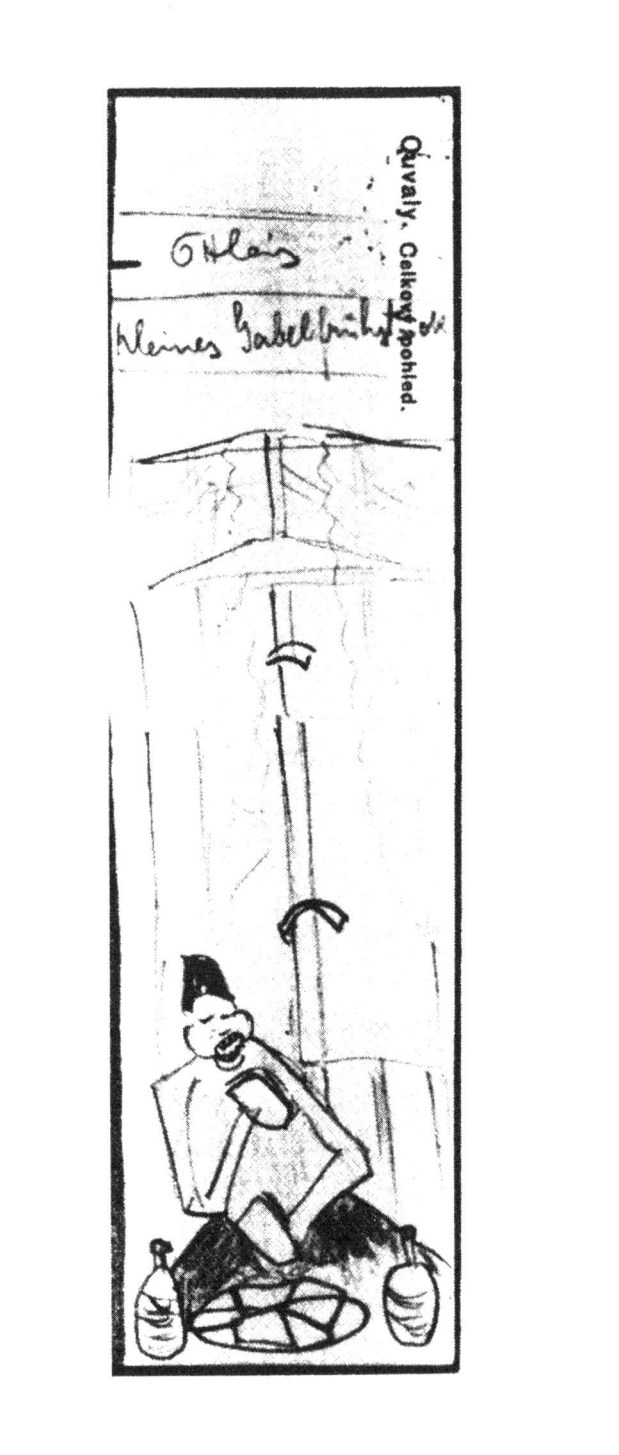

Okuvaly. Celkový pohled.

Otlais

kleines Gabelbühstück

丝别样的牵挂。当人在远方时，他面对一些细节问题难以发现其中的危险，因而会显得格外坚强清醒。我认为，若你有烦恼，那么我从这里便能将之一举抹除。因此，我希望你能将烦恼对我和盘托出，不仅因为我想助你解决烦恼，更是由于我的力量。你没有愁烦自然很好，再说我剔除烦恼的利刃实际上也还不够锋利。（现在有人在花园里大喊"哈喽"，声音与马科斯惊人地相似。）

你在信中清楚地描述了父亲第二次阅读我明信片时的情景。如果他是在玩乐之后偶然抓起桌上散落各处的纸张来读，那么第二次阅读要比第一次更重要。如果人在写信时能时刻将责任牢记于心就好了。我好像曾亲口拜托父亲寄些糖，同时也在信中提到过这件事。但它没有下文，也无甚意义。大致内容是："那里有你亲爱的儿子。他缓慢地挪进肮脏的贫民窟，在那里连糖都没有。"若不是昨晚傅丽希夫人对我说，她常差人从布拉格寄糖过来，若不是我隔天早晨便买到了讨厌的糖精，我还没有想到写信要糖呢。不过，我写信不是因为食糖危机，而是自己突然想到这个，有些心不在焉。在最初几天，我连那对夫妇用自己家的糖所制的橘子水都喝不饱。还是完整说明一下这件事吧：旅店里有充足的糖，但质量较差。这里的食糖均统一配给，且在公寓中定量分配，加上在面食中需要用到糖。在欧洲几乎没有任何国家像波西米亚一般拥有如此多的糖。这个故事说来话长了。书归正传，我不再需要糖了。它可以用蜂蜜来代替，这几周我已经喝腻橘子水了。

但除此之外，我的公寓真是棒极了。若我现在在桌子旁，从洞开的阳台门中望进花园，就会看到田边无数蓬勃茂密的灌木林，风吹过园圃一阵沙沙作响。——有些夸大了，不过是铁路而已——我想不起自己是否曾在戏剧中看到过类似的一幕（由于灯光的照射，这里好似戏剧舞台上的打光），除非在某位王子或极上流人物的宅邸才能制造出这样的场景。

这里的食物对我而言太过丰盛。例如我昨天向母亲描述过的宵夜，它几乎使我昨晚一夜未眠。它甚至还带来了其他不适，因为我已十分讨厌地悄悄长胖了。为了避免误会，我今天又吃了很多。一个人无法相信别人的胃，就像他难以理解别人的肺一样，而对这两者其实都应当用同样客观的眼光看待。没有人会说："如果你还对我尚存一丝好感的话，就不要再咳嗽了。"另一方面，素食主义者常会感到莫名的孤独与荒唐感（在陌生人看来，素食主义略略趋向于一种工作：以素食主义者为业），那是一种十分美好且值得信赖的感受。但人们又是那样肤浅得惊人，他们不懂得素食主义是一种完全无害的现象。它是一种小小的伴生现象，其中包含着更深层的缘由，人们必须去探究那些深刻但或许无法触及的原因。

我之所以絮絮叨叨地说了这么多，是因为上封信没有带给你快乐，反而惹得母亲烦忧。我在信中没太提及自己的其他事情进展如何。此外，我最近在梦中读到你在《自卫》上所写的文章。其间多有赘述：《一封信笺》，长长的四列，铿锵有力的语言。那是一封写给玛塔·吕薇的信，信中就马科斯·吕薇的病而使她宽心。我不太明白，为何这封信会被刊登在《自卫》上，但这件事依然令我很高兴。祝好！

弗兰茨

致奥特拉

约1920年5月1日，梅拉诺

我最亲爱的奥特拉：

我相信这完全是场误会。诚然，由于他的工作，由于索科尔与政治，他在逃避你。从我的角度看，我也无法理解这样巧作修饰的远离。（F第一次来布拉格的时候，我本来可以很轻松地出去休假，但我依然选择在办公室里混日子，并只在下午陪陪她。直到很久之后，当她在柏林为此事埋怨我时，我才第一次意识到自己做错了。但这并不代表我不爱她，或许我只是害怕与她相处。）我实在不太明白他的举动。但我相信这一切并没有那么严重。他的工作与兴趣原不应该成为疏远的理由。如果你能够使这两者都或多或少地与你相关，那么它们便会对你有所帮助，疏远也将真正地转化为贴近。我还想再举一个F的例子：她原本一定会带着理解与真心对劳工意外伤害保险感兴趣，但她很有可能是在不耐烦地等待我的邀请，只是在等待一句草草说出的话。当她久久等不来自己想要的，就自然会感觉疲累。她希望自己能一直工作，也一直在寻找一个途径，但这条途径在当时并不存在。但这与此事不同，他喜爱自己的工作，他活在人民之中，并且快乐健康。就本质而言(无关紧要的事情暂且按下不提)，他有权利去让自己满意，有权利让自己对大环境满意。同时他亦有权利（就像树木有权利扎根于土壤。不知还有没有其他的表述）在一定的范围内对其他人感到不满。我不知道那是什么，但它在一定程度上类似于你一直以来所渴望的"庄园"，坚实的土地、古朴的家产、畅爽的空气，以及自由。所有这一切都有一个前提，那就是你有意愿去争取。你常常说："他不需要我。""没有我他过得更好。"这些都是笑语。最要紧的是，你曾经犹豫过。如今你决定不再犹豫，但仍有一部分顾虑没有剔除干净。它存在于他与陌生人——为什么是陌生人？——共度的时光里，这令你伤心；它存在于从莫尔道河望向他办公室那矫揉造作（为何矫揉造作？）的灯光中。诚然，他本来可以在周日与下周四之间向你传信的，我不懂他为何不这样做。但重要的是，他通过自己的行为给了你一点教训，尽管这出于无心。

我所说的是否过于严厉了？奥特拉，我不会对你严厉。因为我对自己都心慈手软，又怎么会对你严厉。我今天有些烦躁，睡得不好，自然还有体重增加这件事在作祟。不过情况还算凑合：九月六日：57.4；九月十四日：58.7；九月十六日：58.75；九月二十四日：59.05；九月二十八日：59.55（最后一次称体重时，之前喝的一杯牛奶帮了我的忙）。此外一切都很好，简直不能更好。只是我的睡眠质量告诉我尚有欠缺。不过若无法入睡，我会质问它。肉食与疗养院全无益处，只会损害睡眠。我昨天去看医生，他认为我的肺很好，也就是说，他在那里没有发现任何不好的迹象。他不反对素食，但在饮食方面还是给了我若干建议，针对失眠（那不是失眠，是持续的惊醒），他推荐我喝缬草茶，但我并没有缬草茶可喝。此外，这位高明的约瑟夫·科恩医生来自布拉格。

上面提到过，我今天梦到你了。在梦中，我们三人相对而坐，我出奇地欣赏他的言论。他不认为女人对工作的兴趣与男人的本质是不言而喻或经验主义的，他认为这两者都是要通过"历史证明"。我透过对事物普遍性的兴趣来彻底转移对这种特殊情况的疑问，说道："恰恰相反。"

你想找些差事来做？今天有两件事：第一，买一张游泳学校的卡；第二，在陶思西书店为你订一套朗格出版社出版的《莉莉·布劳恩回忆录》，她是一位社会学家。书籍共两卷，记在我的账上。第三件事是去找上司，我之后会写信给你。若我的身体无恙，且睡眠质量好转，我会在这里待两个月以上。

关于大选的事，我只在《Večer》上读到一点，这里只能买到它。菲利斯不再给我寄《自卫》了，尽管他曾拜托过他。我听科恩医生说，马科斯去了慕尼黑，他在旅途中曾见过他。家里或者铺子里有什么新鲜事么？

祝安好！

你的弗兰茨

致尤丽、赫尔曼及奥特拉·卡夫卡

1920年5月4日，梅拉诺

亲爱的父母亲：

万分感谢你们的来信。前几天天气晴朗，气温颇高，所以我脑子里转着一个念头，想外出登山。但今天却又疾风骤雨，所以我还得在这里再待些时日。这里对我照料得很周全。我有两个月的病假，五月底就将结束。现在我想申请五周的常例假期，本来我想留到秋天再申请的。但如今我觉得既然自己已

经在这里了,索性将常例假期也一齐用掉,用一部分或者全部。上司觉得这样很好,你们也如此认为吧?当然,这首先得经过公司批准。我现在想请奥特拉帮我这个忙。

亲爱的奥特拉:

听说你病了?根据母亲的来信,我暂时判断你得了"喉炎",于四月三十日发病,"已经好多了"。现在是五月四日,应当已经痊愈了。但奇怪的是,你虽然给我写信,但信中却只字未提生病的事。由于我身在远方,时常会疑心所有事情都不对劲,除非明确知道没有任何特异之处才会作罢。我那两封信你都收到了么?

去找上司的事,我现在会详细写清缘由。你自然要等彻底病愈了再去。这件事从根本上来讲很简单,我的请求也必然会被批准。我现在只想在程序上做到无可争议,因为上司曾经在类似的事情上因为我程序上的疏漏而大动肝火。事情主要如下:我得到了两个月病假,此外上司还口头批准了我五周的常例假期,我原来是想在秋季使用的。因为我当时只考虑梅拉诺的情况,据说六月份那里天气炎热,难以忍受,却没想到过那里还有山丘。但我现在想直接休完全部的假期,这对上司而言并不会感到为难。他曾经在医嘱的强烈影响下对我说:"如果您在那里恢复得不错,可以给公司写信,两个月后再在那里多待一阵。"也就是说,我的病假(不影响正常假期)可以延长。此外,我不需要延长病假,而是想申请正常假期,将之直接续在病假之后,对此上司甚至无需多问也无需提请董事会,而是可以立即批准申请。我附了一张申请书,尚需你润色修改。简而言之,其一,我不想过度渲染这段公案;其二,我的语言水平不足以与操着无懈可击的捷克语的上司争辩;其三,你想找个差事来做。若你不愿跑这一趟,也可以直接寄出我的申请书,然后去领取答复。我是这样想的:你去找大块头费卡特,去和他商量,问他这样做是否会打扰上司。根据商量的结果,你或是将申请书提交上去(或者吓唬他一下,一到两天后就去问结果),或是直接去找上司递交申请书,并恭恭敬敬地施以屈膝礼(我曾向你无数次地演示如何施这种屈膝礼),然后说,我诚挚地问候他(我已经给他寄了一封信,当然是德语的),说我在这里恢复得很好,说我现在每天胖一百克,说迄今为止这里天气都很糟,说医生建议我最好继续这个疗程(公司里的医生也建议我接受三个月的疗程),说现在这里兑换里拉不太贵(尽管我买东西时并没有那么便宜,因为最便宜的采购期已经过去了),但秋天就会贵很多了,还说我已经旅行过一次了,等等。我没有将申请书直接寄给公司,因为我想尽快得到答复(或许可以用电报给我发"批准"二字),以便我能及时安排布置。谢谢!祝你安好,衷心问候小姐!

弗兰茨

致奥特拉

1920年5月8日,梅拉诺

亲爱的奥特拉:

还没有痊愈么?还没有消息?这究竟是怎么了?我在这里对抗那些劝我吃肉喝啤酒的建议。每当我无言以对时,就会说:"显然我从外观上看不出是个非肉食者(我已经胖了3.25公斤),但我妹妹……"云云。现下你病着,你们都不写信告诉我这件事。再者,我还有差事需要办。应当委托给谁呢?例如今天的事:请帮我从克兰赛特大街上的波若魏出版社购买二十本第六期的《Kmen》,每本仅售六十块,迟些时候就会售罄。这些杂志可以当作廉价的礼物送人,其中有一篇《司炉》,是米伦娜小姐翻译的。

致奥特拉

1920年5月中旬,梅拉诺

亲爱的奥特拉:

谢谢你的两封信与电报。我本应早些回信给你,但久已不曾察觉的失眠症状最近一段时间又激烈地卷土重来。由此你可以判断,我为了与之抗争,一会儿去喝啤酒,一会儿去喝缬草茶,而现在我面前摆着安眠药。症状很快将会消失(或许由于梅拉诺的空气),但我有时完全无力动笔。

在我给你写那封有关说教的信时,我自然没有意识到一点,即,只有当它寄到的时候,它才有现实意义。我并不排除它之后还会拥有现实意义的这种可能性。此外,这完全无关说教,而是我的一些疑问。

我之所以会在一瞬间对你的病情感到惊讶,是因为在读完你的信之后我便遇到了傅丽希先生,他告诉我布拉格正在流行天花传染病。这一定是有所夸大了。我坚信,合乎自然的生活方式能够战胜天花的侵袭,但我不愿意你来为我证明这一点。

婚礼将在七月举行——为何我会对此感到惊讶?我本以为会在六月末进行。你说起此事时,有时会感觉你背着我做了错事一般,事实上完全不是这样。若说我们两个人都不适合结婚,那么这是荒谬的。因为在你我之间,你无疑更适合婚姻。为了我们两个人而结婚吧。这本来是不言而喻的,全世界都知道这一点。为此我会为你我二人保持单身。

我大概会在六月回来,剩余一点假期我先存着,这自然得等我的失眠状况在诊疗过程中逐步褪去才行。最近我重了3.5公斤,这几天我没有称体重。

你的安慰很起效用。我如今定期写作,但在这件事上仍有一个疏漏。

代我谢谢父母亲寄来的有爱的信,我马上给他们回复。信自然会寄往他们的信上所给出的地址。父亲母亲何时去温泉?或许他们会因为婚礼而推迟行期?阿尔弗雷德舅舅来不来?

现在的天气很好，早先最担心的大雨如今却成为最渴盼的事物，它会按时到来。我多数时间内都裸体，有时会不经意地看到附近两个阳台上的人。但当天气极其炎热时，裸体也没什么用。或许我数周之后会搬去其他地方，但不是因为炎热，而是因为失眠的状况。很遗憾，因为我知道自己再也找不到这么好的膳宿公寓与医疗条件了。

但我觉得艾玛旅店里的条件也差不多。父亲会说："如果人们不痛打他一顿并将他赶出去，那就已经算得上是一间出色的膳宿公寓了。"他说得对，但我说得也不错。

你之前去过奥斯卡那里么？替我问候他，并向他解释清楚，我为何还没有写信给他。但你现在可能要做准备工作，所以没有时间。你写信给菲利斯了么？

我们至今还没有女仆么？此外，向全家问好，尤其要向小姐致意。

弗兰茨

致奥特拉

1920年5月末，梅拉诺

亲爱的奥特拉：

你做得很出色，若我是你，我会等费卡特先生病愈，因为若不如此，他或许会认为我忽视了他的感受。但我还是很高兴自己可以在这里多待一些时日。我六月也许会去波西米亚的某个地方待上几天，用以过渡，但不是因为这里对我而言过于炎热。若要劳作的话确实非常热，人们在报纸上抱怨这提前的酷热，傍晚（我只在早上）在花园里劳作都令我难以忍受，（例如除杂草、给马铃薯培土、修建玫瑰枝叶、埋葬死去的乌鸦，等等），但对卧床而言，这里一般还算凉爽惬意，并不比布拉格更热。坐在山间的长椅上，习习凉风足以吹去绝大多数的酷热之感。

领导没有多看你几眼，并不意味着你惹他不高兴了。对此我本应提醒你早做好准备的。那更像是一种雄辩的效力，或者说是放弃享受演说的快乐。一个好的演说家，或者说一个自认为是演说家的人，都会出于自信而放弃观察他人表情中包含的影响力。更确切而言，他们什么都观察不出来。他们坚信其演说的效果，故而无须这种刺激。此外，领导的口才确实很出众。在如此正式的场合下，或许他演讲的效果也大打了折扣。

我还要补谢你寄来报纸的厚意。收到杂志的那天，睡眼惺忪的我甚至没能理解，其实阅读如此多的报纸可以没有任何确切的目的，而仅出于娱乐所需。之后我确实在报纸中找到一些有意思的东西。我停订了《评论》，在这里不需要读它。

从领导的话里我感觉到，他已对我退休的事做好了充分的准备。若一位职员亟须健康护理，且不断要批准他的假期，那么挽留他没有任何意义。这或许是世界继续走向末路的一个讯号？前不久，有人聊起早前的军队运输商说过的话。那些商人们抱怨自己的战争公债太多了。他们中只有一个人，运输的物资最多，却说自己没有任何战争公债。对此他解释道，他的报价始终如一，没有任何一个国家比他坚持的时间更长。所以他没有签字。难道这些话不足以对这个世界叫喊一番么？

野蛮的头脑？斗转星移，头脑早已再次开化了。

那位将军——我在信中曾经提到过他，不是么？——今天在啤酒花园（是的，我指间转着一小杯啤酒）十分确定地对我说，我会结婚。而且他还描绘了一番我未来妻子的模样。他大概没看出我的年纪，认为我还很年轻。和他在一起很愉快，我很喜欢这个人，并绝口不提自己的年龄。

此外，他在某个方面比我年轻多了。我在智慧方面估计当不成他的祖父。他六十三岁了，但外形细瘦、精干、不怒自威。在半晦不明的啤酒花园中，他穿着短外套，一手叉着腰，一手将香烟递上唇边，看起来宛如旧时奥匈帝国时期的一名年轻的维也纳少尉。

祝好！

弗兰茨

致奥特拉

1920年6月11日，梅拉诺

亲爱的奥特拉：

为何沉默？情况有些不明朗，这种状态的神奇之处要大于怪异之处。我不想多做解释，只想静待你下一封信的到来。是的，这并不轻松，得凭运气，甚至真正的幸运——雷电光线、上天的旨意——是一种可怕的负担。但这些都不是在说信件，而是关于"浴室"。

若你前去探望奥斯卡，那我也将深感欣慰。我还尚未给他写过只言片语——但如果每封信都会被公开，那我该写点什么给他？如果有机会的话，试着让他理解。或者干脆别这样做。但请你去看看他，替我问他好，也替我向那位女士与她儿子致意。

帽子之类的物什你不需要么？我的意思是这样能让你暂且停住脚步。我对她做出了最坏的事，再坏也不过如此了。所以我是在与活生生的人玩耍。

傅丽希先生去世了。我前天偶然听到这个消息，你们可能早就知道了吧。我不打算前去吊唁，其实我知不知道也无所谓。希望这是一个极其幸运的生命毫无痛苦地走到尽头，我并不知晓任何细节。

如果父母亲不去弗兰策温泉——因为他们六月六日还在悠闲地打牌，估计是不会去了（母亲当晚在何处？）——六月末我将直接回布拉格。气候十分怡人。希望头脑不再叛逆，希望诸事顺遂。

你的弗兰茨

江苏文艺
世界大师
果壳宇宙

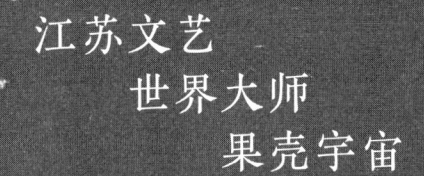

热情
情怀 勤勉 革新
善良 豁达 澄明 睿智
沉稳 平衡 神秘
浪漫

人类的过去，书写在这里；你的未来，藏在你读过的书中。

人类是一根连接在兽类与超人中间的绳索——
一根悬于深渊上的绳索。
人类之伟大，在于它是桥梁而非终点；
人类之可爱，在于它是过渡也是没落。

每个不曾起舞的日子都是对生命的辜负/尼采

荣光时刻/丘吉尔

不要因为走得太远而忘记为什么出发/纪伯伦

这里有我对生命全部的爱/加缪

这个世界既不属于富可敌国者，
也不属于权势滔天者，
它属于那些有心人。

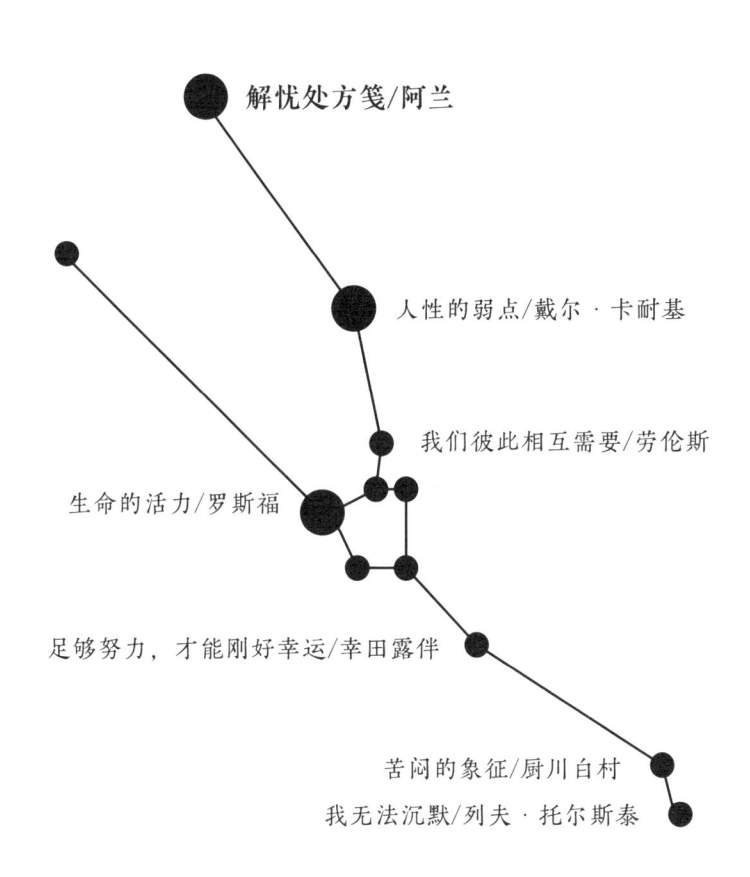

解忧处方笺/阿兰

人性的弱点/戴尔·卡耐基

我们彼此相互需要/劳伦斯

生命的活力/罗斯福

足够努力，才能刚好幸运/幸田露伴

苦闷的象征/厨川白村

我无法沉默/列夫·托尔斯泰

生活的不确定性，正是希望的源泉。

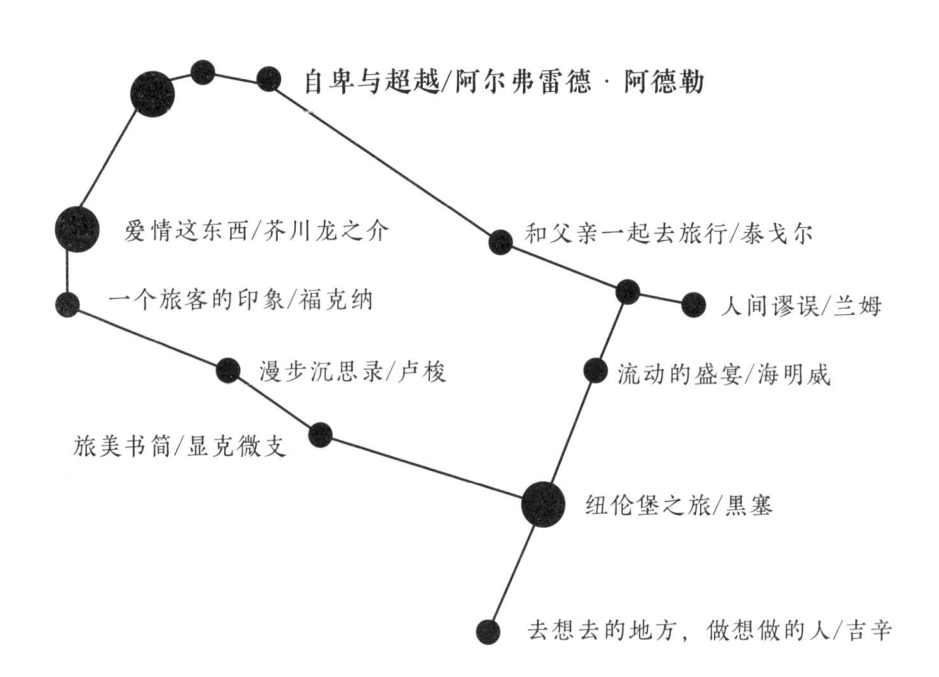

自卑与超越/阿尔弗雷德·阿德勒

爱情这东西/芥川龙之介

和父亲一起去旅行/泰戈尔

一个旅客的印象/福克纳

人间谬误/兰姆

漫步沉思录/卢梭

流动的盛宴/海明威

旅美书简/显克微支

纽伦堡之旅/黑塞

去想去的地方，做想做的人/吉辛

坚定你的信念吧，天会破晓；希望的种子深藏于泥土，它会发芽；
白天已近在眼前，那时——
你的负担将变成礼物，你受的苦将照亮你的路。

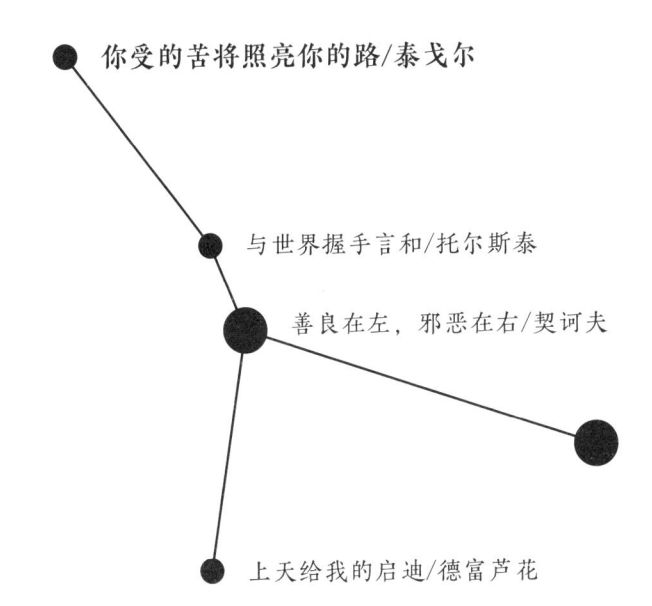

你受的苦将照亮你的路/泰戈尔

与世界握手言和/托尔斯泰

善良在左，邪恶在右/契诃夫

上天给我的启迪/德富芦花

诗意地理解生活，理解我们周围的一切——
这是童年最可宝贵的馈赠。

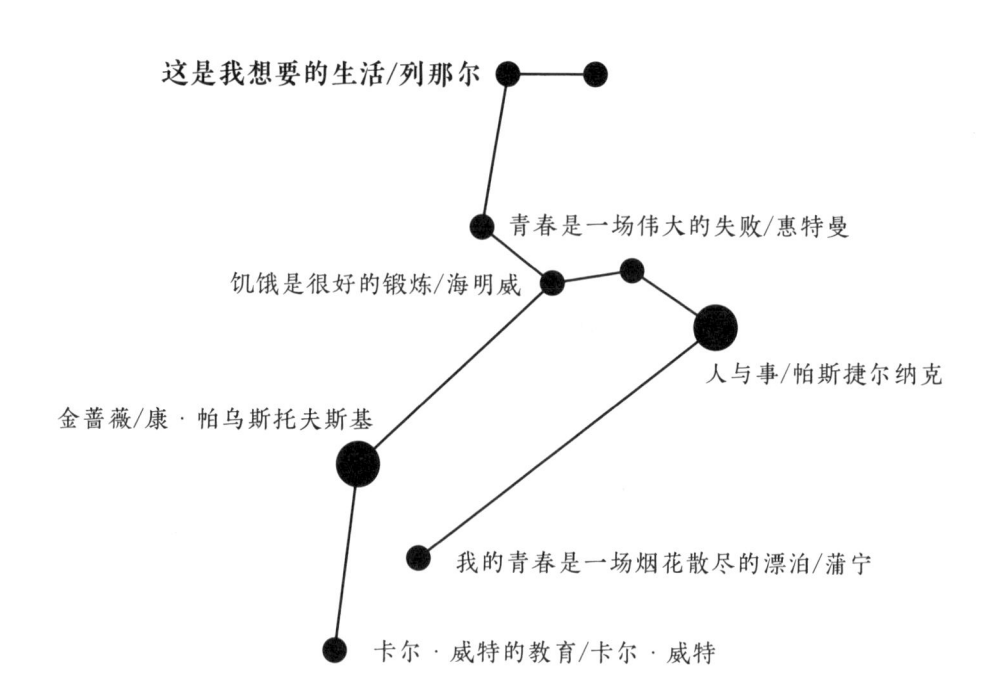

这是我想要的生活/列那尔

青春是一场伟大的失败/惠特曼

饥饿是很好的锻炼/海明威

人与事/帕斯捷尔纳克

金蔷薇/康·帕乌斯托夫斯基

我的青春是一场烟花散尽的漂泊/蒲宁

卡尔·威特的教育/卡尔·威特

我们在这世上的时日不多，
不值得浪费时间去取悦那些卑劣庸俗的流氓。

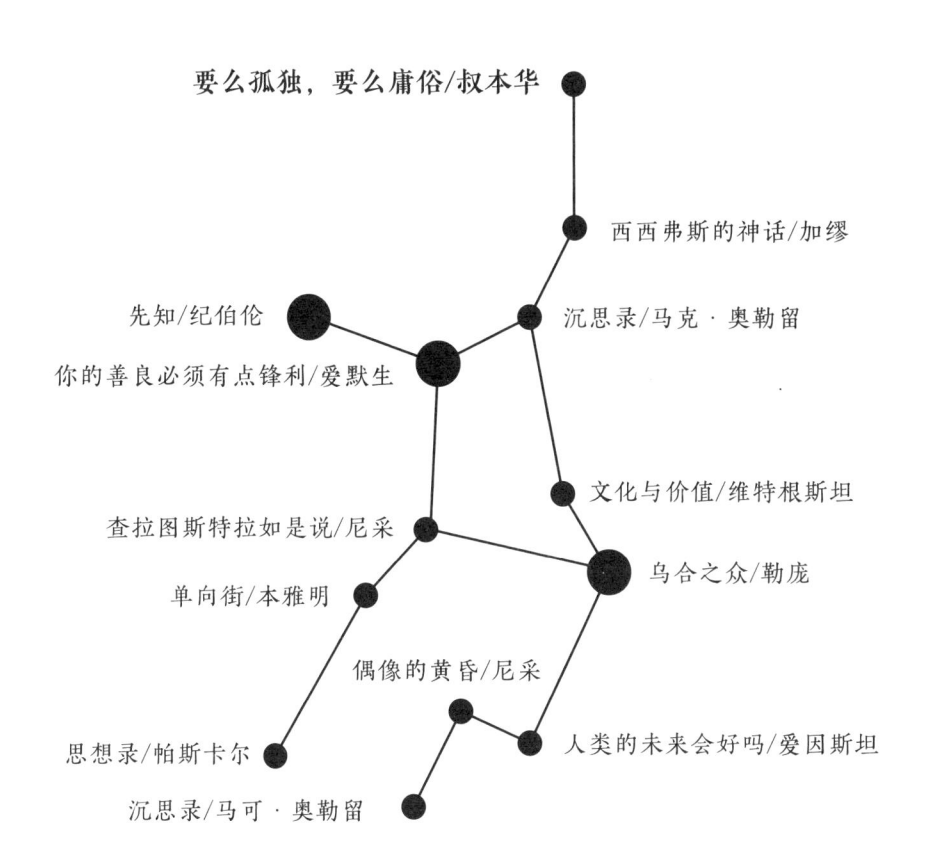

要么孤独，要么庸俗/叔本华

西西弗斯的神话/加缪

先知/纪伯伦

沉思录/马克·奥勒留

你的善良必须有点锋利/爱默生

文化与价值/维特根斯坦

查拉图斯特拉如是说/尼采

乌合之众/勒庞

单向街/本雅明

偶像的黄昏/尼采

思想录/帕斯卡尔

人类的未来会好吗/爱因斯坦

沉思录/马可·奥勒留

Virgo

"可能"问"不可能"道:"你住在什么地方呢?"
答曰:"我就在那无能为力者的梦境里。"

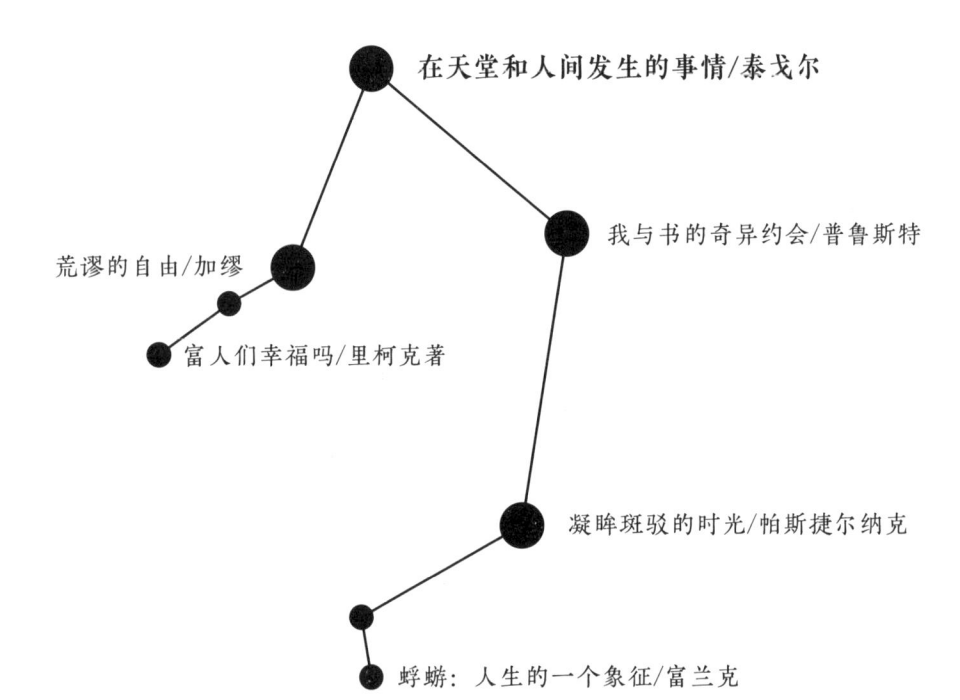

在天堂和人间发生的事情/泰戈尔

我与书的奇异约会/普鲁斯特

荒谬的自由/加缪

富人们幸福吗/里柯克著

凝眸斑驳的时光/帕斯捷尔纳克

蜉蝣:人生的一个象征/富兰克

这莫名其妙的世界啊,无论如何令人愁肠百结——
她,总还是美的。

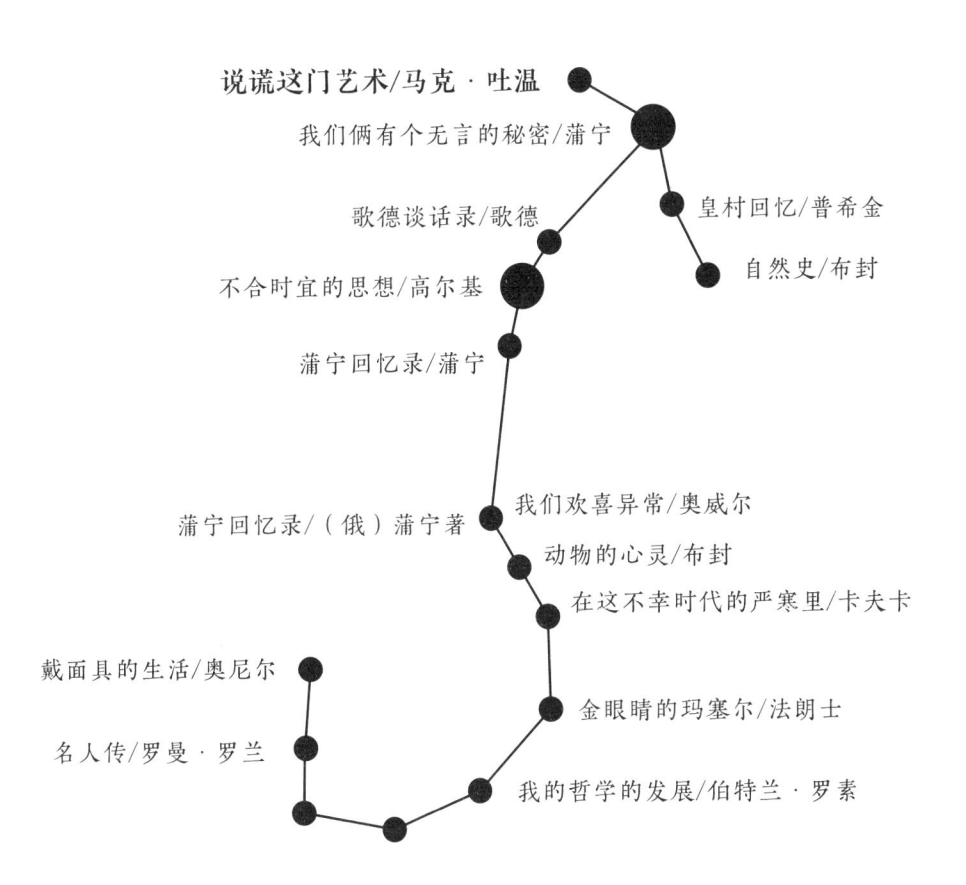

说谎这门艺术/马克·吐温

我们俩有个无言的秘密/蒲宁

歌德谈话录/歌德

皇村回忆/普希金

不合时宜的思想/高尔基

自然史/布封

蒲宁回忆录/蒲宁

我们欢喜异常/奥威尔

蒲宁回忆录/(俄)蒲宁著

动物的心灵/布封

在这不幸时代的严寒里/卡夫卡

戴面具的生活/奥尼尔

金眼睛的玛塞尔/法朗士

名人传/罗曼·罗兰

我的哲学的发展/伯特兰·罗素

Scorpio

世界上最宽阔的是海洋，
比海洋更宽阔的是天空，
比天空更宽阔的是人的胸怀。

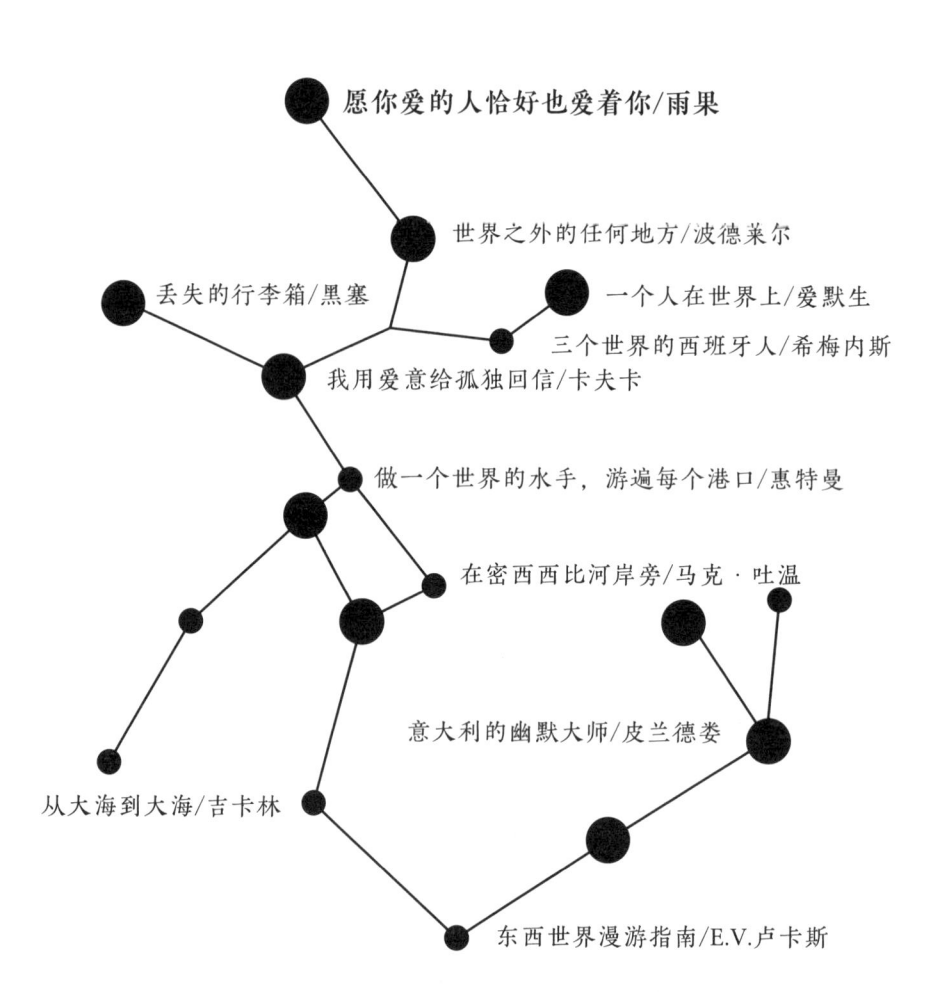

愿你爱的人恰好也爱着你/雨果

世界之外的任何地方/波德莱尔

一个人在世界上/爱默生

丢失的行李箱/黑塞

三个世界的西班牙人/希梅内斯

我用爱意给孤独回信/卡夫卡

做一个世界的水手，游遍每个港口/惠特曼

在密西西比河岸旁/马克·吐温

意大利的幽默大师/皮兰德娄

从大海到大海/吉卡林

东西世界漫游指南/E.V.卢卡斯

Sagittarius

谁将声震人间，必长久深自缄默；
谁将点燃闪电，必长久如云漂泊。

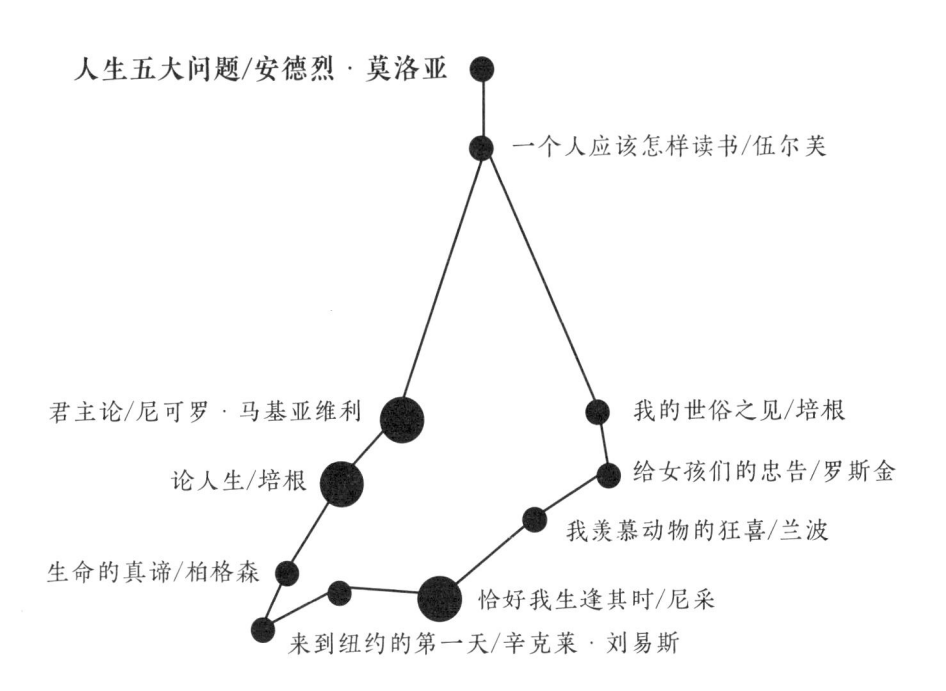

人生五大问题/安德烈·莫洛亚

一个人应该怎样读书/伍尔芙

君主论/尼可罗·马基亚维利

我的世俗之见/培根

论人生/培根

给女孩们的忠告/罗斯金

我羡慕动物的狂喜/兰波

生命的真谛/柏格森

恰好我生逢其时/尼采

来到纽约的第一天/辛克莱·刘易斯

我们的整个生命是一场惊人的道德之争，

人，你本该活得荣耀。

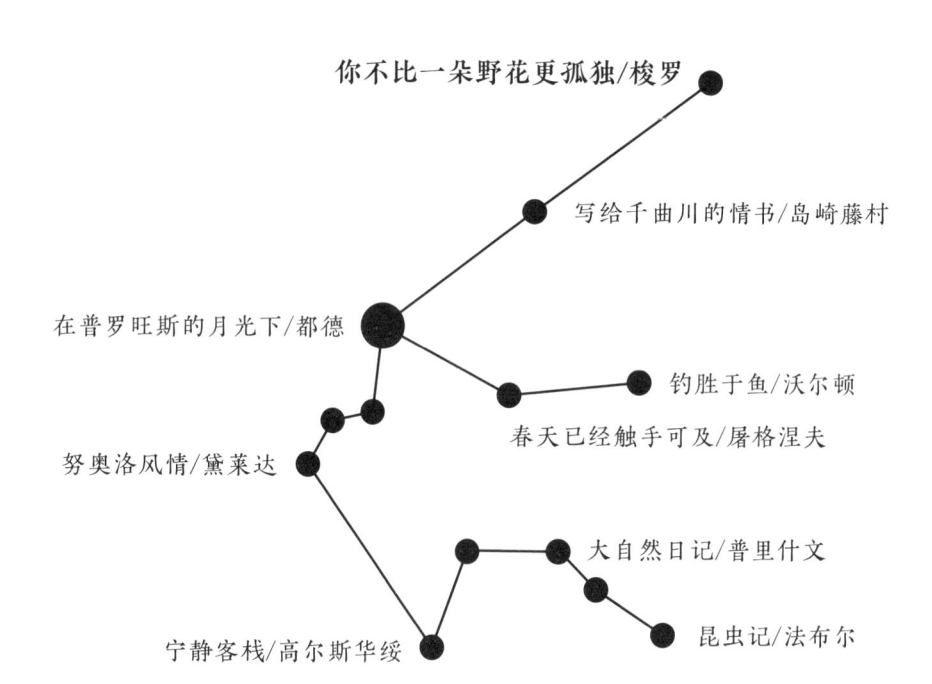

你不比一朵野花更孤独/梭罗

写给千曲川的情书/岛崎藤村

在普罗旺斯的月光下/都德

钓胜于鱼/沃尔顿

春天已经触手可及/屠格涅夫

努奥洛风情/黛莱达

大自然日记/普里什文

昆虫记/法布尔

宁静客栈/高尔斯华绥

Aquarius

你我相知未深,

因为我不曾与你同在一片寂静之中。

我想为你连根拔除寂寞/夏目漱石

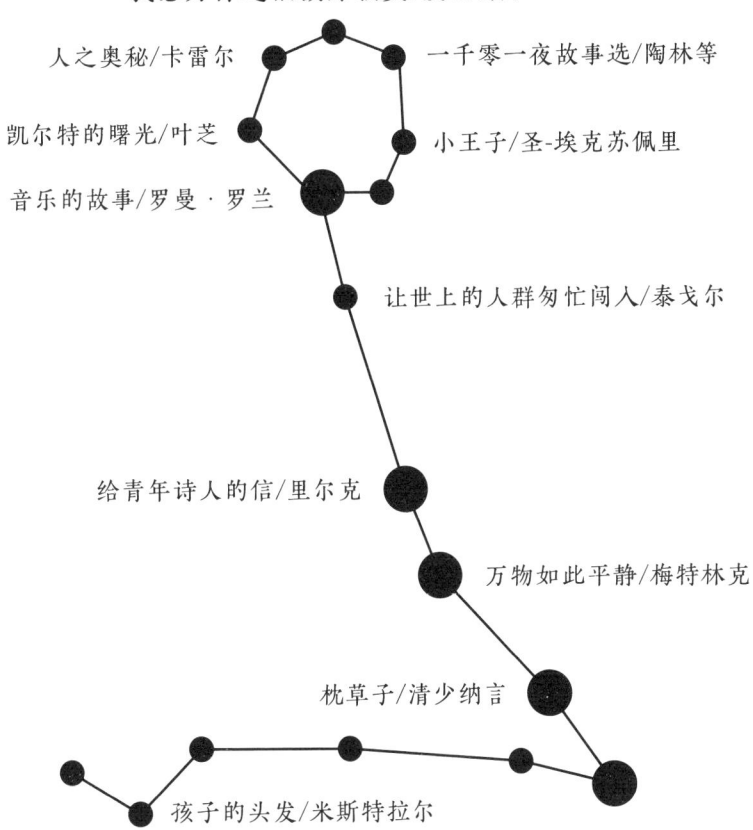

人之奥秘/卡雷尔　　　　一千零一夜故事选/陶林等

凯尔特的曙光/叶芝　　　　小王子/圣-埃克苏佩里

音乐的故事/罗曼·罗兰

让世上的人群匆忙闯入/泰戈尔

给青年诗人的信/里尔克

万物如此平静/梅特林克

枕草子/清少纳言

孩子的头发/米斯特拉尔

Pisces

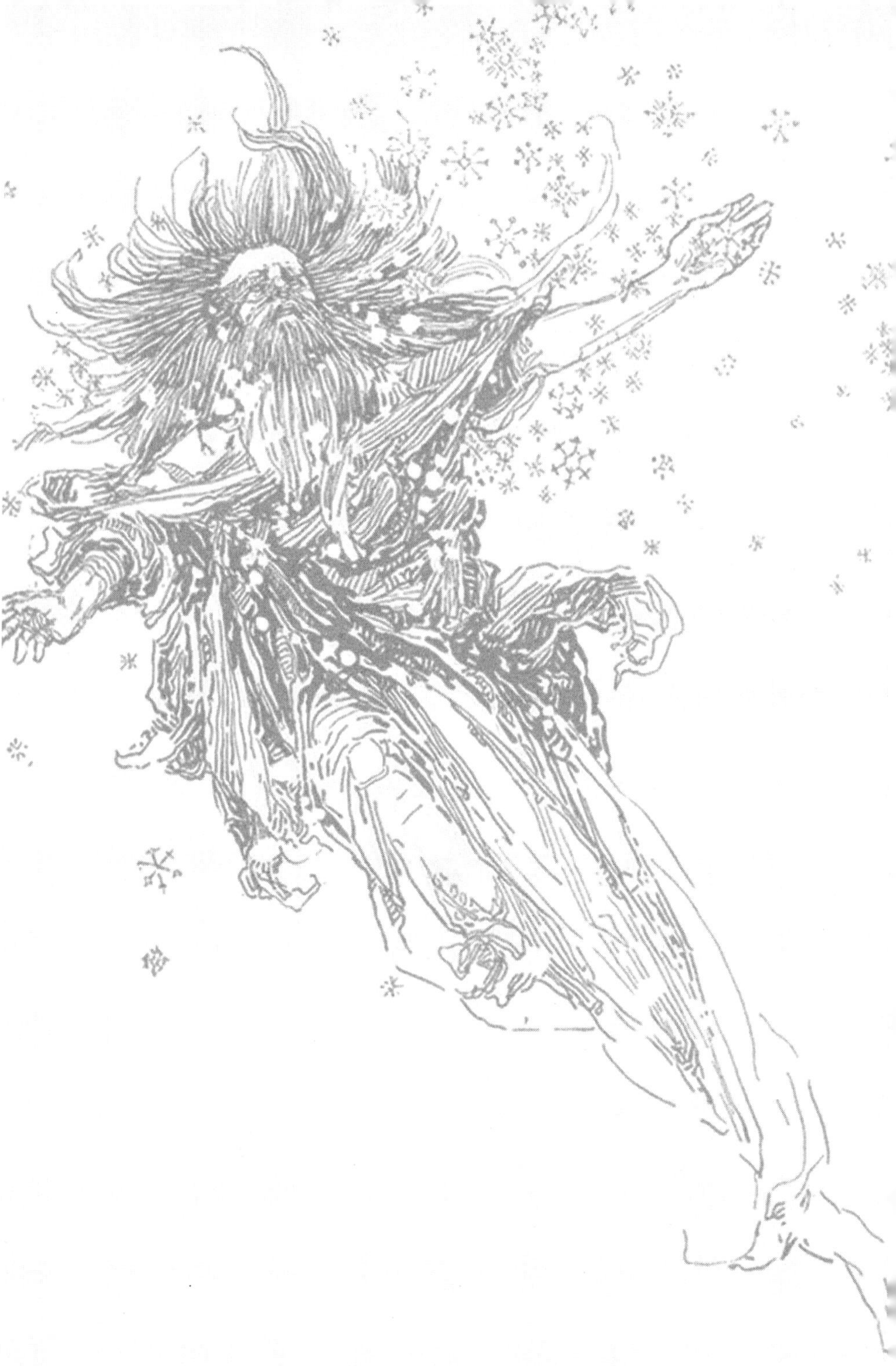